故事会

校园版

第31辑

合订本

上海故事会文化传媒有限公司
上海文化出版社

图书在版编目（CIP）数据

故事会：校园版：合订本. 第31辑 /《故事会》编辑部编. -- 上海：上海文化出版社, 2023.6

ISBN 978-7-5535-2753-6

Ⅰ. ①故… Ⅱ. ①故… Ⅲ. ①故事－作品集－中国－当代 Ⅳ. ①I247.81

中国国家版本馆CIP数据核字(2023)第095486号

主　　编：夏一鸣
副 主 编：高　健
责任编辑：蔡美凤
发稿编辑：胡　捷 吴　艳 杨怡君 高　健
装帧设计：孙　娌
责任督印：张　凯

故事会校园版合订本. 第31辑

出　版：上海文化出版社
出　品：上海故事会文化传媒有限公司
（201101 上海市闵行区号景路159弄A座3楼 www.storychina.cn）
发　行：上海文艺出版社发行中心
（上海市闵行区号景路159弄A座2楼206室）
印　刷：上海四维数字图文有限公司
开　本：787×1092毫米 1/32
印　张：9
版　次：2023年6月第1版
印　次：2023年6月第1次印刷
ISBN：978-7-5535-2753-6/I·1058
定　价：25.00元

杨怡君
故事会校园版编辑
Yang Yijun Stories Editor

点亮你人生中的那束光

印象中，根据线索破案应该是警察叔叔的事儿，可就在近日，杭州一所小学某班的同学们也集体化身福尔摩斯，做起了“侦探”。

一名小学生在校门口拾到了一张百元钞票，并交给了学校保安。可一天过去了，依然没有失主前来认领。按说只需静待失主，并表彰一下这名同学就可以了，可该学生的班主任却另辟蹊径，策划了一门别开生面的“侦探课”，发动全班学生一起“探寻真相”。

首先，根据钱被发现的位置，大家推测了失主的特征，他应该是附近送孩子上学的家长，加上随身携带现金的习惯，大家又将目标群体缩小到了老人。

接着，学生们又通过制作失物招领海报、广播寻找失主、小区业主群询问等方式，多角度切入“案件”。制作海报时，大家还向美术老师寻求了专业建议，明白了艺术字可以更直观地突显关键信息。班主任还将学生们分组，进行了各类情况的预演，以甄别失主的真伪。

但最终大家没有找到失主，通过协商，学生们一致同意把这 100 元钱捐掉，让它帮助更多有需要的人。

虽然学生们没有像福尔摩斯那样神奇，最终“破案”成功，但在寻找失主的真实情境中，学生们综合运用知识及能力尝试解决问题，并在项目化学习中获得了美好教育的熏陶，这远比“破案”收获更大。

就像本期锐话题中的故事一样，我们每个人心中都有一束光。在这春暖花开之际，愿每一位翻开这本杂志的读者，在享受一场烧脑盛宴的同时，也能点亮你成长路上的那束光，蜕变成更好的自己。

091 故事会® 2022

CONTENTS —STORIES— STORIES DIGEST

3月 校园版

故事中国网：www.storychina.cn 邮发代号：4-900 国外代号：MO9178 定价：6.00元

社 长、主 编：夏一鸣
副社长：张 凯
副主编：高 健
本期责任编辑：杨怡君
发稿编辑：高 健 蔡美凤
胡 捷 吴 艳
美术编辑：孙 娌
责编电话：021-53204044
邮编：201101
地址：上海市闵行区号景路159弄
A座3楼
主管：上海文艺出版总社
主办：上海文艺出版总社
出版单位：《故事会》编辑部
发行范围：公开

出版、发行电话：021-53204159

发行业务：021-53204165
发行经理：钮 颖
媒介合作：021-53204090
广告业务：021-53204161
新媒体广告：021-53204191

国外发行：中国图书贸易总公司
印刷：上海四维数字图文有限公司
发行：上海邮政报刊发行局
邮发代号：4-900
国外代号：MO9178
定价：6.00元

故事会公众号　故事会 App 下载二维码

故事会》微博：@ 故事会　《故事会》微信：story63

故事会校园版欢迎投稿

稿件要求：来自最新的报刊、图书或网络，故事性强，文字明快，主题健康，视野开放，纪实或虚构均可，体现“新、知、情、巧、趣、智”的特点，同时欢迎第一手的翻译作品。推荐作品须注明原文出处、原作者姓名，确保转载不存在侵害版权的行为，并请留下推荐者真实姓名及通信地址。作品一经采用，即致推荐者 50 至 200 元推荐费，并向作品著作权人支付稿酬。

故事会 校园版 投稿信

wenzhaiban@126.com

故事中国网：www.storychina.cn

丸子的朋友圈

丸子

洗完头是不是感觉自己的头很清爽？你以为是把脏东西洗掉了，其实是把头发洗掉了。

王大脸真的不是女汉子：秀发去无踪，头屑更出众。
丸子回复王大脸真的不是女汉子：新的一年，愿你的烦恼跟你的秀发一样，越来越少。

金融小王子刘思聪

早上公司开会，我困得睁不开眼，会后富贵老板居然走到我面前，拍了拍我肩膀说我表现不错。我好纳闷，关键是大家看我的眼神还很异样。

郭美眉：马屁精，早上开会的时候就你点头点得最勤快。
大老板张富贵：这个月表现不错，去财务那里把本月工资领了。
金融小王子刘思聪回复大老板张富贵：老板，我错了……

郭美眉

走在路上，有个陌生帅小伙挨我很近，在路人眼中我们很像情侣。我脸红了，他也心照不宣，我们就这样走了一路……

丸子：闻到了，是恋爱的酸臭味。
大老板张富贵：兜里的手机还在吗？

 就是爱历史（三月篇）1. 公元 138 年 3 月 1 日，我国首次准确测出地震方位。

王大脸真的不是女汉子

寒假的时候，跟朋友一起在网上开了个小店，想起前阵子主播逃税漏税的新闻，就特地去税务机关咨询了一下，我们这种电商小户要怎么交税？

快递员小马：可以啊大脸，都当上主播了。

王大脸真的不是女汉子回复快递员小马：税务机关查看了我们的营业额后，不仅为我们申请了500元的贫困户补贴，还一再嘱咐我们，要顽强地活下去！

快递员小马

今天我妈突然打来电话问：“你还好吧？”我一愣，说：“好啊，怎么了？”我妈说：“我收到一条短信说我儿子被绑架了，三天内凑够50万打过去，不然就撕票。”我想我妈当时肯定急死了。

金融小王子刘思聪回复快递员小马：现在骗人短信太多了，让阿姨看到后都别理。

快递员小马回复金融小王子刘思聪：关键这条短信是半个月前收到的啊！我怀疑她都忘记有我这个儿子了！

大老板张富贵

今天得知一个高情商小妙招：如果一个人没有内在美，你可以夸他有外在美；如果一个人没有外在美，你可以夸他有内在美。

丸子：如果两者都没有呢？

大老板张富贵回复丸子：那你可以夸他有抽象美。

金融小王子刘思聪：如果用这三种美都无法形容呢？

大老板张富贵回复金融小王子刘思聪：那你真是个奇迹！

金融小王子刘思聪

倒车入库没有倒进去，教练走过来说：“你道德有问题……”我瞬间就火了！

大老板张富贵：你怎么脾气这么大呢？

金融小王子刘思聪回复大老板张富贵：我就倒个车，骂什么人啊？他才道德有问题！

大老板张富贵回复金融小王子刘思聪：人家是说你车倒得有问题！

牛大姐家乐事多

主要人物：牛大姐（妈妈） 牛大哥（爸爸） 牛小美（女儿） 牛小宝（儿子）
钱多多（牛小美的男朋友） 刘姥姥（牛小美的外婆）

※牛小宝指着新学的成语“天人合一”问牛大姐：“妈妈，有天人合一，为什么没有地人合一呢？”牛大姐一时语塞，一旁的牛大哥幽幽道：“地人合一，那不就直接埋了吗？”

※牛小宝数学考试出分数了，一看是69分，想到牛大姐发火的样子，牛小宝顿时泪流满面，牛小美来了句：“你把卷子拿倒了。”牛小宝激动起来：“是啊，我应该考96分才对啊！”他把卷子倒过来一看，还是69分。

※牛大姐最近烧的饭那叫一个硬。牛大哥正赶上口腔溃疡，不敢使劲咬，只能搁嘴里慢慢磨，一连几天都是如此。

今天，牛大哥实在忍不住了，冲牛大姐抗议道：“你饭做这么硬，我怎么吃？”牛大姐不屑道：“你以为人人都像你一样，喜欢吃软饭？”

※ 牛小美向钱多多撒娇道："亲爱的，今天是白色情人节，我一个闺密的男友送了她金项链和银戒指，另一个闺密的男友送了她玫瑰花。你打算送我什么？"

钱多多深情道："亲爱的，我送你的可是她们的礼物之和哦！"牛小美十分高兴，钱多多接着说："这包金银花茶送给你。"

※ 牛大姐带牛小宝去吃饭，结账时牛大姐故意说："坏了，没带钱，不如把你留在这里刷碗抵账吧！"一旁的服务员马上点头说好，与牛大姐配合默契。

牛小宝听完后，淡定地对服务员说："你可要想清楚哦，我留下可以，你每天要送我去上学，做饭给我吃，晚上还要帮我洗澡，给我讲睡前故事，为了几个碗，这一切都值得吗？"

※ 牛小宝写作文时，主角总是小红小明，他觉得这样很单调很没意思，便用了电视剧里一些角色的名字，结果被老师批评了一顿。回家后，牛大姐大发雷霆，说为什么写得这么不真实。

牛小宝叹气道："我就不明白了，小鱼儿与花无缺就不能放学一起扫地吗？"

※ 牛小宝辛勤创作了一幅画，被牛大姐不小心当废纸扔了。小家伙哭成了泪人，各种安慰都无济于事。于是牛大姐掏出20元钱，却被牛小宝一脸鄙视地说："我又不是你老公，不要以为谁都会见钱眼开！"

牛大姐被孩子的凛然正气给深深震撼到了，最后用一张50元平息了这场风波。

※ 牛小宝实在太调皮了，他打碎了牛小美新买的护肤品，牛小美勃然大怒，发誓再也不理弟弟。过了会儿，牛小宝可怜巴巴地向她求和："你说咱们的关系还有救吗？"牛小美回答："咱们的关系，就像电话机上的一个键！"牛小宝问："是重拨吗？"牛小美答："不，是免提！"

※ 钱多多跟牛小美回牛大姐家吃饭，饭桌上，发现牛小美居然抱着电饭锅在吃饭，就偷偷跟牛小美说："你妈真懒，为了少洗一个碗，竟让你用电饭锅吃饭。"这话不幸被牛大姐听到了，说："那是她懒，不想老是去盛饭！"

侦探故事经久不衰，抽丝剥茧之后的刺激之感令人不忍释卷。本期锐话题，让我们拨开迷雾，探寻真相，沉浸式体验一堂高能侦探课。首先，跟随一束光，一同追踪狡诈窃贼的藏身之所，加入侦探与罪犯的烧脑游戏吧。

光

@康敏

你可真行，把那家伙搞定了。那家伙反侦查意识超强，每次都把自己包裹得严严实实，而且逃跑路线也会选择荒郊野岭。

是的，辖区最近发生的盗窃案，有三宗一直破不了。永福金店是第一宗，杂货店是第二宗，前天凌晨被盗窃的88号别墅里的钻石是第三宗。

都是那家伙干的?!

整整一天一夜，通过分析监控视频中作案人员的体形、衣着、步态，确定是同一人。

就这么个简单的结论，还费那么大工夫。凭直觉，我就能断定是那家伙。

世界上的事就是这样，用心去做的每一件事都不会白费工夫。除了这个结论，我还得到一个重大发现：那家伙在耍我们。

这不明摆着？每次我们都破不了案。

我指的不是这个。你看正后方摄像头拍下的视频：两肘外露，上臂外倾四十五度，左肘外伸又缩回，随即右肘外伸又缩回，然后两上臂内收。在一帧一帧慢慢回放监控视频的时候，我对他这个动作产生了怀疑。

你的意思是？

那家伙故意摘掉手套，留下指印。

为什么要这样做？

多次成功作案，故意留点儿“把柄”耍我们。

有这种可能。那家伙确实很嚣张，作完案还对着监控探头打着“V”的手势扬长而去。一看见那监控画面，我气就不打一处来。

模拟实验结果倾向于我的推断。

嗯——也就是说，那家伙在现场留下了指印。你提取到了？

很遗憾，没有。

白忙乎。

不，用心去做的每一件事都不会白费工夫。

请用事实说话。

我想，钻石盒外包裹了一层丝绸，那家伙一定是故意在盒面留下指印。因为他十分清楚，丝织物上的指印难以被发现和提取。正如那家伙所料，我们没能提取到指印。

然后呢？还不死心？

我坚信我的推断。昨晚，我和我爱人在公园散步，一阵风吹来，把她的丝巾吹飞了，我赶紧上前将丝巾撩回来。这时，奇妙的事情发生了，丝巾落地前，上面一小块斑痕被树下射灯的蓝色光束照得特别明显。要知道，那可是多年前果汁污渍留下的，已经洗不干净，但肉眼根本看不出来的陈旧斑痕。

哦，真是奇妙。是光发挥了作用？

对！光，蓝色的光。我立即回到实验室，取下钻石盒上的丝织物，把光束调到最小，仔细查看，结果，一枚指印也没找到。

又是白忙乎！

不，当我把光束直径调到最大，一块边界线很淡的斑迹显现出来，比洇在宣纸上的水滴风干后的斑迹还淡。

是那家伙留下的汗滴？口水？

不是。当我再次造访了九十高龄的钟太太——这颗钻石的主人。她又回忆起了一些“美好的时光”：我和丈夫年轻时都很喜欢搞些“恶作剧”，让平庸的生活有滋有味。他特意送给我一颗钻石，叫人在盒子上安装了一个隐形按钮，只要一触碰，就会喷出微量的挥发性液体，辣得人眼泪直流。尽管做得很隐蔽，可还是被我识破了。他十分失望。至死，他也不知道安装师是我前男友……我们互相捉弄，无比开心。

这么说，那家伙触碰到了按钮，被辣出了眼泪？刚才说的那个动作，是在擦眼睛，而不是摘手套？

现在看来，应该是这样。

然后，你想从泪痕方面突破？可是，你是知道的，泪痕目前没有任何检验价值。

当然，但我还是想试一试。

明知前面没路，还要往前？

走了就有路，不是吗？在苦思冥想之际，一宗故意伤人案进入了我的视线。

上午发生的那宗？说是在酒吧门口，一名中年男子酒后与人争乘一辆出租车而发生口角，被人持刀重度砍伤，却在警察到达现场前快速消失了。

可那个时间段，没有一家医院收治过这样一名刀伤病人。我当即断定，那名男子的身份有问题。于是，我请抓捕小组务必找到该受害男子。全员出动，很快，在东街7巷一栋老旧石屋的一家私人诊室里找到了那人。

可你有什么办法能证实是同一人？

一个简单的试验。我让抓捕队员使用少量催泪喷剂，获取了一截有该男子泪痕的绷带。然后，对丝织物和绷带上的泪痕进行化学成分检验，相似度高达99%。

据此认定是同一人？

不，我不敢草率下结论。但这份检验报告帮了我们大忙。那家伙一开始油盐不进、金口难开，但一见到检验报告，知道我们已经注意到钻石盒上的泪痕，并且进行了检验比对，便一五一十供述了偷盗金店、杂货店和别墅钻石的经过。

佩服佩服！但遗憾的是，我出差了，没能亲眼看见那家伙栽在你手里。

哦，请别这样说。他不是栽在我手里的，是公园的那一束光。

不，是你心中那束坚定执着的信念之光。

心香一瓣摘自《啄木鸟》

图：佐夫

茫茫黑夜，少女离奇失踪，自杀还是他杀？谁才是幕后真凶？跟随冷峻的刑侦队长在纷乱的破案迷宫里感受真相水落石出的快感吧。

深夜里被“勾魂”的少女

@戴　民

失踪疑云

那个除夕日，我当时在一个分局任刑侦支队支队长。几近黄昏，桌上电话铃声骤然响起，辖区浦东杜行某村有人报命案。

一到现场，我找来了报警人。那是个中年模样的男人，操一口京腔，声色平稳地回话：“事情是这样的：我的外甥女失踪一天了，我怀疑遇害了，便报警了。”

这时，失踪少女的父母和一群村里的邻居围上来，呜呜咽咽，我的心顿时软了下来。

现场位于浦东杜行公路南侧一座百十户人家的村庄。平日人烟稀少，唯有黄浦江杜行轮渡站人来客往。农家人注重除夕祭祖，家家户户正忙着操持一年中最重要的居家祭礼。这村里人家多半沾亲带故，村里忽传卫家豆蔻少女莹莹下落不明，老老少少帮着探寻失踪的莹莹。

莹莹家在村的西头。村庄周围没有商家和娱乐场所，农家孩子除了上学念书，深居简出，大人们谁也想不出她为何会平白无故地悄然无踪。

调查从人们最后见到莹莹的那一刻开始。

同莹莹最后见面的是同村的三个小伙伴，时间在小年夜午夜十一时。是夜，莹莹应邀去村东头姨家，约好与三个伙伴玩麻将。

散局时，莹莹最后离开，小主人送走莹莹，插上门栓。少顷，闻得屋外“喔哟”一声惊叫，小主人胆怯，足有半晌才悄悄打开堂屋大门，朝夜幕中探头张望。小主人倚着门轻声呼喊：“莹莹姐！莹莹姐！”并未听到有人应答，以为莹莹早已沿着门前水泥路回西边家去，便径自回屋入睡。

莹莹的叔叔据此怀疑，莹莹说不定遭到早已潜伏此处的歹徒袭击，那声惨叫便是明证。报警之前，他就对此处屋前屋后细致踏勘，并在屋前菜园垄沟旁觅得一枚纽扣，据莹莹母亲辨认，这是过年为莹莹新制花袄而亲自缝上的一枚纽扣。

谁是凶手

我环视孩子们玩牌的那间堂屋，中间摆着一张八仙桌，桌子四周置有四张长条凳，房顶悬着一盏无灯罩的“赤膊”灯泡，那灯泡几近桌面，足有八十瓦光，四个孩子伏在这张八仙桌上，神情专注，整整鏖战了五个小时。

我随即跨出堂屋来到庭院，庭院的小路正对着村里那条水泥路和并行的河渠，水泥路旁栽有一排榆树，繁密的枝干遮盖于水泥路上方，这条东西向的水泥路是村里人的唯一通道，是莹莹回家的必经之路。

回过头来，我细细端详捡拾到可疑纽扣的那片菜园。菜田和垄沟觉察不到脚印和厮打挣扎的痕迹，但在靠近堂屋那头的预制板角上，我发现了几根不起眼的毛发和微量的血迹。陡然，一个不祥的假设占据了我的思维。

我将眼光朝向屋前那条河渠。那河渠宽约十米，系人工开挖，连通西边的黄浦江，河面离岸约三米高，因人工开挖，坡度既陡且斜，河岸与水泥路也不足三米远，竟然没设防护栏。

我沿着堂屋小径，来到河渠岸边，蹲下身子，俯身查勘，心却怦怦直跳，那一刻，我不希望自己的假设是真的，但眼前的情景不得不令我唏嘘不已。我果真发现此处河渠斜坡上明显有一道擦滑痕迹，连同一片倒伏的青草，在黄昏下依然可辨。

回到庭院，众人都将目光望向我，那一刻，我内心极度难受，便委婉说道：“如果我判断没错的话，我已知道失踪者的下落！”

我请求分局指挥中心调派一艘水上警务巡逻艇前来支援，潜水员按我的指点，才一支烟的工夫，就打捞起一具少女尸体。

我急忙趋近查验，女尸衣着完整，双目微闭，两拳紧攥，鼻腔四周、嘴角边附着不少硅藻和淤泥；右上额有一处不显眼的擦痕，此外，裸露的身体皮肤并无外伤。初步判断，死者符合生前落水而亡的特征。我让家属前来辨认，确认失踪者是莹莹无疑。

血的教训

亲人们围着莹莹遗体号啕大哭，缠着我讨要死因。为慎重起见，我通知法医来到现场，将尸体移到附近的殡仪馆。我娓娓道出之前的推断：小年夜的傍晚，孩子们早早围桌玩牌，一盏晃眼刺目的灯泡悬在四人面前，个个全神贯注，紧张酣战。事前家长一再叮嘱，不可玩得过晚，直至夜深人静，孩子们才罢手散去。

莹莹最后跨出门槛，屋外，明月当空，万籁俱寂，乍从温暖屋内走进冰冷的户外，莹莹身子不禁寒战起来，加之打牌久坐，仓促起身，不免头重脚轻，不出几步就一个踉跄，右前额磕碰于庭院码放的预制板角上，顿时，一阵昏眩袭来。

那一刻，她神志突然模糊，但撑着身子仍往前走，努力辨识眼前那条回家的水泥路。是夜，庭院前水泥路旁一排榆树在月色下斜影斑斓，遮掩了原本清晰可见的水泥路，意识迷幻的莹莹误将河渠当成水泥路，径直向前跨步，没走几步便跌落在河渠斜坡下，整个人不由得滑向河里。

那时，她“喔哟”一声，拼命呼喊，但为时已晚。一个鲜活的生命就此离开了这个世界。

听完我对莹莹死因的推理，死者的亲人仰天长叹：“小姑娘是让阎王爷勾了魂，作孽呀！”

我做了一番科普解说：“是啊，小姑娘生前那一刻确实已魂不守舍。要知道，一个小姑娘，长久坐在硬邦邦的条凳上，浑身血气下沉，双脚浮肿，而双眸长时间受高瓦度灯泡强光刺激，霎时起身，脑袋势必晕眩，而户外气候寒冷，反差加剧，女孩体质天生羸弱，加之踉跄磕碰，导致瞬间意识空白。所谓‘魂兮魄所依，魄兮魂所伏’，想必女孩当时已精力不济。她不幸的遭遇就是玩牌太累所致，这是血的教训啊！”

层林染摘自《美文》

图：豆薇

古代名侦探丝毫不逊于现代探员，他们睿智冷静的形象让人过目难忘。看神探向敏中如何巧施妙计，侦破环环相扣的惊悚谜案。

枯井藏尸案

@唐俑

向敏中是北宋初年的诗人、政治家，他在西京洛阳做官时，曾遇到一件大案，整个过程比惊悚小说还惊悚。

故事的主人公是一个到处化缘的和尚。有一天，这个和尚来到洛阳郊外一个村子，准备借宿一晚。和尚向主人说明来意，指着后院车厢说："贫僧在那里睡一晚如何？"主人说你想睡就睡吧。

是夜，和尚迷迷糊糊地揉揉发涩的眼睛从车厢坐起来，只看了一眼就赶紧缩回身子。原来映入他眼帘的是这样一幕：一个蒙头强盗搀扶着一个女人，正扒着墙头从院子里面往外爬，背上背着一个鼓鼓囊囊的包裹。他们翻过墙后，很快就消失得无影无踪。

这一幕让和尚浑身起鸡皮疙瘩——主人家丢了财物和女人，明天发现了一定会怪罪到我头上，抓我去见官，因为我有重大嫌疑。三十六计，走为上计！

和尚不敢走大路，便沿着一条荆棘丛生的小路"逃命"。由于慌不择路，他一不留神坠入一口枯井之中。谁知他不仅没有摔个粉身碎骨，反而落在一个"很舒服"的东西上，毫发无损。原来"接"住他的是一具尸体，借着月光仔细一看，他认出这具尸体正是此前那个与盗贼翻墙而出的女人！

和尚自然明白事情的严重性，顿时呆立井中，大脑一片空白。不知待了多久，天终于大亮，一阵“找到了找到了，他在这里”的喊声，把他从“梦”中惊醒。

那些人口中的“他”，指的正是这个和尚。他们把和尚扭送到县衙，结果没有悬念：和尚被县衙判处死刑。报到府上审核时，“府皆不以为疑”。然而，当执行死刑的日子到来，想一睹杀人犯“风采”的市民却扑了个空：有人怀疑和尚不是杀人犯，真凶另有其人。

被提出大牢，来到公堂之上的和尚却一点儿也高兴不起来，对平反不抱希望。不过，坐在公案后面的那位官员看起来倒是不错，只见他衣着朴素，表情沉毅，正是西京留守向敏中。

在此之前，和尚就被和尚复审过多次了。每一次认罪，向敏中都不信，和尚一认罪他就把和尚重新押回大牢，过几天又审一次，如此反反复复。

与之前每一次一样，这一次向敏中依旧口气平和：“我说和尚啊，我几次三番审你，你应该明白是想给你一条活路，可是你为什么不领情呢？”和尚平静地说：“我上辈子欠她一命，她既然来讨债，就还给她好了。”

和尚不是不想保命，而是面对如此奇遇，他自知只会越描越黑，与其弄巧成拙，还不如什么都不说，也许那样还死得痛快些。

可是向敏中不相信人是他杀的，便再次追问和尚：“你要认命是你的事，我还是那个问题，你偷的那户人家的赃物在何处？”

“不是说过了吗？我抛在井边了，我也不知道被谁拿走了。”

“可是你想过没有，当时是深更半夜，又是荒野小路，哪个人会到一口枯井边来捡你丢下的东西？我勘查过现场，发现一地血迹，这说明那女人是在井边被杀死的。既然你承认人是你杀的，那么请你告诉我，凶器在哪里？总不会也被人捡走了吧？”

和尚自然回答不了这些问题，终于“醒”过来，一边磕头一边大哭。向敏中不再审问和尚，而是派密使查访真正的凶手，终于从一个老太婆那里得知那个女人死于村里一个少年之手。

原来那少年与那女人勾搭成奸，约好偷得财物后一起远走高飞，路上俩人不知何故吵了起来，少年杀死情人后抛尸枯井。向敏中成功破案后，“一府咸以为神”。

老奢摘自《有趣得让人睡不着的大宋史》
哈尔滨出版社　图：小栗子

欧美侦探小说风靡世界，爱伦·坡更是被尊为开山鼻祖，本期锐话题让我们再一次品他的传世经典。巴黎的莫格街上发生了一起骇人听闻的命案，富豪母女家中遇难，作案手段令人发指，凶手却能悄然无声地逃脱。让我们跟随推理奇才杜宾的脚步，见证史上最离奇的密室杀人案。

血染莫格街

@[美国]爱伦·坡 著
August 改编

杜宾是巴黎的一位没落贵族，他偏爱黑夜，且拥有令人称奇的推理能力。

一日，杜宾在报纸上看见了一起离奇凶案：凌晨三点，从莫格街一幢房子的四楼传出尖叫声。邻居与警察撬开大门，冲上楼时，听见两个粗野的声音在争吵，可等他们上了楼，那声音又消失了。大家分头搜查，最终破门而入四楼一个被反锁的房间。房间内凌乱不堪，椅子上有带血的剃刀，地板上有血染的长发。人们惊恐地发现赖斯帕奈尔小姐的尸体被塞进了烟囱，她的脸部有多处严重抓伤，脖子上也有黑色瘀伤。而赖斯帕奈尔夫人则在屋后一个铺着砖的小院子里被发现，她的脖子被完全割断，此时已是血肉模糊，惨不忍睹。

第二天，报纸上又报道了关

于这起血案的一些详情。

从邻居们提供的证词中可知，受害者家境殷实，平时深居简出。她们住在四楼，其他三层楼都空着。银行老板称，在赖斯帕奈尔夫人临死前的三天，她亲自从银行提走了四千法郎，由一个职员帮她把钱送回家。

但令人疑惑的是，在所有人的证词中，都一致提到了闯入房间之前，他们在一楼，听见一个粗哑嗓音的人正和一个嗓音尖声尖气的人争吵，等他们冲上楼声音就没了。数名证人都认为粗哑嗓音的是法国人，可对于尖声尖气的那人说的是什么语言却众说纷纭。

医生在验尸后表示，赖斯帕奈尔小姐是被人扼死的；赖斯帕奈尔夫人的尸体损坏严重，喉部显然是被利器割断，可能是剃刀。

凶案发生后，大家都人心惶惶，那幢房子又被仔细搜查过，证人也都被重新传讯，但案情仍然毫无进展。最终，警察逮捕了送钱给赖斯帕奈尔夫人的银行职员，但并无任何证据能定他的罪。

杜宾对这个案子的进展特别感兴趣，他并不相信警察的破案能力，决定亲自去调查，一来是因为兴趣使然，二来是因为被抓的银行职员勒·波恩曾帮助过他。

杜宾认识警察局局长，他被批准进入那幢大楼。杜宾调查了包括尸体在内的所有东西，回家途中，还在一家报馆里停留了一会儿，直到第二天，他才主动谈论起了这起案情。

他发现警方忽略了进入房间的某一处通道。四楼背街的房间里有两扇窗子，一扇没被遮挡，另一扇被床头板遮挡住了一半，案发时，两扇窗都被两个钉子从里面给锁住了。

杜宾走到那个没被挡住的窗子前，费了些劲才把钉子拔起来，可窗子还是打不开。他仔细找了一下，马上就发现了那个暗藏的弹簧机关。如果凶手是从这扇窗子出去，那么窗子会重新关上，弹簧也会自动卡住，钉子却没有办法再被人安上去。他看向另一扇窗的钉子，发现钉子已经断了，在弹簧作用下窗户自动关闭，两截钉子正好合在一起，好像是锁住了窗户。所以，凶手一定是从另一扇窗子逃走的。他一出去，窗子就自动关上了，弹簧机关又把窗框卡住；警方把弹簧的力量误认为是钉子的力量，认为房间是完全反锁的，因此觉得没必要进一步调查。

那扇窗外约五尺半的地方有根避雷针，谁也无法从这根避雷针上够着窗子。但四楼窗户外有个设计巧妙的百叶窗，可以绕竖直轴转动，如果完全推开百叶窗，并使它挨着墙的话，它和避雷针之间的距离不到两英尺，凶手正好可以借助它跳到避雷针上。要完成如此危险而困难的绝技，这也暗示了凶手的身手异常敏捷，几乎是超自然的敏捷。

接着，杜宾继续分析凶手的特征：惊人的敏捷、超人的力气、兽性的残暴、没有动机的屠杀、毫无人性的恐怖怪异，以及一种陌生的声音。他可以连根拔起受害者的头发，并把她塞进烟囱，另一个受害者则是全身被砸烂，那景象令人毛骨悚然。这反常的一切渐渐指向幕后真凶。

杜宾拿出了从赖斯帕奈尔夫人紧捏的手指缝里拉出的一小簇毛发。这毛发非常罕见，显然不是人类的毛发！杜宾又展示了他画的一小幅草图，是根据证词中赖斯帕奈尔小姐喉部的伤痕画的，这次杜宾得出的结论更令人震惊：这也不是人手留下的印子！

由此，杜宾推断出，真正的凶手应该是一只大猩猩。众人皆知，这种哺乳类动物体格巨大，力气惊人，敏捷非凡，生性残酷，并且爱好模仿。因此，大猩猩就是证词中提到的用尖声尖气嗓音说话的那个，还有一道粗哑嗓音，那是一个法国人的声音。

杜宾从避雷针柱的脚下捡到了一根带子，从它的形状和油腻的样子看，显然是水手们用来扎他们长辫子的。所以，杜宾推测那个粗哑嗓音的人是一个水手，他应该知道整个凶案的真相。

杜宾到报馆刊登了一则招领启事，称他捕获了一只婆罗洲种黄褐色大猩猩，据悉，失主是名水手。若失主能准确无误地说明失物情况，即可将其领回，地址就是杜宾的住处，这也正是昨天他去报馆的原因。

这时，杜宾听到楼梯上传来脚步声，果然，来者是一名高大结实、肌肉发达的水手。

水手是来认领他的大猩猩的，杜宾从容不迫地亮出了手枪，要求水手将所有关于莫格街谋杀案所知的真相都告诉他。

原来就在不久前，水手曾航行到印度群岛，他和另一个同伴

 就是爱历史（三月篇）8.1898 年 3 月 6 日，清朝政府与德国签订不平等条约。

捕获了一只大猩猩，在返航的途中，这只大猩猩偶尔会兽性大发，但最后他还是成功地把它关进了自己在巴黎的寓所，水手的最终计划是卖掉它。

凶杀案发生的那天凌晨，水手发现大猩猩闯出了关押它的房间，手里拿着剃刀，正坐在镜子前试着修面。毫无疑问，它曾经透过锁眼偷看过水手这么做。

水手拿出鞭子想要驯服它，不料一看到鞭子，大猩猩受到惊吓，立即跳出房门，蹿下楼梯。真不凑巧，有一个窗户开着，它就从窗口跳到大街上。在它穿过莫格街的小巷时，从赖斯帕奈尔夫人四楼房间里开着的窗户中射出的灯光吸引了它。它冲向那幢房子，并看见了避雷针，以令人难以置信的敏捷速度爬了上去，抓住那扇完全打开、靠着墙的百叶窗，顺势一荡，落在床头板上。

水手用带子打了个结，也爬上了避雷针，向那房间里张望。

那只大猩猩已经抓住赖斯帕奈尔夫人的头发，模仿着理发师的动作，在她的脸部四周挥舞着剃刀。老太太尖叫着挣扎，原本温和的大猩猩一下子变得愤怒起来。它强壮的手臂用力一挥，几乎就把老太太的头整个割下来。一看到血，它开始发狂，继而又掐死了赖斯帕奈尔小姐。这时，它回头，看见了窗外水手吓得僵硬了的脸。因为恐惧鞭子，它在房间里焦躁不安地跳来跳去，把家具推倒打烂，先抓起小姐的尸体，把她塞进烟囱；又抓起老太太的尸体，从窗口丢了出去。

水手在极度恐惧中，也只能抛下这只大猩猩，自己逃回家去了。人们上楼时听到的声音，就是水手由于惊骇和恐惧而发出的惊叫，其中还夹杂着那头野兽恶魔般叽叽喳喳的叫声。

真相终于大白了。

杜宾到警察局长的办公室说明了案件的真相，勒·波恩立即被无罪释放。

图：杨宏富

【小贴士】想看原文，可在各大实体书店，或在网上图书商城购买上海文艺出版社出版的《莫格街谋杀案》。百年经典佳作，一流的悬疑，极致的烧脑，带你体验一场酣畅淋漓的灵魂冒险。

萝卜干的滋味

@林海音

林老师：

请您原谅一个终日忙于家事的主妇，她以这封信代替了本应亲往拜访的礼貌。

写信的动机是由于小儿振亚饭盒里的一块萝卜干，我简单地讲给您听。

这件事发生已有多久，我不知道，我发现则才有三天。三天前，我初次发现振亚带回的饭盒中有一块萝卜干时，并未惊奇，我以为那是午饭时同学们互尝菜味所交换来的。但当第二天饭盒的残羹中又是干巴巴的萝卜干时，不免使我怀疑。同时我又发现这个虽然相同的铝制饭盒，究竟还有不同之处，我们的饭盒，盒盖边沿曾被我在洗刷时不慎压凹了一小处。这个饭盒，连同里面的饭菜，显然不是振亚早晨所带去的。第三天，就是昨天早上，我装进饭盒里的有一块炸排骨肉，我有意在等待这事的发展。果然振亚带回的饭盒中，没有啃剩的骨头，却换来了——仍是干瘪的萝卜干。而且奇怪的是，我们自己的饭盒又换回来了。

我相信这不是偶然的错误，而是有计划的策谋，有人在干着偷天换日的勾当，这怎不教做母亲的我痛心！

林老师！您或许知道，我们并非富有之家，我的丈夫靠菲薄的薪给养活一家。所以我不客气地跟您说，我们是禁不起这样被人偷取的。我们不是富有人家，我再对您说一遍。

为了我儿的营养，我只好求您费费心，查明是哪个偷天换日的聪明孩子干的。萝卜干偶然吃一次是香的，但是天天吃，顿顿吃，您想想是什么滋味？

为了给您一个调查的方便，我想告诉您，今天早上当着振亚的面，我在饭盒里装进了一个大肉丸子，您可以看看，到底是哪个今天要倒霉的孩子在吃这个大肉丸子。

敬祝

教安

朱夏荔媛 上

朱太太：

工友送进您的来信时，我刚在饭厅里坐定，四十多个孩子正窸窸窣窣地吃着各人的午饭，我却停箸展读来函。现在我以无比轻松的心情写信给您，同时告诉您，那个“偷天换日”的聪明孩子被我捉到了。就是在我执笔给您写信的这当时，激动的情绪仍持续着，因为有一张真挚可爱的小面庞深印于我的心版上，我愿意终生献身于儿童教育！

这里吃饭的情形您或许早已知道，孩子们每天早晨到学校后，便先把各人的饭盒送到厨房去，交给大师傅老赵，他便放进大蒸笼里。午间各人到厨房去取蒸热的饭盒，厨房旁边是一间大饭厅，大家都在那里吃午饭。我不例外，一向是陪着孩子们一同吃的。

三天前的午饭时，当我正举箸，刘毅军站起来了，他说：“老师，有人拿错了我的饭盒，这……这不是我的。”我抬头望去，可不是，饭盒打开来，横躺在热腾腾的蓬莱白米饭上的，是一只香喷喷的红烧鸡腿，我知道那确不会是刘毅军的。我便对同学们说：“是谁拿错了饭盒？是谁带了有鸡腿的饭盒？”

等了几分钟，也没有人来认换，既然没有人来认领，只好叫刘毅军吃了再说。毅军吃着鸡腿津津有味，不是我看不起刘毅军，无父的孤儿，靠寡母穿针引线替人缝补度日，如果不是有人拿错了，他哪摸得着鸡腿吃呀！

可是后来，同样的情形又发生了，我也不免奇怪，这是怎么一回事？当刘毅军打开饭盒，又惊奇地喊着有人拿错了的时候，同学们都停下筷子围向毅军的面前看，今天换了，是一块炸排骨

盒里的萝卜干塞到米饭底下。我却在他旁边的空位子上坐下来，侧着头在他耳旁悄声问说："萝卜干的滋味怎么样？"他先是一惊，随后竟装着若无其事地回答我："很甜。老师！"

很甜！我站起身来，回味着他这句话，想着您的来信，不由得抿嘴笑着走出饭厅，可是后面立刻响起了小碎跑步声，有人跟出来了。"林老师！"我回头站定，是小红圆脸，他气喘喘地跑到我面前，"老师不要讲出去

肉。我问毅军自己带的是什么菜，他很难为情地说："只有一些萝卜干，老师！"

今天，当我们正为那个像小皮球大的肉丸惊疑时，您的信来了。说到萝卜干，我应把一些情形说给您听：刘毅军的母亲，在我去做家庭访问的时候，她并不避穷，很坦白地对我说，一日三餐的筹措，是如何的艰难，所以，她要我善为教育她的独子毅军。

我读完您的信，停箸良久不能自已。我走到那个圆圆红红小脸蛋儿的孩子面前，这孩子有点做"贼"心虚，急忙用筷子把饭

吧，刘毅军的家里实在很穷，他天天吃白饭配萝卜干，所以……"

写到这儿，您已经全部明了了吧？您要我调查的那个"偷天换日"的孩子，我捉到了，正是令郎朱振亚自己！

当您看完了这封信，打算怎样处理这件事呢？您会原谅"偷天换日"的孩子吗？我倒要为我的学生向您求情了！

此复并祝

快乐

林××上

离萧天摘自《城南旧事》现代出版社

图：豆薇

死神先生第一天上班

@ 两色风景

死神先生是第一天上班。他觉得很不顺利。穿起拖到地上的黑色袍子——刺啦，不小心刮破了一道口子。拿好磨得又光又亮的镰刀——咦，长长的柄怎么断啦？又是伪劣产品。戴上有些吓人的骷髅面具……面具哪儿去啦？原来被小狗叼去当飞盘了。

这是一位穿着破袍子、拿着短镰刀、没有戴面具的死神先生。他的工作，是把活着的人接到死掉的人住的地方去。

第一个客人，是一位老奶奶。

老奶奶独自住在乡下的小木屋里，门前有一片麦子地，麦子越长越好，老奶奶的身体却越来越差。

“该收麦子了。”老奶奶爬下了床，却找不到镰刀了。丢哪儿去啦？她不禁埋怨自己的记性。

死神先生在这时来了。咚咚咚，他有礼貌地敲敲门。

老奶奶将门打开，看到了一个拿着镰刀的身影。

“您好。我……我是来……”死神先生开始紧张了。他毕竟是第一天上班呀。

但老奶奶很高兴地从他手里接过了镰刀：“是来把镰刀送回给我的？谢谢您！”

听老奶奶这么说，死神先生就一句话也说不出来啦。老奶奶下地劳作去了。她的动作很慢，却做得很认真，这让死神先生有些羞愧。得把镰刀拿回来才行，没有镰刀，就没法收割灵魂啦。

死神先生站在麦田边，结结巴巴地要求道：“请把镰刀给我……我要工作……”

老奶奶擦着汗水，抬起头来，又一次笑了。

“那就拜托你啦。”她把镰刀交到了死神先生手里。

于是这天剩下的时间，死神先生弯着腰在田里收割麦子，而老奶奶坐在田埂上，认真指导他：

“不对。应该先把麦子整束儿握在手心里。”

“不对。应该从那里下刀才比较好割。”

“不对……”

这是一位在烈日下挥汗如雨

的死神，身上脸上满是泥点，手指也被割破了好多口子，他还觉得自己很笨。但是，渐渐他就熟练起来了。一熟练，就有了快乐的感觉，耳边还有老奶奶的歌谣："割一亩麦子，烙一炉饼。盖一座房子，缝一件衣裳。烟囱开始唱歌啦。我等着我的老伴儿回家吃饭。"

太阳落山。死神先生推着板车，将一捆捆麦子运回老奶奶家。噢，老奶奶也坐在板车上呢，她兴致勃勃地说着老头子的趣事。

"……天气好的晚上，我和老头子会坐在屋外看月亮……"老奶奶说着这些，好像回到了年轻时。

"您想念他吗？"死神先生抱着膝盖问，老奶奶正在帮他缝补袍子呢。

"想念呀。我有时会梦见他，我就问：'我能去你那边吗？'他说：'不行不行，你胆子那么小，你会害怕的。'他这么一说，我就不太想过去了。"

这是一位彻夜难眠的死神先生，他在床上翻过来，翻过去，最后悄悄爬起来。他想：我还是走吧。再见了，老奶奶。

死神先生有松了一口气的感觉。他把缝补一新的长袍下摆撩起，蹑手蹑脚地向门口走去……

"好心的先生。"原来，老奶奶没有睡着。她躺在她的床上，声音虚弱，可能是因为白天说了太多的话。

"好心的先生，你不带我走吗？"

死神先生吃了一惊。

"请带我去见老头子吧。"老奶奶真诚地说，"他说得没错，我的胆子太小了。但是，如果来接我的，是像你这样好心的先生，我不害怕。你带我去的一定不会是差劲的地方。"

死神先生擦了擦眼泪，点点头，他来到老奶奶的床前，慢慢举起镰刀……

"好心的先生，"老奶奶微笑地看着夜色中镰刀温柔的弧度，"这是老头子走了以后，我看过的最美的月亮呢。"

天快亮的时候，死神先生背着老奶奶，走在一条美丽的路上。他走得很稳很慢，老奶奶趴在他的背上熟睡，像一个幸福的新娘。

离萧天摘自《中国儿童文学年度佳作2016》山东人民出版社

扫码看更多死神先生的温暖故事吧。

 就是爱历史（三月篇）11.1986年3月9日，《汉语大字典》编纂完成。

火海突围

@ 刘少才

"火龙"来袭，危在旦夕

20 世纪 80 年代两伊战争期间，我在"松花江轮"任报务主任。虽然得知两伊战争已爆发，但对战争究竟打到何种程度我们一无所知。所以，船依然按既定航线开往伊朗。按国际惯例，战争的任何一方都没有理由袭击商船。

船到阿拉伯河河口锚地，船员们还照例去甲板钓鱼。不想仅仅几天过后，船就被困在伊朗最大的港口霍拉姆沙赫尔港码头上，并由此上演了一场惊心动魄的火海大突围的真实剧目。

10 月 2 日晚 10 时，值班三副突然拉响警笛。连日值班备战、疲惫不堪的船员们闻警立即从不同的舱室奔向甲板。原来，一艘满载橡胶的伊朗货船中弹起火，缆绳被烧断，船员全部弃船逃命。这艘无人驾驶的船便成了名副其实的"火龙"，从阿拉伯河上游顺着潮水直冲而下，一路上滚滚浓烟四散蔓延。大家心里清楚，一旦与它亲密接触，后果不堪设想。

在船长和政委的统一指挥下，船员们舍生忘死，拉起皮龙管，扳开消防水栓向"火龙"猛射，并拼死用撑杆顶开它。

经过大家的不懈努力，"火龙"被送走了。可凌晨 3 点，警笛又一次拉响——"火龙"随着上涨的潮水又漂了回来。这一夜，"火龙"三次与我轮擦肩而过，每次

都是一场殊死拼搏。我们战胜了“火龙”，但个个筋疲力尽。

10 月 4 日上午，一发炮弹击中我轮，驾驶台、电台，以及许多船员的房间都被炸毁了。当时我正在楼下开船务会议，幸免于难，但是偏偏炸毁的是我的电台，一切通信设施都瘫痪了。看着自己心爱的工作岗位遭到毁坏，我落泪了。在危难时刻，我们与祖国失去联系，这就意味着孤军作战，生死难卜。

生死关头，被迫弃船

5 日上午，在一阵雨点似的炮火轰击过后，码头已成一片火海。大管轮、轮助抱起灭火器冲了上去，好不容易将火势控制住，又有几发炮弹飞来，发发击中要害。

机舱停电，出口也被大火封住，大管轮冒死将轮机日记和其他重要文件抢救出来，率领机舱人员摸黑从逃生孔撤了出来。

船被炮弹击中时，管事和大厨正在厨房准备午餐，一发炮弹击穿厚厚的船钢板打了进来并爆炸，两人同时倒在血泊中。管事醒来时，伴着一阵剧烈的咳嗽，他感到右腿钻心地疼痛，这才发现右小腿被炸断，左大腿也被削掉一大块肉，右手肘被击伤，手臂被烧成紫黑色，全身鲜血直流。再看大厨，更是血迹斑斑，他的腰部、臀部都受了重伤，无法移动。管事安慰大厨：“你先坚持着，我去喊人。”管事拼死寻找出路——只要抢出一分钟，大厨就有被救的可能。当管事被大家发现时，他第一句话就是：“快去救大厨！”

两个重伤员怎样撤离呢？船长让水手长找几块木板，绑在两个救生圈上，扎成一个浮托器。

可是管事刚接触水面，木板就翻了过来。这时，管事大声说：“快给我一个救生圈，我能坚持游过去！”一只救生圈下来了，水下的四个人帮管事套好。船长又选派水手长和另一名水手张亚男共六位同志护送管事向岸上游去。由于水流太急，加上连日疲劳作战，护送小组几次被冲散，最后只剩张亚男坚持下来。他安慰管事：“你放心，只要我有一口气，就一定把你送到岸上，我绝不会丢下你不管。”

管事说：“放下我，你还是去岸上找人吧！”

张亚男考虑再三，只好叫管事先在原地等着，他去找人。

我与船长是最后离船的，船

 就是爱历史（三月篇）12.1876 年 3 月 10 日，贝尔发明电话。

长交给我的任务就是保护好救生电台，他厉声道：“人在电台在，我死你都不能死！”可见救生电台在船长眼中有多重要。

此时，交战双方仍未停火。放眼望去，浓烟蔽日，火光映红河面，枪响炮声密集。船员们早已将个人生死置之度外，为了抢救大厨，无一人自顾逃命。

不言放弃，愿世界和平

管事自张亚男寻人求救后，又艰难地向前爬了两米多远。他见不远处的树林里有两个伊朗士兵，就向他们招手。管事对他们大声说自己是中国海员，受伤了不能动了。这时，两个士兵突然跑出来，架起管事就往树林里拖。管事的断肢刮着地面，万箭穿心般疼痛。两个伊朗士兵放下管事，说是去找人，就再不见了踪影。

上岸后，大家找到管事，船长、政委组织大家来到树林中地势稍高一点的地方。在那，我用救生电台与附近的巴林海岸电台取得了联系——救生电台密封防水，没有受损，但手摇发电功率小，只能近距离通信。最终，我们辗转与中国大使馆取得了联系。

我们需要食物。我用衣服遮挡好防水手电——以免光亮外露，遭受袭击，借着微弱的光亮，我们整理好鱼钩鱼线，先派四个人持线钓鱼，另派三个人负责瞭望，出现突发情况就停止钓鱼，撤到树林中。其他人原地休息，做预备队，准备接应钓鱼人或应对突发事件。

船长一直守着管事，管事伤口已感染，人在发烧。半条鱼送来时，船长细心地去刺，小心将生鱼肉送到管事的口中。管事真的太饿了，吞了那半条鱼肉。

当地时间早8时，我通过应急收发报机收到巴林海岸电台转来的我国大使馆的电报，电报上说，救援组已经行动，叫我们做好接应准备。当晚，我们终于盼来大使馆派来的救援车队，我们得救了。生死关头，中国大使馆的相关人员同样彻夜未眠，为了营救我们而分秒必争。

再后来，经大使馆的努力，我们与漂到伊拉克的船员全部安全回国，只有大厨，由于伤势过重，永远长眠在了异国的土地上。

两伊战争已结束三十余年，留给人们的只有创伤和刻骨铭心的痛。记述此文，愿世界和平。

梁衍军摘自《垂钓》　图：佐夫

神剧情：土豆也能击沉潜艇？

@林森

潜艇，作为“水下幽灵”和名副其实的“水中杀手”，让无数水面舰艇和海军官兵们心惊胆寒。但与此同时，也涌现了不少让人津津乐道的“倒霉”潜艇，这其中，尤其以被美国海军官兵用土豆“击沉”的日军吕-34号潜艇最为“出名”。

1943年初，为配合美军在西南太平洋诸岛上的反攻行动，美军太平洋舰队利用其雄厚的实力实施海上封锁，切断了日军对新几内亚群岛的增援和补给。4月5日，美军奥邦农号驱逐舰奉命在所罗门群岛海域执行战斗巡逻任务。奥邦农号隶属于弗莱彻级，该级驱逐舰是美军在二战中产量最大的驱逐舰。弗莱彻级的性能在二战驱逐舰中堪称翘楚，而奥邦农号正是该级舰中的一艘。

当时，海面情况一切正常，美军强大的海空优势迫使日军不敢轻易出击。正因如此，优哉游哉的美国大兵们觉得日军不会前来送死，于是就在甲板上懒洋洋地晒太阳。但是，谁也想不到的是，就在这时，一声巨大的“扑哧”声吸引了所有人的注意——居然有一艘日军潜艇从他们的旁边破水而出！

这艘潜艇是日军的布雷潜艇吕-34号，当时它正准备上浮到水面换气。没错，一切就是这么巧，

吕–34 号恰恰就不偏不倚地在奥邦农号的旁边出现了。

这一幕惊呆了甲板上所有的美军官兵，一些回过神来的水兵赶紧跑向火炮的炮位，摇动火炮打算攻击日军潜艇。但吕–34 号潜艇距离军舰实在是太近了，火炮即便用最低俯角射击，也没法打中这么近的目标。而另一边，很显然日军的艇员们也完全想不到居然有美军军舰会出现在自己的旁边，潜艇上的瞭望员对此更是毫无反应，因为他们居然睡着了！

有美军士兵在后来回忆道，我们看到那些日本人穿着短衣裤，戴着蓝色小帽，被吵醒之后突然看到一艘美国驱逐舰出现在眼前，不禁目瞪口呆。我们这边则没有一门火炮能够打到这艘潜艇，而手头上也没有任何轻武器可以使用，日本人也同样没有人手上有武器。在那一刻，我们双方都瞪着对方，不知道如何是好。

正在惊慌之际，一个美军水兵看到军舰甲板上有一堆土豆，想都没想，抓起土豆就向潜艇扔了过去。可能这些土豆是官兵们的午餐，但是顾不得那么多了，随即，其他水兵们也效仿着将土豆扔向日军潜艇。霎时间，铺天盖地的土豆就冲着刚刚上浮的吕–34 号飞了过去。

这时，吕–34 号上那些不知所措的日军官兵看到有东西从美军驱逐舰上朝自己飞了过来，但由于太阳光十分晃眼，从艇长到士兵，谁都没有看清这飞来的东西是什么。突然间，有人喊了一声："不好！是手雷！快下潜！"就这样，艇长急忙下令潜艇急速下潜，以躲避"手雷"的攻击。

可不想，由于下潜时速度过猛，潜艇一头栽到水底礁石上，遭受严重损伤，失去了机动能力。于是奥邦农号抓住这一战机，迅速在潜艇下潜的地方，投下数枚深水炸弹。炸弹产生猛烈的爆炸，吕–34 号就这样被击毁了。

这个故事后来在美国国内的报纸上被广为报道，一时间家喻户晓。由于当时所投掷的土豆出产于美国的缅因州，所以当土豆种植协会得知此事后，他们给奥邦农号送来了一块金属牌子，这块牌子被安放在舰员食堂附近。

于是乎，日军的吕–34 号就成了人类战争史上第一艘，也是迄今为止唯一一艘"死于"土豆之手的潜艇。

离萧天摘自微信公众号鱼羊史记　图：恒兰

办公室里的战争

@语 末

没任何的通知和邀请，老鼠在一个雨夜造访了我们办公室。

它打招呼的方式是踢翻了我们的一个垃圾桶。踢翻别的垃圾桶吧，我们可能也不会觉察，可它踢翻的偏偏是李天王的垃圾桶。李天王是办公室头一号吃货，每天油油醋醋汤汤汁汁的，产生的垃圾也是千姿百态。

那天，他的垃圾里有小半个红心火龙果，可能那老鼠也爱吃火龙果，把李天王吃剩下的啃得差不多了。估计啃完后撑得慌，便拖着那沾了红果汁的脚丫子，在天王的桌子上踩出了一圈“血淋淋”的我们人类读不懂的文字密码。读不懂，但看着很吓人，直接导致那两百斤重的号称天不怕地不怕的李天王在看见的瞬间跌坐在椅子上，半天回不过神儿来。

“挑衅！”李天王在恢复理智后立刻拍案而起，“人与鼠怎能同居一室！”

于是，他舍弃挚爱的午睡，跑到市场上买来粘鼠板和老鼠夹，把本来发善心喂流浪猫的鸡腿骨头放到上面做了诱饵。折腾完，他和我们一起商讨第二天把老鼠绳之以法后该如何处置。大家叽叽喳喳，各抒己见。

然而，理想很丰满，现实很骨感。当我们第二天怀着胜券在握的心态打开办公室门，来到布置的几个捕鼠点时，发现上面的东西纹丝未动。是鼠儿没来吗？不是，来了，它把苏小妹垃圾桶里的饼干袋扯出来咬得粉碎。

鲁大师分析，不是美食不够分量，而是捕鼠设施的力度不行。为此，他很利索地又搭建了一个传统的“花盆擒鼠装备”。他也是舍出血本了，把自己那心爱的凤仙花移植到了洗脸盆里，把大瓷花盆儿贡献了出来。他把花盆倒扣到地上，在边沿儿上支一块小砖头。据他讲，这砖头支得相当有学问，往里不行往外不行，就得是那一个点，在老鼠闯进去的瞬间来个请君入瓮。当然，花盆里也悬挂上了香喷喷的火腿。

结果，这样精心的安排，老鼠愣是一点没看上，而是改变路

 就是爱历史（三月篇）14.1988年3月11日，中国残联首届代表大会在北京开幕。

径，把我们办公室和隔壁屋的塑料隔板给咬出个洞。要知道，那隔板很贵的。我们有些怒了，同时也分析出老鼠肯定能听懂人类的语言，把我们白天商量对付它的策略全听了去，所以便不按常理出牌。

我们吓得都不敢再大声喧哗对付老鼠的对策了，改用眼神和纸条交流。大家一致认为，老鼠把隔板咬个洞，晚上肯定还要从那里出入。于是便在那个洞的周围又密集埋伏了若干粘鼠板，并供上美食若干，打算一举拿下！

第二天早晨，大家一进办公室便赶忙跑过去查看，结果发现连老鼠的一根毫毛也没粘住，倒是粘了一只蛐蛐。

老鼠没粘住，并不代表它没来。我们在埋葬了蛐蛐后才发现，老鼠把其中一块粘鼠板咬了一个跟老鼠洞口大小一样的口子。这算什么粘鼠板啊！我们被气得发抖，想开空调暖和一下，然而空调竟然不能用了。找来维修师傅，检查结果令我们发指：线路被老鼠咬坏了！大家坐不住了："它不怕触电吗？"

维修师傅由衷地赞叹道："它很聪明，带电的那根线它碰都没碰，它咬断的是那根唯一不带电，但又能控制空调的线。"

我们彻底被震惊了。这不仅是一只身体素质优越的耗子，它还懂电路！简直是耗子界的特种兵。

可是，一连好几天晚上，老鼠竟然都没再光临。我们想，老鼠肯定是玩腻了，不会再来了。

然而，就在我们放松警惕时，一周后的一个晚上，它又来了，一举捣毁了我们所有的捕鼠设施：七块粘鼠板被踢得到处都是，老鼠夹子乱了顺序，花盆也倒了，还咬坏了苏小妹昂贵的护手霜。

"这是带了一个团队过来了！"鲁大师冷静地判断。

"这些老鼠已经从游戏上升到心理战了！"我也要被气哭了，因为我刚整理完要呈给老总签字的文件也被咬花边了。

直到今天，老鼠还是没被逮着，三天两头地还会来看望我们，时不时地留下一个不知从哪里捡来的果核。我们早已没了心劲儿跟它斗，就当是养了一只宠物吧。当然，现在我们每天都会把自己的区域收拾得干干净净，因此，办公室比以前整洁明亮了许多。而这，是不是还要感谢老鼠呢？

朱权利摘自《北京晚报》

抓药

@ 莫小谈

那天，我去济世堂为爷爷抓药，发现除了纪先生与药铺伙计外，还有几个人立着，气氛有些凝重。搭眼一看，供堂上药师爷的牌位也扣放在那里。

之前，我和父亲也曾来过几趟，纪先生总是乐呵呵地抚摸着我的脑袋：小鬼，又长高了。父亲一笑：过些时日，就能单独来了。随后父亲又说：再抓几副药，我爹还是咳得厉害。

接下来，纪先生口述药方子，药铺伙计照方抓药：丹参6钱，当归3钱，白术4钱，砂仁、七叶一枝花各2钱，胆南星1钱……记着，加水煎15分钟，滤出药液，再加水煎20分钟，去渣，日服2次。

父亲收起药方和药包，补问一句：去哪里买药引子？

中医注重药引子，纪先生也不例外，他要么说去西街百货店里找赵四爷买白酒半斤；要么说到大王村洪恩家讨几只蝎子蜈蚣；要么说晚饭时再遣人送来一味配伍的药，等等不一。

回家后，父亲总是把药包放在案台上，随后取出药方揣到怀里，捂了捂，又按了按，对爷爷说：我去取个药引子。

爷爷一阵猛烈的咳，而后咯痰，声音大得四邻八舍都能听得到。好久喘匀实了气儿，说：去吧，快去，路上小心些。

我隐约觉得，爷爷与父亲都非常在意纪先生开的药方子。

一切妥当后，父亲开始煎药，中药味像雾一样弥散开。

有一次，父亲把我叫到身边：臭小子，几岁了？

九岁。

都成小伙了。

嗯。

以后能自己为爷爷抓药不？

能。

父亲笑笑：兔崽子，出息了。

一天半夜醒来，我听见父亲和爷爷谈话，大多数话都听不懂。最后，父亲冲着爷爷磕了三个头，爷爷扶起他低声说：走吧，快走，路上小心些。

父亲没有和我告别，但我清晰记得头天与他的对话：你单独抓药时，要注意什么？

看到药师爷牌位扣着放时，不多说话，听纪先生的，他问啥我答啥。

父亲点了点头。

今天，药师爷的牌位是扣着的。

我瞟了一眼立着的几个人，又看了看纪先生。

喔，小鬼，是来给爷爷抓药的吧？

是。

这几天还咳得厉害？

厉害。

带血不？

带。

喊疼不？

喊。

纪先生面朝立着的几个人说：他爷爷肺痨，老病号了。

立着的几个人相互看看，带头的人示意纪先生开药方。

纪先生对药铺伙计说：乌骨藤、槲寄生各6钱，前胡、苦参、山慈菇各3钱，白及、花蕊石各4钱，松香、乳香各3钱……还按之前的方法煎服，一日一剂。

包好药，纪先生特意交代我：我这里冰片成色不好，你去东桥头栓祥药铺买1钱冰片入药，就妥当了。

嗯。我正要接过药方，却被一个胖子抢先夺了去。

纪先生冲胖子一笑：就是一药方，别吓哭了孩子。

我一听，当即哇哇大哭，伸手和那人抢：还我，还我，这是爷爷的救命方子。

打头的人向胖子发话：你拿着方子，陪孩子一起去。

到了栓祥药铺，我说：栓祥叔，纪先生药铺没了冰片，让来补个方子。栓祥医生看看我，又看看我身后的胖子，说：把方子给我。胖子不给，一脸严肃地说：只缺 1 钱冰片，你只管抓就是了。

那不行，冰片有毒，肝肾虚者不宜用，气血虚者忌用，慢惊属虚寒者不可用，小儿吐泻后成惊者切不可服。栓祥叔态度坚决，不让我看药方，我万不敢抓药。

我又哭了：爷爷咯血，还喊疼，没药吃会死的。我哭喊着去抢胖子手里的药方，还不给，就咬他，哭着求他救救爷爷。最后，胖子无奈，把药方给栓祥医生。栓祥医生细致，默念着方子，反复核对每一味药的每一个剂量。

补完药方后，胖子又随我回家。爷爷也不问来人是谁，只是咳嗽，身子一颤一颤地咳。

又咯血了？我问爷爷。

一阵剧烈地咳嗽后，爷爷抹一把嘴角，有血。

疼吗？我又问。

疼。

我忙为爷爷煎药。至此，胖子神情才稍放松些，问爷爷：病多久了？

爷爷只顾咳，喊疼，不理他。

胖子站在一旁看我煎完药，才打算离开，走到门口时，又突然折身回来，蹲在爷爷身边，冷冷地问：为什么不喝药？

爷爷不理会，好大一会儿，等到药汤温热正好，才一饮而尽。胖子还不放心，又在我家左瞧右看了半天，实在没什么可疑，才悻悻地离开。

这一天，我觉得所有人的表现都很异常，但又觉得所有人的表现都很正常。当晚，听街坊说，纪先生被捕了。听说，是地下党。街坊压低声音说。

爷爷摸索着起身熬药，顺手将那张药方子烧成灰烬。从此，我再也没有看见过父亲，但令人欣喜的是，爷爷的病好了。

慕吉摘自《中国微型小说读库．第 1 辑》

上海文艺出版社　图：杨宏富

不要和陌生人说话

@艾小羊

母亲被骗了。

早晨10点，她急急忙忙地回来拿钱包，直到午饭时，她还没有回来。我们边吃边等，终于，母亲神情恍惚地回来了，进门的第一句话是："总算到家了。"

原来，母亲早上锻炼时，遇到了一个中年妇女，主动与她拉家常。两人相谈甚欢时，来了另外一个中年妇女，自称会看相，说我家最近有血光之灾，要找师父。母亲回家拿钱，同时被她们叮嘱千万不要告诉家人，否则就不灵了。结果，她们开车把母亲拉到附近一个小区，一人拿走她的钱与戒指，去跟"师父"商量，一人陪她在楼下等。不久，陪她的人也借故走了，母亲等了半个多小时才反应过来，自己被骗了。

异常拙劣的骗局。在我眼里，母亲一直是个谨小慎微的人，她从困难年代走过来，勤劳节俭，不会轻易把钱交到别人手中。

父亲报了警。

下午，我去上班，父亲赌气要去医院看病，母亲只好一个人去派出所做笔录。

让胆小怕事的母亲一个人去

回顾那场梦魇般的骗局，我很不放心。勉强坚持到下午4点钟，我请假回去看母亲。

下了大巴，我急匆匆地往家赶，却看到前面是母亲熟悉的身影，她身边同行的是一个陌生人。我好奇，便悄悄地跟在她们后面。

“我大儿子在山东，二儿子在四川……”母亲语速很慢，带着一点儿山东口音，谈起自己的儿女，她总是自豪不已。

到了家门口，母亲与陌生人道别。我走上去，叫了一声“妈”，本想问她做笔录的情况，一出口却是：“刚才那人是谁？”母亲说：“半路碰上的，不认识。”

“以后不要跟陌生人说话，有话回家说。”或许我的语气过于严厉，母亲的脸一下红了。

被骗这件事，让母亲几个星期都没睡好觉。在她看来，每一个主动与她说话的人都是好人。

“那个小张，不笑不说话；那个推销保健品的，从没逼我买东西，倒是总教我保健知识；还有水果店的小王，是我们老乡……”母亲说得委屈，父亲却不耐烦地打断她：“你怎么就有那么多话要说？”

与母亲相比，父亲的性格则开朗得多，并且爱好广泛，在小区里有棋友、麻友、钓友。母亲一生操持家务，除了看看农村题材的电视剧，几乎没有什么爱好。

两个月后，公安局打来电话，说在附近端了一窝骗子，让母亲去认人。

被抓住的正是骗母亲的那伙人。可从公安局回来，母亲却一点儿也不高兴，她仿佛犯了大错似的躲着我们。父亲悄悄告诉我，诈骗团伙里有一个人是常与母亲一起锻炼身体的“老朋友”。

在我们看来，这是一件小事，母亲却因此一下子变得苍老起来。父亲说，她是心里有火，一直没咽下这口气。

转眼秋天到了，这是武汉最好的季节，母亲却极少出门，连早锻炼都放弃了。

一天，我的一份文件落在家里。回家取时，家里静悄悄的，我以为没人，却听到母亲在阳台上说话，声音不似平时，倒有几分像梦呓。我蹑手蹑脚地走过去，只见母亲站在阳台上，手里拿着几张照片，照片上是她在家乡的几个老姐妹，有的已经故去，有的也跟着儿女去了外地。“我大儿子在山东，二儿子在四川，你们家小安子还在上海吗？上海话难懂吧？武汉话我都听不太懂……”母亲絮絮叨叨地说着。

在没有朋友的城市里，在都市安静的一角，母亲的背影显得那么孤单。

我终于明白一生慎重的母亲为什么会上当受骗了。孤独的人总是格外贪恋那一点关怀与温暖，哪怕只是简单的一句搭讪。我眼里含着泪水，悄悄锁门离开。

晚上，我对母亲说：“今天下班，有个人问我‘你妈是不是回老家了’。她说很久没看到你，想跟你聊天。”母亲的眼睛里闪着光，急急地询问我那个人的长相。

“是老赵吧，我们山东老乡，不过，也可能是老陈。”母亲说。

“妈，你看你，整天不出门，小区里的朋友都想你了。”我说。

母亲腼腆地笑笑，不好意思地说：“我也没有什么朋友。”

第二天早晨起床，没看到母亲的身影，父亲说她去健身器材那儿了。

上班前，我特意绕到健身器材处，远远地看到母亲一个人在转腰器上百无聊赖地转动着身体，花白的头发在晨风中似江边秋日的芦花。旁边的跑步机上，一个中年妇女在跑步。过了一会儿，中年妇女上了另外一个转腰器，在我母亲的对面，两人有一搭没一搭地开始聊天。我在心里默默地说：“妈妈，你想说什么就说什么吧，即使那是一个骗子也没关系。”

当我与父亲将母亲从她生活了一辈子的小城市连根拔起，移植到武汉这座大城市时，她就成了一株没有养分的树苗。然而，每个人都属于社会，都需要一个尽可能大的世界。在与这个世界各色人等的交流中，让她感到自己被需要、被重视。

张秋伟摘自《我不过无比正确的生活》

人民文学出版社　图：豆薇

【讨论区】世界上最可怕的并不是骗子，而是孤独。父母被骗后，与其指责他们，不如多去关注他们被骗背后深层次的心理需求。遇到陌生人，是否真的不能说话？

爆竹声中一岁除，撸铁送我入病屋

@Smile

从去年十月开始，体力劳动变少，入秋了开始“贴秋膘”，我的运动量逐月递减，直到今年一月达到低谷。“垂死病中惊坐起，笑问冬天胖几斤”，我不能再这样下去了——我要健康，我要减肥！

与其坐而论道，不如起而行之。健身房的促销消息挤满了朋友圈，我在第二天就办了月卡，开始重拾撸铁生涯。教练给我定下一周五天，三天有氧运动，两天无氧运动的训练计划。

到了第五天，早上起床被镜子里的自己吓一跳，双目无神，眼袋深重，面色异常潮红，手臂的僵硬酸痛更为严重了。上厕所时，我望着马桶里憋出来的茶褐色尿液及漂浮着的泡沫，陷入了沉思：没听说喝下去的茶会原封不动地回归自然，再说我昨天也没有喝茶呀？

一丝忧虑浮上心头，于是把情况反映给了亲姐。她是三甲医院的护士，在肾科轮过班，一听我的描述，就提出了几种可能性，让我先多喝水，下午来医院检查。这一天，是大年二十八。

临近中午，我没有急着赶去医院。在网上对比搜索了一下症状，发现有很大的可能性是横纹肌溶解症，建议是多喝水。于是我吨吨吨地灌了十几杯水，算下来有两升的水量。之后，尿量明显变多，颜色也淡了很多，不过还是茶褐色，不是正常的淡黄色。

姐姐又一通电话把我骂醒。她咨询了肾内科的主任医师，像我这种情况需要抽血检查，如果确诊是横纹肌溶解症，拖着不及时治疗，可能会引起肾小管堵塞，导致急性肾功能衰竭，要透析才能治疗！让我自己想想是回家过年重要，还是小命重要？

经过十秒钟的慎重考虑，我果断选择了保命，急匆匆地赶去医院抽血。抽血检查的项目是肾功能、心肌酶谱和电解质。检查发现我有六项指标远高于正常值，特别是磷酸肌酸激酶达到正常值的216倍！这下惨了，检查室打来电话，提醒我这种情况非常严重，最好立刻到医生这里来。

主任医师看过报告，确诊了横纹肌溶解症，斩钉截铁地说需要打吊针，最好立刻安排住院。看到我脸色很差，医生安慰说，病情发现得早，及时进行治疗，坚持一周后问题就不大了。我预感到这个年是回不去了，开始纠结如何向爸妈交代。

大年二十九的晚上，我住进了病房。躺在床上，我放空思绪，回忆上一次打吊针是什么时候。这时手机响了，是妈妈的电话，第一句话就让我鼻子一酸：“今年我们去你那边陪你过年！”

第二天中午父母来了，还没来得及休息就开始张罗年夜饭。他们从家里带了处理好的老母鸡、羊肉、鲫鱼，还有市面上已经涨到十块钱一斤的小青菜。我在医院里默默地输液，医生查房时特意交代，过年期间要特别注意饮食，不能吃高盐食物，不能吃大量蛋白质，以免进一步加重肾脏负担。我一边吨吨吨地灌水，一边心生悲凉：过年都不能多吃，只能尝一尝味道……

大年初五，我照例去医院复查。令人非常惊喜的是，指标已经接近正常区了。医生说，恢复得非常好，后期可以不用打吊针了，注意多喝水多休养一阵子。

回想起这次不一样的春节，我给自己提了个醒，以后运动要适可而止，身体出现状况时万万不可有侥幸心理，要及时上医院就医，详细向医生描述症状。

刚过雨水，马上就到惊蛰了。万物复苏的季节里，我希望大家依然热爱运动，保持健康生活呀！

慕吉摘自微信公众号果壳病人　图：恒兰

首发

斗狠

@刘建超

【作者寄语】 写作要随意，不要刻意。创作的随意是一种境界、一种洒脱，是凭自己遐想信手拈来的灵丹妙药，是在自由的王国里没有羁绊、没有拘束、超凡脱俗地自由散步。随意可以出经典。

【作者简介】 刘建超，中国作家协会会员。发表文学作品 800 余篇，出版小说集 11 部，获冰心儿童图书奖、小说选刊年度大奖等。

正月十五刚过，南关码头新开张了个“江龙货栈”。老板江瀚，天津人，四十出头，方脸浓眉，身材魁梧，待人和善。

老街南关码头是个水陆码头，地处洛河下游。南关码头上接陕西和山西，下通山东和安徽，豫煤鲁盐，铁器木材，土产杂货，棉花布匹，南丝东绸，都是走水路运到老街，再由陆路流转各地。老街南关码头最多的是货栈，能在码头开货栈的主都是在老街生意场上有头有脸的人物。老街把在码头做买卖，称为“斗码头”。

江瀚老板看着面善和睦的，做起事来却是柔中带刚。这不，赖石磙派来收保护费的爪牙就被江瀚不冷不热地给顶回去了。

码头的买卖好，却不是人人都能吃得下来，斗码头的酸辛老街人心里明白。

赖石磙，人称赖爷。赖石磙目不识丁，曾经在吴佩孚的第四师当过兵。回到老街后，跟着武师学得些拳脚，在老街惹事耍横，泼皮无赖。雇了一帮打手扛着一口大铡刀，在码头明抢暗夺。

赖石磙听了手下的汇报，两眼瞪得如牛蛋，说一个外地人敢来南关“斗码头”，还不交保护费，不递投名状，真不知马王爷几只眼了啊，赖石磙骂骂咧咧带着手下来到江龙货栈。

赖石磙踢翻了江龙货栈门口摆放的花篮，骂停了鼓着腮帮子吹奏的响器。来给江龙客栈捧场的同行以及看热闹的闲人把货栈围了个密不透风。

江瀚提着一壶茶，恭恭敬敬给赖石磙倒上，不卑不亢，说不知赖爷驾到，有失远迎。

赖石磙根本听不出好赖话，脖子一横，在老子的地盘开灶抢食，也不问问南关的规矩？

江瀚拱手说，本人从天津卫初来乍到，不曾知晓规矩。

赖石磙说，简单，简单，每单货物我抽水五成，逢年过节再孝敬些零碎。

江瀚皱皱眉，赖爷，你这规矩我要是应承不下来呢？

赖石磙眼珠子瞪出了火，呵呵，那就是打我的脸啊。中，咱就斗斗狠，赢了，你开你的店，输了，你就哪来滚回哪去。

赖石磙挥挥手，手下抬着一把大铡刀放置堂前，铡刀锋利的刀刃泛着冷冷的寒气。

南关斗狠就是蒙眼压铡刀。斗狠双方，轮流将家人朋友的胳膊或腿放置铡刀上，持刀人蒙上双眼，一刀压下去，以刀刃距肢体的距离论输赢。距离远的算输，切破了皮见了血的也算输。

赖石磙仗着会些拳脚，又心狠手毒，老街人也不会拿着自己亲朋去冒险，斗狠没有人能赢过赖石磙。赖石磙就靠着这一手，欺行霸市，也赶走了不少商家。

铡刀放置赖石磙跟前，赖石磙脚踩着铡刀背，乜着眼冷笑。往常，只要铡刀一亮相，赖石磙就笃定胜出了。江瀚依旧面带微笑，围着铡刀看看，说赖爷，这铡刀还真是不错。今天就是折了胳膊、断了腿，也对得起这把铡刀了。您看，咱谁先来？

赖石磙心里咯噔了一下，收回了跷在铡刀上的腿。在南街码头，人一听斗狠，锋利的铡刀往面前一摆，还没人敢跟他较真。今天碰上对头了。

围观的人平日里见惯了赖石磙霸道又无人敢惹的蛮横，今天一见江瀚真敢和赖石磙较劲斗狠，都起着哄为江瀚叫好鼓劲。

赖石磙先上手，他蒙上眼，手持铡刀柄满脸杀气。

赖石磙的管家狐假虎威，知道老街上人不敢与赖石磙斗狠，平日里都是神气活现地挽起袖子，把胳膊伸进铡刀，一副视死如归的豪壮。

今天居然有人敢与赖石磙动真格的，管家就两腿筛糠，哆哆嗦嗦地把手臂伸进铡刀，小声说，赖爷，我可上有老下有小，手下留情啊。

赖石磙嘴里骂着，手往下一压。中人测量过，喊着，相距两指——围观的人一声惊叹，江瀚悬了。管家狼狈地爬起来，裤裆都湿了。

赖石磙双手抱在胸前，朝江瀚努努下巴。

江瀚抱拳对围观的人说，各位父老，江瀚初来乍到，也无亲朋好友，我就来铡自己吧。

江瀚坐到地上，将一条腿伸入铡刀，蒙上眼大喝一声：走！他双手压下铡刀，厅堂鸦雀无声。

中人蹲下细看，伸手扯下自己的一根头发，小心翼翼沿着刀刃往里推。头发丝，断了。

中人举着被割断的头发，说，严丝合缝，严丝合缝啊。

好！围观的人欢声爆发，震得屋梁颤动。

江瀚站起身，弹弹身上的土，拱手对赖石磙说，赖爷承让。

哼，没完！赖石磙甩手带着一众手下出屋走人。

江龙货栈门口的花篮被人重新摆放好，响器又欢快地鸣奏。

有人说，江瀚是天津卫形意拳师李汉章的弟子，功夫了得。尤其是门派绝技“贴山靠”，人称“铁背熊”，有破墙而过的神功。传说无人考证，可是江龙货栈的生意异常红火。

只是没人知道，江龙货栈悄悄地给抗日队伍运送了诸多禁运物资。

 就是爱历史（三月篇）20.1787 年 3 月 16 日，德国物理学家欧姆诞生。

首发

斗智

@刘建超

蹄子在跟随江瀚老板做事之前，在老街凭着力气跑零活，饥一顿饱一顿，居无定所。

那日，江龙货栈的老板江瀚在老街狮子楼请客商吃水席，宴席客散已经是午后。江瀚送走客商，转身看到了蜷缩在酒楼门口石狮子旁的汉子。

汉子衣衫破旧，蓬头垢面，呼噜呼噜睡得正酣。江瀚蹲下身，拍拍瞌睡的汉子，天冷，别冻着了。汉子睁开惺忪的眼，嘟囔着，你这人烦不烦啊，我刚梦到一只羊蹄髈，还没有张口咬就被你吵醒了，赔我羊蹄髈啊。

江瀚笑了，好好，我赔。江瀚招来店家，拿来一只羊蹄髈，递给汉子。汉子疑惑地看看江瀚，江瀚说，吃吧，赔你的。汉子也不说啥，张开大口狼吞虎咽般啃着蹄髈。

江瀚说，要不要碗酸汤啊，别噎着。汉子嘬着油乎乎的手指头，小看人嘛，酸汤不要，有本事给来壶酒。

江瀚让店家拿来了一壶老酒。那汉子把整只蹄髈塞巴进肚子，壶里酒也一滴不剩。汉子满面红光，精神头十足。

江瀚起身要走，汉子油乎乎的手扯住江瀚的裤腿，老板，救人救到底啊，你这样走了不就是

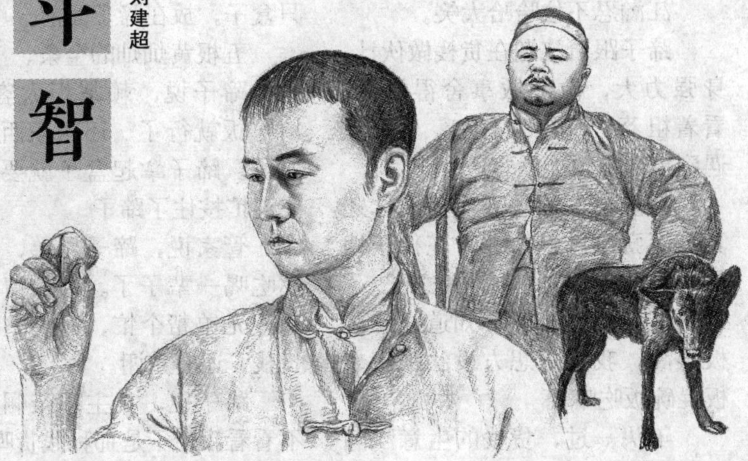

害我吗？

江瀚问，我如何害你啊？

汉子说，我整日饥一顿饱一顿，有个冷馍凉水填饱肚子就是好日子。你这好酒好肉给我吃了，这胃口也吊起来了，以后没酒没肉，我咋过？

江瀚的货栈也正需要人手，就问，给口饭吃，你都会干啥？

汉子说，别的没有，就有把子力气。汉子说完，站起身，重新扎扎腰间的绑带，对着石狮子看看，双手抱着石狮子，一声大吼，居然让石狮子离开了地面。

江瀚说，你叫啥名字？

汉子说，爹妈死得早，我也不知道自己叫个啥。刚才吃了蹄髈透美，就叫蹄子吧。

江瀚忍不住哈哈大笑。

蹄子跟着江瀚在货栈做伙计，身强力大，做活做事舍得拼命。看着粗莽，却粗中有细，生意上遇到事情他也能从容应付。

江瀚说，蹄子，看不出你还真是深藏不露啊。那日在狮子楼前吃蹄子喝酒也是有意为之吧？

蹄子嘿嘿笑笑，知道你江老板眼高，我也是想方设法跟江老板混碗饭吃嘛。

年头一过，货栈的生意江瀚就交给蹄子打理了。

赖石磙同江瀚“斗狠”失了脸面，他把管家骂了个狗血喷头：奶奶的，你就不会动动你的猪脑子，想个法子把江龙货栈赶走！

管家转转眼珠子，硬碰不行，可以迂回啊，从江瀚的身边人下手。老板江瀚器重的是帮手蹄子，可以花大钱从他身上找突破口。

赖石磙在老街狮子楼摆下宴席，请蹄子喝酒。蹄子如约而至，吧唧吧唧啃着蹄髈，咕咚咕咚喝着老酒，如入无人之境。吃饱喝足，一抹嘴，说，饱了，走了，谢谢。赖石磙拦住蹄子，兄弟稍后，正事还没有说呢。

蹄子又倒上一碗酒，说嘛。

赖石磙摆摆手，管家拿上一只盒子，放在蹄子面前。

五根黄灿灿的金条。

蹄子说，赖掌柜太客气了，请吃饭就行了，还送东西啊，谢谢了。蹄子拿起盒子就要走，管家连忙按住了蹄子。

管家说，蹄子兄弟，金条够你吃喝一辈子了。今天请你就是想让兄弟帮个忙，只要整垮江龙货栈，还有重谢。

蹄子说，卖主求荣啊，你也不看看我蹄子是那种贱货吗？

就是爱历史（三月篇）21.1958年3月17日，我国第一套电视发送设备在北京试制成功。

在南关码头混，谁敢不给我家赖大当家面子。你不要敬酒不吃吃罚酒，不然你走不出这个门。

十几个人围住了蹄子。

蹄子根本没当回事，喝干碗里的酒，一只手攥住桌子的腿，把整张八仙桌高举过头顶，又稳稳放下，桌子上的碗筷纹丝不动，蹄子起身走人。

赖石磙手戳着下巴，对管家说，这小子光棍一条，无牵无挂，自然约束不住他。要想法子让他有念想，要约束住他的心。

管家诺诺点头。

不日，有人找到江瀚，给蹄子提亲。女方长得端庄秀丽，家境也不错，江瀚就答应下来。

蹄子婚礼办得排排场场，狮子楼水席宴请了整个码头的商家。不久，蹄子媳妇就怀上了娃，蹄子逢人就散烟递糖，喜得如同弥勒佛。

蹄子媳妇身孕五个月，回了娘家，就此无了音信，蹄子成了热锅上的蚂蚁。赖石磙管家对蹄子说，蹄子媳妇乃是管家的远房侄女，要想母子平安，必须照赖大当家的要求去做。

管家递给蹄子一包药，说，只要每天在江瀚的茶水中放上一小撮，半年之后，江瀚就是病秧子了，江龙货栈也就完蛋了，媳妇自然也就能回到你身边。

蹄子只得答应。

半年已过，江瀚安然无恙，赖石磙家里养的大黑狗却日衰一日，死了。蹄子带着礼物上门，说是给大黑狗吊孝。

蹄子说，你说怪不怪啊，管家送的药我给江老板吃了，人越吃越精神，我就试试看，给了你家的大黑狗，谁知道它还越吃越上瘾，找到货栈讨要吃的。这半年我已经找到了媳妇，她还给我生了个胖儿子。你瞧瞧，这剩下的药啊，我寻思也别浪费了啊，都交给赖大当家的手下了，以后吃喝可要当心哩。

赖石磙把管家揍了一顿，看谁都像是要下药害自己的人，谁给他端吃端喝都得被臭骂，经常吃着饭喝着酒就掀翻了桌子，说有人想要下毒害他。

老街人都说，赖石磙这浑球魔怔了。

图：陈明贵

把故事讲到人心里去

@麦　家

文学的创新，是一个跟文学一样古老又现代的话题，看上去简单，实际非常深奥，我肯定无法“解密”它，只能是抛砖引玉。

我对自己的小说有个要求，要把故事讲到人心里去。故事是小说的基本面，它是由情节构成的，而情节正是测验人性的场域。但小说不能止于故事。

过去在乡里民间，今天在网络论坛，都流传着很多一波三折、扣人心弦的故事，但不能称之为小说。一来没有很强的文学性，二来也缺少文学“浸润心灵、启迪心智”的作用。

小说应该是内容和形式的统一，有了叙事才有小说的艺术，作家的重要任务就是把讲故事变成文学叙事，这同样也回答了“面对极大丰富的文化产品，小说为什么依然不可替代”这个问题。作家笔下的故事所提供的，应该是影视剧拍不出来、短视频无法呈现的审美愉悦。读者只有在小说里才能体会那种文学独有的驰骋想象的快乐。

小说是虚构的艺术，“真实”是文学叙事的最高级形态。海明威说：“我不允许任何不真实进入我的小说。”这也是我的信条。

衡量文学的真实像是在做数学题，要通过读者心中的“标准像”和作家对事物的认知进行加减换算。任何一个失真的物件、反常的细节都可能会迅速切断读者与小说之间的情感连接，让读者觉得“假”。

说到底，小说不仅要从生活中汲取养料，同时也要对生活负责，能够对读者有一点介入、影响，甚至启发、引领。虽然我的小说描写的大多是有传奇本领、特殊使命和经历的人物，他们的生活也许跟普通人大相径庭，但其大开大阖的经历、大悲大喜的感受、大荣大辱的考验，可以极大限度地展示人的生存状态和内心感受。

摘自中国微型小说学会
微信公众号

听名家谈创作，
悟生活与艺术，
扫码一览完整版。

铁头功

@ 球球的画

小祺摘自微信公众号球球的画

蒙面少女与隐形男孩

@万 芊

一天，我过江去讲课，一位朋友托我把蒙面少女带过江，去见她的网友。我不解，朋友说，他也是受朋友所托。蒙面少女是网名，去见隐形男孩。

七时许，薄雾缭绕，渡船推迟了第一渡的起锚时间，码头上人头攒动。我在预先约定的“大海女儿”的雕像下见到了一名亭亭玉立的少女，披着轻纱，身边立着一个小巧的行李箱和一个巨大的琴盒。

我上前打招呼，你就是蒙面少女？

那小女子似乎听觉优于视觉，第一反应的是她的耳朵，她的眼睛顺着耳朵的指引，向我迎来，粉嫩的笑脸上透出一缕红晕。她银铃般的声音随即传来：我是，我是蒙面少女，您是万叔叔？

我说，我是，朋友所托，送你过江。我似乎感觉到了她眼睛对于四周人与物反应的迟钝。虽说她有一双水汪汪的大眼睛，但似乎那只是摆设而已。

我背起大琴盒、拎起小行李箱，腾出一只手，扶她上船。

她只字没提自己的眼睛，我自然也不便提及。

根据朋友托付的要求，上岸后，我安稳地把她送到“大海母亲”的雕像前，我的任务也算圆满完成了。

把她安顿好，我又在一边的“温馨早餐车”上给她买了份热腾腾的蛋卷饼、珍珠奶茶，小心地放到她的手上。这算是我的一份小小心意。

临别只听得她一连串银铃般的声音，谢谢万叔叔，您慢走！

这天讲课后，我匆匆来到江边轮渡码头，准备赶最后一班渡轮回家。当我赶到码头时，我无意中朝早上安顿蒙面少女的地方瞧了一眼，不觉吃了一惊：蒙面少女仍旧坐在“大海母亲”的雕像下，安静得像另一尊雕像。

我急忙赶过去，问，见到你的隐形男孩了吗？

蒙面少女平静地摇摇头，轻

 就是爱历史（三月篇）23.1944 年 3 月 19 日，郭沫若发表《甲申三百年祭》。

轻地说，他没来。

你坐了整整一天？我问。

她微微点头，似乎在说一个跟她关联并不大的人的境遇。

我急了，又问，你联系上他了吗？

她说，联系了，他一直关机。

让我看看他的号码。我说。

我的手机没电了。她说。

我觉得非常抱歉，竟然把一名高度弱视的从远方来的少女丢在轮渡码头整整一天。我马上与我的朋友联系。

我的那位朋友也正在着急，说，约定的蒙面少女与隐形男孩见面的音乐网络直播时间即将到来，而他们双双失联了。

朋友说，你得先连上网络，你的手机也可以，我拉你进去。

这时，蒙面少女取出她的琴，边弹边唱，神态可爱、笑容可掬、音色甜美、款款动人。

没想到，一会儿，隐形男孩也出现了，在网络上，也是边弹边唱，活泼萌动、青春焕发、声音浑厚、充满磁性。

渡轮上，顿时围过来很多乘客，大家不约而同地掏出手机，拍着录像。我还不时听到有人在说，我们遇上蒙面少女了，真意想不到。看来蒙面少女还真是个网红。

渡轮到对岸了，我们的直播也即将结束。朋友兴奋地跟我视频聊天，问我，你知道吗，刚才的直播，吸引了多少粉丝？二十万，二十万呀！这是一次网络盛宴，你知道有多少人为此痴狂？谢谢你！多亏了你。

我冷冷地问，那隐形男孩到底是怎么回事？

朋友说，他其实是个高位截瘫的残疾人。他们是网络上的一对金童玉女，有好多共同的粉丝。今天，正巧是他俩十八岁的生日，我们早就开始策划这一次具有划时代意义的见面。可是，到了后来，隐形男孩的父母知道了，他们不同意他俩见面，隐形男孩只能放了蒙面少女的鸽子。是你的热忱相助，他们总算没让网络上的粉丝们失望。

第二天一早，我去外地参加一个学术会议。高铁上，我见几个年轻人在边看网络视频边兴奋地谈论蒙面少女与隐形男孩的音乐见面会。

一半视频是我拍的，我知道蒙面少女为此饿着肚子整整等了一天。

慕吉摘自微信公众号我们都爱短故事

面具

@ 陈尧尧

一

从业以来，我已是第三次遇到这样棘手的脸。前两次是一个男孩和一个中年女子，而这次是一个年轻女孩。她躺在我工作室的床上，身材姣好，被白布覆盖，只有脸部露在外面。她的脸略显尖瘦，血痕密集地交叠着，大部分皮肤都已不知所终。左颊和下巴处几块皮肉被剜掉。我的任务就是给她化妆，她身体其他部分完好无损，唯独脸部不堪入目。

尽管十分好奇，我却无法判断这样的伤是如何造成的，也不能问她的家属，这是行规。我排除了烫伤、划伤、摔伤等诸多可能性，认为它们是由某种附着物强行揭离面部造成的。

这些伤痕虽然可怕，却都不足以致命，然而他们本人的死亡又显然和脸部的伤有关，个中原因我不得而知。

二

我是在一次宴会上认识陈夕的。在这样美女如云的宴会上，她的美并不出挑。不得不承认，之前我从未注意到她。但当我看见她的脸，目光便再难挪开。我有失礼貌地盯着她，而她对我报以温柔的微笑。也许温柔这个词并不准确，诱人更加合适。三分邪七分媚的那种诱人。她瞳孔的光抓住了我，仿佛喉管被猎物紧咬，我只感到一阵眩晕。我原本以为我才是这场狩猎的猎手。

她在我母亲的公司工作，这是我认识她之后才知道的。我不动声色地帮助她，相处两个月，她从一名普通员工成为部门经理。事实上，除了她本人，我对她周围的一切——诸如家庭、父母、朋友一无所知，但我还是鬼使神差地向她求了婚。

婚礼那天，她打扮得美艳动人。典礼即将开始，她去了趟卫生间，却迟迟不出来。直到两位伴娘进去喊她，尖叫声传遍大厅。她死在卫生间里，面部完全毁容，没有人知道她在卫生间遭遇了什么。法医对她的伤情进行鉴定，警方封锁现场，搜集蛛丝马迹。我把她送去本地最好的修容所，力求在入殓之前，让她恢复原貌。

三

今天是我入职以来第二次主持婚礼，非常成功。我得到应有的报酬和客户的夸赞，我的上司也很开心。几周前，也就是我第一次主持婚礼时，新娘却在卫生间意外死亡。那天我既怜悯她，又感到一阵轻松——不必再紧张地面对台下成百上千的观众了。我是个讨厌说话的人，若不是生活所迫，才不会选择司仪这一工作。那时我绝想不到，第二次会如此顺利。

“交易继续吗？”

黄昏后，我独自来到卧室，开着昏暗的台灯，坐在镜子前，那张脸就从我的脸上下来，钻到镜子里。

“你确定你没有别的要求？”我问它。

“当然，我只想活着。日出之后，日落之前，你必须戴着我，这就够了。只有寄宿在你们脸上，我才能躲避日光的伤害。我不但能替你主持婚礼，还知道怎样取悦你的上司，只要他高兴，你就前途无忧了。除此之外，你追求喜欢的女孩，也包在我身上。”

我答应了它，毕竟它已在今天的婚礼上显出了惊人的效果。

“希望你不要反悔，”它又说，“不要像我的上一个宿主。我完成了她的所有愿望，她却要和我分道扬镳，说什么不想再过虚伪的日子。在她的婚礼当天，她非要把我撕下来，结果不但毁容，连命都丢了。让她去吧，去她所谓的真实的世界，去她的吧。”

慕吉摘自《小小说月刊·下半月》

图：恒兰

春暖可能会迟到，但春敏不会缺席

@小米尔

有朋友推荐了一个姑娘，听上去各方面都比较合适，我要跟她微信视频一下再确定，她说对春天花粉过敏，浑身痒痒，正在吃药，啥时候好了啥时候再来面试。我觉得这姑娘真可爱。看在中间人是朋友的面上，我问等多久。她转述大夫的话，连续吃三个月药，好了就过来。我“扑哧”笑了：“姑娘，大夫说得对，三个月后，春天就过了，不吃药过敏也能痊愈。”

我强烈要求她打开视频，我没看出过敏的明显症状，她说就是痒。“痒就是该洗澡了”，我的话秃噜得太快了，小姑娘没接住，秃噜出来她压根就不想来实习，但是毕业需要这个过场。为什么要说自己过敏？她说：“皮肤痒是抽象的，要说长疙瘩，脸上光滑得很，没说服力。”

真是年轻人找病。

春天是个善良的季节，姑娘，你不能这么欺负它呀。

我一说春天善良，深受春敏之苦的“俩仨月社”的朋友们就会怒上心头。“俩仨月社”的成员总有“三三两两”的春敏，春敏三个月，休养生息三个月，一年只剩下六个月是好时候。春敏，我虽不能感同身受，但深表同情，好在他们对春敏都挺乐观。

万能胶，每年春天，他脸上的痘痘跟土里埋的花生冒芽似的一个个争先恐后往外拱，着实影响美观。下班时候花粉最活跃，他哪儿都不能去，乖乖回家。可对于我们来说春天是最忙的季节，他不加班，美其名曰“躲春”。对于他媳妇儿来说春天是最安全的季节，因为万能胶没有应酬，不用担心他酒驾。

万能胶跟他媳妇夏天认识冬天结的婚，他把最丑的一面巧妙地躲开了。转年春天，媳妇发现他一天比一天丑，长痘还脸肿，本来就小的眼睛成了一条天线，大呼上当。

万能胶为了改善脸面，花了很多钱，中西药都用，还涂抹过香灰，还用手敲打胳膊窝和按摩膝盖，打通血脉，依然是外甥打灯笼——照旧。我劝他要忌口，不要吃鸡蛋、鱼虾，多喝水，排毒，所以我去慰问只带矿泉水。

他说恰恰相反，他是营养不均衡，免疫力低下，才过敏的，什么都吃，不需要忌口，于是，我破费了好多钱。这不是过敏，是馋病，一到春天，万能胶能增肥十斤，这纯粹是打着过敏的幌子骗吃骗喝。

小唱，春天见风脸就皴，正腮帮子上，左边一块右边一块，还挺对称，怎么洗都下不去，大夫捏捏，“这么硬，湿疹”。厉害的时候像红富士苹果一样，一道道的血印子，看着都难受，为此我春天都把红富士苹果忌了。也怪了，夏天一到，小唱就好了。

老樊春天到家就难受，也不知道他家有什么东西熏着他，老打喷嚏，医生也不确定他对什么过敏，在家都得戴口罩。于是他就爱上了户外活动，运动据说能改善过敏。老樊的媳妇说，老樊的过敏原估计就俩，一是家务活，二是媳妇。

我特皮实，根本不知道什么叫“春敏”。今年春冷，暖气供到三月底才停，太幸福了，我能从晚上 8 点睡到第二天 8 点，一宿无梦，第二天中午饭后还得眯瞪一觉，睡饱跟吃饱喝足一样享受。我跟周围人说，困的时候别叫我，谁叫我，我跟谁急。“俩仨月社”的成员攻击我：“嗨，傻瓜，春困就是一种春敏。”在这堵着我了。

春暖可能会迟到，但春敏不会缺席。一年才一个春季，敏就敏吧。

扬灵摘自《北京青年报》　图：小黑孩

新年目标

@漫画无聊的冰块

扬灵摘自微信公众号漫画无聊的冰块

大漠神驼

@马文秋

2000年9月，我只身穿越巴丹吉林沙漠。

9日，抵达内蒙古阿拉善右旗。我置办了部分物品，并在牧民家买了一匹骆驼。这匹骆驼名叫布鲁格，极通人性，已走了上万公里，从未出过事。

23日，我进入巴丹吉林沙漠腹地。即使尽量节约，仅能盛120公斤水的铝制水箱还是干了。我计划到玛尼通格再加水。那是一个孤立于浩瀚沙海中的小村落，地势较低，有一眼宝贵的甜水井，一千年来不曾干过。如果喝足水，布鲁格可以一个星期不用喝水。可它从未喝足过，它的驼峰已不再坚挺，我的嗓子也早冒烟了，必须尽快赶到玛尼通格！

可进了村，我立刻傻了眼，村里空空如也，没有一个人。走到井台边一看，下面已不见一滴水。我不知道，就在半个月前，由于这一地区地下水位不可逆转地持续走低，水井终于干了，并且是永远地干了。我毫无防备，成了最直接的牺牲品……

我真是欲哭无泪，在沙漠中，没有比断水更恐怖的事了。一个人可以十天不吃饭，可三天不喝水必死无疑啊！

我只能全力往沙漠外赶。又熬了一天，我已渴得天旋地转。听说人渴极了可以喝自己的尿，我试了试，实在无法下咽。平时的尿也许还能凑合，可此时我的尿已是高度浓缩，颜色暗黄，气味刺鼻。等我终于下定决心拼死一喝时，我已尿不出一滴尿了！

求生的本能使我突生恶念：何不把布鲁格杀了，喝它的血总比喝尿强吧？我取出枪几次对准了布鲁格，可我实在下不去手啊！

那天上午十点多，迷迷糊糊的我觉得布鲁格的脚步明显加快，不禁为之一振，莫非前面有水源？往前一看，并没有任何潮湿的迹象。向后望去，我打了一个激灵，十几条西北野狼正穷凶极恶地追过来！它们面目狰狞，骨瘦如柴，估计也是多日没喝到一口水，吃到一口肉了！相距不过七八十米，如果被它们撵上，结果可想而知。

布鲁格全力地狂奔起来，与野狼展开了长跑比赛。大漠上腾起一道冲天的烟尘！

干渴已极的我感到生命之泉正迅速蒸发，剧烈的颠簸使我屁股欲裂，神思恍惚……布鲁格的干渴程度绝不亚于我，它的肚皮和驼峰已十分干瘪，在多日没有任何补给的情况下全力狂奔，它在挑战自身的极限！

不断有狼倒下，被同类分食……这场惊天动地的大追逐持续了五个多小时，跑了有两三百里。最后，只剩下三匹大狼还跟在后面，想把它们全累垮绝非易事。它们几个无疑是体格最好，吃肉、喝血最多的！它们眼珠发红光，已经完全发疯了！

布鲁格实在太累了，它突然前腿抽筋，一下子跪了下去！我当即被甩出几米远，结结实实地摔了个“嘴啃沙”，三匹狼已追到屁股后面。

我刚爬起来，两匹狼已从两侧一齐向布鲁格猛扑上去！布鲁格前腿的肌肉很可能已拉断了，根本无法站起。一匹恶狼怪啸着直取它的咽喉。谁料布鲁格甩开柔韧而粗糙的长脖颈，猛地向它当头撞过去！那狼猝不及防，被撞得向后滚出一溜跟头，在地上抽起了风。

另一匹狼惊恐地避开，转而咬向布鲁格的下腹部。

布鲁格的前腿不能动了，但后腿仍如平时那般灵活，弹性十足，在那狼即将得手的瞬间，布鲁格的右后腿陡然弹出，正中它的脑壳！那狼头骨破裂，鲜血四射，很不情愿地咽了气。

这时，一直在不远处观阵的最后一匹狼气势汹汹地向我冲来！估计是看出骆驼不好惹，所以想先收拾我。

“如果我能够，我真想引来一条汹涌的河流把周围整个沙漠都变成绿洲。

我也豁出去了，大步向它迎头冲去。

我和那匹狼紧紧搂抱在一起，一来它跳起身，二来我正扑下去。我伸出双手卡住了它的咽喉，同时用手臂顶住它的两只前爪。我和狼在地上翻滚着，搞得沙尘乱飞。我掐得它直翻白眼，但我手指松软，怎么也掐不死它。

气急败坏的我索性俯下身，张嘴咬住了它的脖子。本来该狼吃人，今儿改人吃狼了。我实在是渴得要爆炸了，我可以吞下任何液体！

喝了几口狼血后，我精神焕发，又向那匹还在地上抽筋的狼扑去，把它打昏拖到布鲁格面前。我用小刀割开狼的动脉，倒提着把狼血浇到布鲁格的嘴巴里。它的头挨着沙子，瞪着大眼，半张着嘴，任凭狼血糊住了嘴唇，但没动一下。

“布鲁格，快喝，快喝啊！”我嘶哑着嗓子怪叫着，布鲁格始终没有任何反应。

因为脱水和体力过于透支，它已停止了呼吸！我扔掉死狼，抱住布鲁格的头，痛不欲生……

布鲁格舍生忘死，已把我带到了巴丹吉林沙漠边缘，距此两里路便有一个小村庄，我终于又回到了人间。

几天后，我请人在原地埋葬了布鲁格，并用枯胡杨、石头砌了个小坟。如果我能够，我真想引来一条汹涌的河流把周围整个沙漠都变成绿洲。只有那样，布鲁格在地下才能安息啊！

小祺摘自《中国野生动物传奇》

河北少年儿童出版社

图：佐夫

报！你收到一封大宋夜生活邀请函

@国　馆

如果你遇见一个宋代打工人，他们保准笑话你不会享受夜生活。

大宋，一个真正拥有夜生活的时空！如果一千年前就有卫星地图，人们会发现，入夜之后，全世界许多地方都陷入一片漆黑，但宋朝的城市，还是灯火通明，宛如白昼。

一提起夜生活，最容易想到的场所便是酒吧。同理，大宋夜生活的代表是——24 小时营业的酒楼。在汴京城内，星级大酒楼就有 72 家。苏轼和老友陈季常经常相约酒楼。陈季常的妻子柳氏非常彪悍，他一回家晚了，就要跪搓衣板。有次恰好被苏轼撞见，于是提笔写诗："忽闻河东狮子吼，拄杖落手心茫然。"听到柳氏的一声吼，只见陈季常手中的手杖掉了，呆呆地站着。但即便有如此大的心理阴影，陈季常还是离不开酒楼。

这可怪不得他，因为那酒楼是富贵乡，就连九五之尊的皇帝也流连忘返。从酒楼传来的作乐声，飘入深宫，打动了宋徽宗。就是在樊楼，他遇见了绝代美人李师师。宋代民间夜生活的魅力之大，就连皇帝的魂都被勾了去。

大宋的夜，满街都是美食的香气。街上饭店多种多样，既有满足城市底层人群口腹之欲、专卖家常菜的大排档，更有高端大气的豪华饭店。你一进去，马上就有人招呼座位，斟茶递水，摆上菜单。有趣的是，在外面还有人负责唱菜名，厨房里有人负责接听。为什么如此专业？你听听他唱的菜名就可知："角炙腰子、鹅鸭排蒸、荔枝腰子、莲花鸭签、酒炙肚胘、虚汁垂丝羊头、入炉羊、羊头签、羊肉酥饼……"

这里不仅是吃货的天堂，还是懒人的天堂——因为在宋朝就有"外卖"了。一到饭点，各餐厅的小二都会走街串巷地吆喝，订餐的人只要大声告知，马上就会给你送来。就连皇宫里的宋仁宗，有时加班到深夜，也会点一份口碑满分的羊肉汤，送进宫里。

更值得关注的是，宋朝女性并非"养在深闺无人识"，她们也可以到夜市里，享受逛街吃喝的乐趣。女词人李清照曾外出饮宴，然后写出"常记溪亭日暮，沉醉不知归路。兴尽晚回舟，误入藕花深处"。

吃饱喝足，想去看个夜场电影消消食？完全没问题。宋朝城市的娱乐中心，叫瓦舍。瓦舍里有勾栏，相当于电影院。为了招揽客人，门口会放一个牌子，上面写着演员的名字和节目，与现在的电影海报无异。

除此之外，还有宋朝特有的表演——女子相扑。不仅有女女对扑，还有男女混扑，观赏性极强。当时就连宋仁宗都直呼上头，不愿回宫。比赛结束后，人们还会送女选手各种礼物，跟今天给主播刷礼物有异曲同工之妙。

女子相扑还没看过瘾？别着急，紧张刺激的午夜蹴鞠比赛即将开始。在宋朝，蹴鞠是全民性的娱乐活动。每天都有商业性的蹴鞠比赛，球场内提供各种茶酒零食，其火爆程度不亚于今天的世界杯。

嗨了一夜，天快亮了。你是不是只想打车回家睡觉？

宋人主要的交通工具是驴，汴京城内大街小巷随处可见驴，一些场所还专门设有停驴位。这些驴随叫随到，可称"滴滴打驴"。如果喝醉了，你还可以找代驾，让别人牵着驴，你只管睡就行了。

有吃、有玩、有逛，还有滴滴打驴，宋人的生活真是肉眼可见的滋润。而时至今日，我们夜复一夜面对着一块块电子显示屏，夜晚仿佛被我们自己宵禁了。哲学家哈贝马斯曾说：白天属于系统世界，夜晚才是属于自己的生活世界。如果我们的夜晚被电子显示屏充斥了，岂不可惜？

林一摘自微信公众号国馆　图：小栗子

就是爱历史（三月篇）29.1927年3月24日，南京发生"三二四"惨案。

我闺女很执迷于当我爸爸

@刮 哥

我闺女很执迷于当我爸爸。

这感觉并不是最近才有。以前我就说过一个段子，有一次我闺女听我儿子关于感恩父母的网课，我当时看她旁听得认真，问她："如果是你，你怎么感恩爸爸？"她回答我说："我可以给你当爸爸。"

这种需求并不只提过一次。天气渐冷，早晚已经有了初冬的感觉，某天早上，我准备出门上班，我女儿走到我跟前突然说了一句："穿秋裤了吗？"

我："今天温度还成吧。"

她："成是穿是不穿？"

我："不穿。"

她："那昨天晚上谁回家喊冷来的？"

我："你说话怎么跟你奶奶似的？"

她："雏鸟反哺。"

我："你知道什么意思吗？"

她："等你老了，喂你虫子，当你爸爸。"

我："可不是这意思啊，喂虫子归喂虫子，爸爸还得是我。"

她："行，还是你。"

母亲节的时候，我女儿跟我爱人说给她准备了一段表演作为母亲节礼物。以我对我女儿技能的了解，她要么是弹一段琴，要么就是唱一段曲，或者跳一段舞蹈，不出其三。正当我拭目以待之时，我就看见我闺女从地下一书包里掏出一鼓，就是那种陕北的腰鼓，要给我们敲一段原创乐曲：《母亲的节奏》。

就在我隐约预感到不太对劲的时候，她已经一屁股坐在瑜伽球上开始了她的表演。你绝对想不到下一槌子敲在哪，关键是，声音震耳欲聋。敲了半分钟后，我站起来诚恳地说："今天是妈妈的节日，这是闺女特意为妈妈准备的专属爱的表演，我不能占这个便宜。我去把地擦了。"我爱人说："谁走谁晚上别吃饭。"

于是我只好又臊眉耷眼坐下，为五斗米折了腰……

有时候我甚至觉得我闺女身体里住着一老头。她某些爱好跟她外貌给人的感觉颇有些出入。

像她这个年纪的孩子，问到最喜欢吃什么吃食，一般不出比萨、意面、炸鸡、薯条一类，而我闺女最喜欢吃的是拍黄瓜。

吃饭点菜的时候，她经常在我们还在浏览菜单时直接问服务员："有拍黄瓜吗？"一副能喝两口儿的样子，整个人十分社会。

我问她为什么爱吃拍黄瓜，她说："很多事没有为什么，你以后就知道了。"听起来她吃过的拍黄瓜比我见过的黄瓜都多。那一刻，我真的觉得她是我爸爸。

前几天在外面吃饭，我闺女举起杯子啜饮了一口餐厅自制的果茶，略歪了下头同时轻轻点了一下，随后把脑袋回正，咂了下嘴，把杯子举到眼前，沉稳地说："别说，加了山楂还真提味儿！"

这套六十往上的大爷身段和话术她也不知道从哪学的。我问了一句："你这话跟谁说的？"

她："跟你爸爸。"

果然，她是有目标的。

前些日子我被推荐参加一个朗诵的活动，我自认为自己平时说话太垮，需要有人引导教学。我女儿对朗诵颇有些心得，下班回家我向她请教。她以她受到的训练，对我做出了各种方面的技巧指导，气氛非常温馨和谐。

我按照她说的技巧认真朗诵了一遍，声情并茂，抑扬顿挫，果然有了些感觉。我问她："老师，你觉得我怎么样？"她说："我也没让你装傻子啊！"

你看，一个良好的亲子关系其实就是这么简单。虽然我是爸爸她是女儿，但在这个家里，没有人什么都懂，谁都可以是谁的老师，谁都可以是谁的"爸爸"。

慕吉摘自微信公众号露脚脖儿　图：小黑孩

 就是爱历史（三月篇）30.1949年3月24日，中华全国妇女联合会在北平成立。

偷马贼

@ 李丹崖

有这样一个贼，他不爱偷别的，非常热衷于偷马，且很少失手。

一天，他把手伸到了镇东头的一个富人家里，富人家的马棚里拴着 20 匹良种马，他接连“光顾”过几次，半年之内偷了富人五匹马。就在他将要偷第六匹的时候，他在富人家一扇开着的窗子里发现了一位貌若天仙的女子，那女子正在卸下发髻，一头如瀑的秀发被撩在胸前，煞是妩媚。

偷马贼久久扒在窗口，看得出神。他决定暂时不偷第六匹马，他要把第六匹马留在最后一次，到时候，他要带走窗子里这个美丽的女子，骑着第六匹马飞奔出富人的庄户，然后过起男耕女织的生活。

贼仍然不间断地出现在富人的家里，只是不再偷马，而是偷偷扒窗口欣赏卸妆的女子，他甚至不知道这女子和富人是什么关系，就发疯似的爱上了她。

贼逐渐意识到，仅仅是这样偷偷地欣赏是领不走美女的，他要走近美女，彻底攫取美女的芳心。于是，贼每天守在富人家大门不远处，看着美女坐着马车出去，他偷偷地跟在后面，跟着女人到每一处地方：布庄、寺庙、大街小巷……

通过了解，贼得知，这个女人是富人的女儿，年方十九，正待婚嫁。但是，经由媒人多方说媒，都没有中意的对象。贼得知这些消息，心痒难耐，每天跟在自己心爱女人的马车后面，走过乡野，走过闹市，只待伺机接近。

机会终于来了！这天，富人家小姐在去寺院上香回来的路上，遭遇了两个劫匪，小姐马车前的随从很快被杀了个人仰马翻，劫匪掀开了车厢的帘子，马车里的小姐早已吓得浑身发抖，两劫匪一脸奸笑，他们打算掠走小姐。这时候，早已火冒三丈的贼突然从背后跳了出来，三下五除二把两个劫匪制服在地。

富人听说有人救了自己的宝贝女儿，心中大为欢喜，连忙吩咐下人，赏他黄金20两，让他买上一个庄园回家享福去吧！没想到，他却断然拒绝了，他向富人提出了这样一个请求，希望能给小姐做一个贴身保镖，每月只需五两银子，算是找一份差事做。富人犹豫了一下，心想，如此也好，有他看家护院，自己也安稳了，于是，便笑着答应了他的要求。

贼心生欢喜，这正中了他的下怀，他终于有机会和小姐接近了。他果然是个聪明的贼，在相伴小姐左右的日子里，通过自己的实际行动，逐渐赢得了小姐的芳心。他暗自发誓，自己一定要洗心革面，不再做贼了！但是，若想做富人的上门女婿，他肯定是不够格的，他要逐步实施自己的计划——带着小姐远走高飞。他费尽了九牛二虎之力，总算说服了小姐，两人商量在正月十五之夜远走他乡。但是，怎样才能迅速离开这个镇子呢？他决定从富人的马槽里偷偷牵走一匹马。

元宵节很快到了，富人和妻子到街上赏灯去了，小姐借病在家，只待他的命令。他蒙面乔装，暗暗摸向了马棚，然而就在他即将牵走这匹马的时候，却被两个家丁摁倒在地，逮了个正着。

富人回来了，众家丁拿来火把，撕开了他的蒙面，这一看，不禁吓了一跳，原来一心要捉的偷马贼，正是自己家的保镖！原来，自从富人丢了第五匹马以后，就在马棚里设置了警戒，只待他再次伸手，没想到貌美如花的小姐让他迟到了两年才原形毕露！

他被送往官府，一匹马判刑一年，他被整整关了六年的牢狱。被释放那天，狱卒告诉了一个让他遗恨终生的秘密：六年前的正月十五那天，富人一家并没有去赏灯，而是帮女儿准备嫁妆去了。富人打算让女儿嫁的不是别人，正是他！只是他和小姐被蒙在鼓里……

离萧天摘自《快乐是生命的花朵》

金城出版社

图：小栗子

奥特曼与小怪兽

@ 小丧怪

可可是一只怪兽，最近刚入职，工作内容是被奥特曼打。因为奥特曼只有一个，但怪兽有一群，所以怪兽们是排班的，轮流去挨打，免得奥特曼时间不够用。

怪兽一般比较凶神恶煞，但可可不一样，她是女孩子，头顶有朵花，面相可爱，偶尔还腼腆，大家就很照顾她，特意把她排在末尾。于是可可就每天看着大家出去挨打，等轮到自己的那天，再出去假装干点坏事。

等奥特曼来了，假装被撕扯到野外，再挨一顿打，躺地上看奥特曼飞走，就算下班了。小技巧是多扬点尘土，以便掩人耳目。

可是可可马上就发现自己并不会挨打。每次奥特曼来了，就只会把自己轻轻拎起来，带到郊区，再轻轻放下。也不打自己，也不说什么，就坐地上抽烟混时间，等胸口小灯一闪就飞上天去。

可可开始以为是新人优待，一次两次而已。可几周过去，奥特曼还是不打可可，甚至往往就是出现一下，对可可招招手，然后俩人就肩并肩溜达过去。

怪兽业内传言，说这个奥特曼是不是看上可可了，打谁都挺狠，唯独跟可可客客气气的。

可可嘴上说着，哎呀，奥特曼老师这是照顾新人，实际上内心挺羞涩，她觉得奥特曼蛮帅的，身材又好，性格超善良，是自己喜欢的类型。可可还想着，或许哪天奥特曼就会跟自己表白，然后自己要先矜持一下，假装不同意，接着再同意，从此就能和奥特曼过上幸福快乐的生活。

有时候可可下班了，还有同事过来问，说奥特曼既然不打你，那你们在那干什么？聊天吗？他都跟你聊什么呀？可可不想承认，其实奥特曼就坐那抽烟，压根不理自己，自己也只是默默坐在边上，默默鼓捣些尘土出来。

可可忍不住问奥特曼，你为什么一直不打我呀？该不会是，该不会是，喜欢我吧？

可可这么一问，只见奥特曼也有些害羞，低下了头，轻声说道："小朋友，你刚上班吧？我打你做什么，你每次都在周日出现，我周末可不想干活啊！"

摘自作者新浪微博

沙拉里的意外惊喜

@事儿君

圣诞前夕，美国唱作人 Simon Curtis 惊奇地发现，他的冰箱里，有一只绿色的迷你青蛙，正呆呆地趴在沙拉生菜盒子中。

放在其他人身上，可能早就惊慌失措，尖叫出声，Simon 倒是淡定得很，他反而觉得这是食物纯天然无农药的表现，更何况这只小青蛙，实在是太可爱了。

他唯一担心的就是，这盒生菜，差不多是三四天以前买回来的，小青蛙自己在冰箱里待了这么久，身体吃不吃得消？

在 Simon 生活的俄克拉荷马州塔尔萨，室外温度只有零下三度，如果这时候放生，很可能会让这个小家伙丧命。

于是，Simon 请网友来集思广益，他想知道，到底怎么做才能让这只小青蛙存活下来？

网友们七嘴八舌，很快就献上了各种对策。在大家的建议下，Simon 把生菜，还有一个装满水的瓶盖全都放进盒子中，保证小青蛙有吃有喝，然后，他又给盒子的边边角角都喷上了水，再把盒子从冰箱拿到厨房，让小家伙有

了一个温暖又湿润的生存环境。

小青蛙也从此有了一个新名字——Tony。

Tony 的性格非常温和，也很亲人，每次 Simon 用手指抱起它，它总是会乖乖配合。

只不过这个小家伙也十分好动，它经常从盒子里“越狱”，不知道跑到家里的什么地方，让 Simon 一顿好找。

为了让小家伙能有一个优渥的生活环境，Simon 为 Tony 买了喂食专用的虫子，简陋的沙拉盒当然不能满足小青蛙的要求，于是 Simon 又买来了专用的饲养箱。

关注此事的网友越来越多，Tony 的品种也得到了专业人士的确定，这是一只绿树蛙。

虽然自始至终都在无微不至地照顾着这个小家伙，但是 Simon 心里其实非常犹豫，他不知道自己是要放生，还是继续把它当作宠物养下去。而且这两天，他所生活的地方气温开始回暖，如果现在放生，能够有充足的时间让 Tony 适应环境，准备冬眠。

可不管怎么说，他内心里都非常舍不得这个小家伙，于是，Simon 又一次问起了网友们的意见，想让大家来决定 Tony 是去是留，结果，近六成的人都认为 Simon 应当把 Tony 留在身边。一位青蛙研究专家从保护环境的角度也指出，最好不要放生，否则有可能威胁到附近的生态系统。

于是，这位“不速之客”正式成为他们家的一员。

童年时，Simon 曾患有白血病，10 岁那年，他被告知只有 50% 的存活概率。

在那些最难熬的住院时光里，一只毛绒玩具一直陪伴在 Simon 身边，给了他很大的力量，最终，他幸运地战胜了病魔。圣诞节到了，当他再次翻到童年照片时，Simon 赫然发现，那只绿色的毛绒娃娃，就是一只小树蛙。

这让他感触颇深，二十多年之后，小树蛙竟然以这样神奇的方式又一次出现在他的生活中。

或许对 Simon 来说，Tony 就是最好的礼物吧。

海城楼摘自微信公众号英国那些事儿

图：小黑孩

一句话小说，最短，却耐品（10）

@刘 浪等

生活中，那些充满想象的故事，那些难以言尽的情感，那些难以传达的哲思，却被微型小说作家一语道破。

@刘浪 西瓜刀忿怼人们：甜蜜你们享用，恶名却由我背。

@偶然的都是历史的必然 他凭一张照片，找了五十年，最后找到的，还是照片。

@15565268283 他往父亲包里放了钱，像儿时偷钱时一样小心翼翼。

@向延 他终于开口跟她表白，然后留下一束白花。

@汤祥龙 鞋柜里放满她穿的各种鞋，都只有一只。

@谷涛 外卖骑手的定位永远停在了十字路口。

@南岭 意见箱：几年没人开过箱，我很有意见。

@钟业荣 爸爸把白发染黑，回老家陪奶奶过母亲节。

@狸狸 夜巡时，他看到老虎笼子的门开了。

@Lily Siri，把“妈妈”从通讯录里删除吧。

@果冻泡芙 护士帮他完成了短信：“……爱你。”

@郁离子 一对夫妻，一个降落伞，无人生还。

《故事会》校园版新开栏目“就是短故事”，开启你的脑洞，挖掘点滴灵感，以小见大，展示美好，短篇也能创造大世界，要求不超过500字。收稿邮箱：wenzhaiban@126.com，投稿请在主题栏注明“就是短故事”。

从第一变倒数，我心里难受却止不住想笑

@时　穗

高三理想不是考名牌大学

第一次摸底考试，我的成绩出奇地好，老师帮我定下了一个更高的目标，而我当时只感到惶恐，认为那是幸运使然罢了。

那段时间，为了比别人多学一点儿，我几乎放弃了所有放松时间。国庆节难得有五天假期，我和家人去商场买秋天的衣服。突然，一阵阵紧张和压抑感涌上来，胸闷得我几乎干呕，不得不坐下来休息。平时最爱逛街和美食，而现在我对周围一切失去了兴趣，满脑子想的都是赶快回家学习。

可是真的回到家，我打开作业没写几笔就不住地犯困。于是，我开始了嗜睡的假期生活，尽管每晚睡很久，白天照样提不起精神，胸口也依然憋闷。

父母实在看不下去我这种散漫的状态，提醒该复习了，从不顶嘴的我不顾一切地与父母吵了起来。我将这一切全部归咎于父母的无知与武断，心中似乎只剩下了恨，它让我拼命去反抗父亲的拳头、母亲的责骂。我知道，那时的自己像个荒唐的疯子，但仍旧想要“讨个公道”。

很快，我又陷入了难以抑制的快乐中。平时干什么都很兴奋，

当成绩由第一变成了倒数第二，同学们来安慰我的时候，我却止不住地笑。同学说从没见过有人这样快乐，其实那时我心里正难受，拧巴得生疼。

后来的几个月，我在大悲大喜的无规则交替中度过。

再后来，一次次下降的成绩，被我折磨得越来越不耐烦的父母，心中莫名其妙的怨恨，让我开始思考甚至计划着死亡。上课时，我的思维常常游走到这个计划里，我幻想着以死亡来摆脱当时的生活状态。在周围同学立志考名牌大学的高三时代，死亡成了我唯一的理想。

“认输不会死，但是我死也不认输。”一位老师把这句话作为新年寄语送给我，她大概不知道我心中那个可怕的念头，但是这句话的确让我清醒了一点。

不管我面对的是疾病还是高考，我的人生才刚开始，胜败还不一定，凭什么这么早就认输？

终于小心翼翼走进诊室

到了寒假，在别人忙着利用假期“弯道超车”时，我仍然时不时把自己关进逼仄的墙角割开手腕处的皮肤，或是因为一点小事大发脾气。终于有一次，我发脾气时被串门的表哥撞见。表哥很惊讶那个原本安静的妹妹变成了这个样子，听完我对这半年生活的倾诉，表哥劝我去医院看看。

在妈妈的陪伴下，我用围巾和帽子把脸捂得严严实实的，小心翼翼、鬼鬼祟祟地走进一家精神专科医院的诊室。

接诊的是一位年纪稍大的女医生，她问我怎么了，我愣了几秒说：“自残，从去年 10 月开始。”医生立刻皱起了眉头，严肃地问我：“你为什么现在才来？”经过医生仔细地问诊，我被确诊为“双相情感障碍”。

“这都精神障碍了，必须要重视。考虑住院吗？”医生有些担忧，但我和妈妈坚决地拒绝了。于是医生开了丙戊酸镁，并叮嘱我两周后复诊。

走出诊室时，我的大脑一片空白，无法相信事情会这么严重。

回到家，我开始调整生活作息、坚持吃药。上网课期间，所有同学都很拼地熬夜刷题，我依旧尽量做到每天 12 点之前睡觉，并且抽时间出去跑步。

我极虔诚地信任那些药，以为就像治疗感冒一样，吃了药那些痛苦就会很快消失。可是还没有快乐几天，捂住口鼻般的压抑就又在每天下午两点准时袭来。

复诊时，我向医生讲了这两周来的反应。她坚持让我住院治疗，我再次以需要上网课和担心被老师同学知道病情为由拒绝了。医生加大了剂量，又新加了碳酸锂和喹硫平两种药。

当天晚上，我服下半片喹硫平后就开始犯困，直到第二天九点才勉强起床，吃早饭时又睡着了，手里的粥撒了一身。

此后，我每晚吃完药就开启嗜睡模式，白天也昏昏沉沉的。于是，只要不开摄像头，我就找个垫子跪在地上听课。

没出现奇迹，但在享受生活

不过，因为积极治疗，我不再整天想着死亡。后来，高考延期一个月的消息正式发布，我忽然觉得，几乎各科都是倒数第一的我还来得及为未来争一回。

我向班主任求助，请他指导我该怎么逆袭，鬼使神差地，我把病情也告诉了他。

令我感动的是，老师丝毫没有歧视我，他特别耐心地给我讲那些已经讲过无数遍的知识，带我分析那些简单题目。我被“小怪兽”控制了好几个月的大脑，终于一点点恢复了清醒。

再次复诊时，另一位更和蔼的女医生听了我的近况，说可以尝试慢慢减掉那种让我嗜睡的药。她似乎对我的学习比较关注，“看一个人的恢复情况，要看社会功能是否恢复，学生的社会功能主要是学习”。

感觉好转一些后，我迎来了高考。我考进的大学并不是很理想，我现在依然靠每天吞咽药片来调整情绪。可是，我从来没有像现在一样热爱生活，感谢生命里出现过的那些人。我渐渐学会了正视每一种情绪，一旦“小怪兽”兴风作浪，就会及时去医院调整药量来控制它。

如今的我，积极地享受着大学充实的生活，每天都会找到许多快乐的事，整天笑盈盈的。那个结束生命的想法，没有再来找我，大概以后也不会出现了吧？

慕吉摘自微信公众号果壳病人

图：陈明贵

多一点关爱，多一点理解，也许就能成为这些患者黑暗中的光，扫码看权威专家建议。

进来看电梯下坠保命指南

@ 蝌蚪君

从小我们就听说应对电梯故障要按所有楼层键，实际上真没必要！这种方法可能真不科学！

常见的电梯下坠有三种：

第一，由称重装置误差产生的启动下坠现象。电梯会根据称重装置显示的载重信息来提供启动力矩，当称重装置存在误差时，电梯会有轻微下坠，此时便会产生启动下坠现象。这种下坠属于正常情况，因为刚启动时电动机所提供的力不足以将电梯内所搭乘的人拉上来。

第二，运行过程中停止后返基站。这一现象是较为常见的被误以为电梯下坠的情况，也是较易引起乘客恐慌的情形。电梯在运行过程中，一旦回路出现失灵，电梯的控制系统会对不同情况做出评估，只要它认为故障并不严重，电梯会选择就近平层或返回基站（通常是一楼），开门放人。

此时，乘客可能就会误以为是电梯坠落至一楼，事实上恰恰相反，这是电梯保护乘客安全的一种做法。按内呼按钮或者楼层键其实真没用，甚至还可能会造成干扰。

第三，由于制动器失效或者电梯超载引起制动力不足，导致下坠，这种情况才能算得上是真正的电梯下坠故障。但在实际情况中，电梯的防坠落和防超速系统就会紧急制动，能够保障我们的生命安全，所以也无须惊慌。还有一种井道坠落，电梯没有到站，总有人不知出于何种缘故，啥也不想、啥都不怕，靠外力把层门打开，导致电梯直接从井道内坠落，这几近于跳楼“自杀”。

大多数电梯事故伤亡是试图自我逃生时发生的！

当发现电梯突然下坠时，梯内如果有把手，一定要抓紧，保持自身重心平稳。如果电梯还有剩余空间，要迅速将双手撑开贴住电梯墙面，背部和头部成一条线，并紧贴电梯内墙，膝盖弯曲、脚跟踮起的姿势可以利用韧带起到缓冲的作用。千万不要在下坠过程中去挨个按楼层键！

扬灵摘自微信公众号蝌蚪五线谱

 就是爱历史（三月篇）35.1981 年 3 月 27 日，茅盾在北京逝世。

一份好奇心何以保持二十多年

@ 纽约客

李四光（1889—1971 年），中国地质力学的创立者，2009 年当选为 100 位新中国成立以来感动中国人物之一。

关键词 李四光，好奇心，中国东部第四纪冰川

李四光原名李仲揆，那他为什么要改名字？这里有段小插曲。14 岁那年，他告别父母，来到武昌报考新学堂。在填写报名单时，他将年龄“十四”误填入姓名栏。等发现时，木已成舟，于是将错就错，将“十”加几笔改成“李”，又在“四”字后加了个“光”字。“光被四表”，新名字有了不一样的境界。

从改名字这件事上，看得出李四光有点小聪明。不过，他能在科学史上做出重大贡献，靠的却不是小聪明，而是科学的好奇心和打破砂锅问到底的执着。

来历不明的巨石

李四光出生于湖北黄冈回龙山村。那里有块大石头，几丈见方，李四光和小伙伴们经常在这里玩耍。对这块大石头，李四光迷惑不已：为什么周围只有这样一块石头？它是从哪里来的呢？难道真的如传说所言，是从天上掉下来的吗？李四光一直想找出答案，却始终无解。他说，“这个地区有些问题使我迷惑不解的时间长达四分之一世纪”。

1921 年，他在太行山东麓沙源岭调查地质时，又意外发现了一些孤悬山外的石头。少年时期埋藏在心底的疑惑，一下子被激活了。这时的李四光，已经有几年海外留学的学术背景，他怀疑这些大石头有可能是冰川作用形成的，但他还不敢妄下断言。因为当时占主流地位的观点是，中

国西部曾发生过第四纪冰川，但在中国湿润的东部却不可能有冰川发育。他决心揭开这个秘密。

经过艰苦的考察，他认为，那些似是而非的结论完全可以被推翻！因为我国长江中下游地区，广泛存在第四纪冰川遗迹。李四光的论文陆续发表后，在学术界引发强烈震撼。在南京任教的德国地质学教授费斯曼特意跑到黄山做了一番验证，最后不得不感叹“这是一个翻天覆地的发现”。

> 李四光的论文陆续发表后，在学术界引发强烈震撼。

至此，可以断定所谓的大石头并不是从天上掉下来的，而是冰川的“漂砾”。通俗一点说，就是这些巨石，是被冰川从较远的山上搬运而来的。时间当在冰川第四纪。

庐山的真面目

李四光在探索长江中下游第四纪冰川现象时，也破解了不少悬而未决的千古之谜。庐山的山顶湖泊即是其中之一。

庐山是我国名山之一。它平地崛起，终年云雾缭绕，难识其真面目。千百年来有关庐山的神话传说口耳相传，更让它扑朔迷离。据说，晋代有个叫桓冲的将军在江州担任刺史，对庐山传说也相当感兴趣，曾派人去庐山深处探险。这位探险者在山顶发现一个湖泊，面积达数百亩之大，周围遍布桑园。

从此，这个故事作为话题，不断被人们谈起。然而，庐山山顶怎么会有湖泊呢？既有之又为何凭空消失呢？李四光查阅了大量历史资料，发现有关山顶湖泊的记载，并非子虚乌有。于是他决定实地勘察，一探究竟。他踏遍庐山所有的沟沟壑壑，发现有个叫芦林盆地的地方，大小与传说相符。

原来史前第四纪时，庐山为冰雪覆盖，作为山间盆地之一的芦林盆地，积雪屯冰，是山间最大的冰窖。后来气候转暖，冰雪消融，流水注入其中，即成山巅湖泊。这种境况一直延续到晋代。其后千余年来，流水侵蚀，造成决口，湖泊之水也就流失殆尽。

1954年，当地政府决定在那决口处构筑大坝，芦林盆地遂又重现鱼翔浅底、碧波荡漾的景色。

学霸教你做作业

@ 李柘远

作业，是和师生们缘分不浅的一种存在。然而，说到做作业，学子们心中都是五味杂陈。

像广大学子一样，读书多年，我写过的作业难以计数。不过，和作业打交道多年以后，我逐渐摸索出了适合自己又切实可行的方法，我将分享令自己受益匪浅且能高效完成作业的几个方法，助你克服“作业病”，走出作业困局。

碎片时间见缝插针法

莎士比亚曾说过：“如果谁放弃了时间，时间自然也会放弃他。要让时间不辜负你，首先你要不辜负时间。”很多优秀的人就是因为对时间吝啬到了极点，才成就了伟大事业。

过去多年的学习经历告诉我，时间确实是海绵，利用挤出来的时间，我们甚至能完成让自己都惊讶的工作量。而争分夺秒做作业，就是“碎片时间见缝插针法”的精髓。

以国内大多数学校的惯常安排为例：通常，老师会在上午主课讲完后布置当日作业。换句话说，到中午时，我们应该已经知道至少 1 ~ 2 门课的家庭作业了——即便老师还未“官宣”，你也可以主动向老师询问当天作业是什么。从午饭到下午第一节上课前一般有 1.5 ~ 2 小时的自由支配时间，除去吃饭、稍事午休等时间，保守估计应该还剩 45 分钟的“空白碎片时间”。假设下午上三节课，那么也将有两个课间总计 20 分钟的时间。

因此在放学回家前，我们就拥有了 45+20=65 分钟的“空白碎片时间”。再估计得保守点，假设上厕所、和同学聊几句等闲杂小事需要 20 分钟，那么我们仍旧有 65−20=45 分钟的碎片时间可以自由支配。

我是如何利用每个上课日的这黄金 45 分钟呢？答案：见缝插针做和学习有关的事。

我会拿出三分之一的时间快速复习笔记中的当天重难点，而在剩下的至少半小时里，我会开始做当天作业。见缝插针完成的每一题虽然没法帮我们显著地减轻作业负担，但积少成多的道理大家都明白。就像英国作家赫胥黎说的："时间最不偏私，给任何人都是24小时；时间也最偏私，给任何人都不是24小时。"如果能抓紧碎片时间，把别的同学刷朋友圈、聊八卦的时间用在做作业上，你就更高效地利用了时间，也就能先别人一步完成更多课业。

不同作业间歇转换法

顾名思义，做作业时不要"从一而终、从头到尾"，也就是切忌太"专一"，而是采用"做一会儿A再来做B，做一部分B再做C，做20分钟C再回到A……"的写作业模式。

这个方法的内在逻辑很简单：长时间重复相同类型的工作会让我们产生厌烦情绪，做作业自然也不例外。譬如说，今天数学老师布置了一整张密密麻麻的练习卷作业，包括几十道不同题型，预计要两小时完成。如果你一口气从头做到尾，从下午做到天黑，也许做完一半时就已经疲惫不堪了。强打精神做完这张数学卷，再进入第二个科目的作业时，就容易出现注意力不集中、磨蹭和效率低下的情况。

为了避免这种情况发生，我在中学和大学时一直喜欢穿插着做作业，美其名曰"在五彩缤纷的作业百花园里徜徉"。比如，现在有数学、英语、物理和化学四科作业需要完成。首先，我会按照个人喜好将四门功课按照"最不喜欢—最喜欢—第二不喜欢—第二喜欢"的顺序排好。如无特殊情况，我一般最爱做数学题，然后是英语，最后是物理、化学，因此这四门的作业顺序就将是"化学—数学—物理—英语"。我建议大家在头脑最精神、最活跃的时候先苦后甜，从最不喜欢的内容开始做起。

不同学科作业穿插进行的好处可以归纳为"换脑子、防枯燥、提效率"。即便是再美味的食物，如果连续不停地吃，终究也会觉得腻，甚至再也无法下咽；不好吃、不好玩的作业更是如此了。

因此，在面临繁重的学习负担时，我建议同学们通过"不同作业间歇转换法"，把写作业变成一件不那么痛苦的事。就算忙到实在没空休息，也可以将"做英语选择题"当作"解数学几何题"的学习间放松，尽可能地"苦中作乐"。

扬灵摘自《学习高手》北京联合出版公司

我是这样学历史的

@八　月

身为学生党，每每翻开历史课本，我都会因为记不同年代而万分苦恼。死记硬背费脑细胞不说，还容易记忆混淆。好在，谐音法可以帮我轻松记住某些年代。

例如，甲午战争爆发于1894年，记它的谐音“一把揪死”，非常容易对吧？

例如，唐朝618年建立，结束又是何时呢？我就记住“五代零乱”这个词。唐之后是五代十国的乱世，所以很合理。“五代”俩字加一起是9画，零就是0，乱字7画，所以唐结束于907年。

例如，我是这么记马克思生日的：马克思一巴(18)掌一巴(18)掌，打到资本家呜呜（55）直哭。如此一来，就能记住马克思的生日是1818年5月5日了，是不是形象又准确呢？

除了日期，用谐音法还可以记忆别的。比如“战国七雄”，齐、楚、燕、韩、赵、魏、秦七国，就是“七叔含烟找围裙”（也可联想为“老婆叫他去做饭”）。

入侵中国的“八国联军”是俄国、德国、法国、美国、日本、奥地利、意大利、英国。把每个国家的第一个字提取出来，用谐音记忆就是：“饿的话，每日熬一鹰。”

丧权辱国的《辛丑条约》，要清政府赔款（钱）；要清政府保证严禁人民反抗（禁）；允许外国驻兵（兵）；修建使馆，划租界（馆）。这样就可以简单记为“前进宾馆”（钱、禁、兵、馆）。

我国明代著名航海家郑和从1405年到1433年，先后七次下西洋，是世界航海史上的壮举，到达的国家及地区有：印度以及阿拉伯国家、非洲东海岸和红海沿岸地区。我们同样可以使用谐音记忆法：“李四领我（1405年的谐音）散散心（1433年的谐音），路上碰到一个印度阿飞（非与飞谐音）叫红孩儿（红海的谐音）。”我在愉悦的学习氛围中，马上就记住这个知识点了。

（本栏目长期征稿，欢迎各地师生投稿。来稿请发至：wenzhaiban@126.com，投稿时请标注“学习方法故事”字样。）

节气是我国古代天文学的特殊成就。二十四节气比较客观地反映了一年四季气温、降雨、物候等方面的变化。古代劳动人民根据节气安排农事活动。

2022 年 2 月 4 日至 20 日，第二十四届冬奥运动会在北京市和张家口市联合举行。开幕之日，恰逢立春，开幕式崭露冬去春来的诗意与浪漫，在网上迅速刷屏。

浪子回头金不换

@ 纽约客 编

——二十四节气的故事

从前，有一个浪子，家有良田万亩。可他不好好种田，成天只知道与一些狐朋狗友吃喝玩乐。有道是坐吃山空，没过几年，就把好端端的一份祖业吃光了。不过，吃光了也不怕，还可以向远亲近邻借啊。

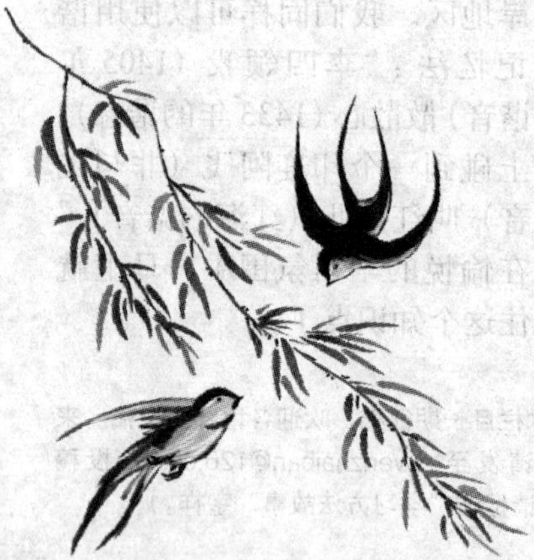

就这样借了东家借西家，时间长了，远亲近邻像躲瘟神似的，见到他都怕了。只有一个人还跟他来往，谁？他的舅舅。俗话说，“舅舅大似天，外甥坐上边”。别人可以不睬他，可舅舅狠不下心来。眼看家中值钱的东西差不多都给浪子送到当铺去了，最后只剩下一件还值俩钱的棉袄。浪子打起了棉袄的主意来。

这年正月初一，浪子破天荒起了个大早，上门给舅舅拜年。看到舅舅把棉袄穿在身上，天气又是那样的冷，话到嘴边又咽了回去。

好不容易等到了二月。浪子心想：这会儿舅舅可能不会穿棉袄了。他来到舅舅家，舅舅一听说他要借棉袄，就摆摆手说："外甥啊，你没听说过这句话吗？二月二十八，冻死鸡和鸭。棉袄不能借给你。"浪子一听，只得走了。

过了二月，就是三月，天气渐渐转暖。浪子心想：这季节舅舅可能不会穿棉袄了，于是他兴冲冲来到舅舅家。舅舅一听说他要借棉袄，就拒绝道："不能借给你。老古话说：过了三月三，冻死单身汉。"

浪子知道舅舅是个单身汉，一听这话又没门儿，只好走人。

到了四月，天气更暖和了。浪子心里乐了：这下舅舅还有什么借口？他来到舅舅家，舅舅知道外甥不死心，还是要借棉袄，就说："不行啊，四月还有倒春寒呢。你不是听说过吗？四月二十，冻断树枝。"浪子一听，知道还是没戏，也没多说，就走了。

五月天，天气一天比一天闷热，人们都穿起了单衣。浪子心想：现在去借棉袄，机会最好。谁知舅舅振振有词地说："吃了五月粽，寒衣不可送。"这下把浪子肺都气炸了。

转眼就是六月。天热起来了，乡下人一个个打起了赤膊。浪子心想：我六月三伏天去借棉袄，看舅舅还能说什么？谁知舅舅还是搬起了老话，说："人不是毛虫，单怕六月天的冷北风。"

到了七月，赤日炎炎。浪子又上了门，开口借棉袄。舅舅说："吃了七月半的饭，放牛儿子堤坡站。"

八月到了，浪子还是不死心，又去找舅舅。舅舅说："八月十五雁门开，雁儿头上带霜来。"意思是开始下霜了，谁还愿把棉袄借出去？

挨到九月。浪子硬着头皮，又来到舅舅家。他还没有开口，舅舅就说："起了重阳风，蚂蚁要过冬——外甥啊，你就不要再打我这件棉袄的主意了。我以前接济你，是可怜你。现在想想，却是害了你。你有胳膊有腿的，为什么不好好种田，自己养活自己呢？"

舅舅这句话一棒打醒了他。从此，浪子一改以前的坏习惯，勤耕苦作，没多久就积起了一份家业，过上了丰衣足食的好日子。

二十四节气歌

春雨惊春清谷天，夏满芒夏暑相连。秋处露秋寒霜降，冬雪雪冬小大寒。每月两节不变更，最多相差一两天。上半年来六廿一，下半年是八廿三。

回家

@ 邓润晓

陆家有梅香欲染，数尽寒枝未见花。每次陆依认真打量起那盆半开的小白梅，或者用手拨动盘中土壤时，父亲都会立即上前打下她不安分的手："这碰不得！"说罢，将那盆白梅高高地放在花架的最上层。陆依仰头看着那悬立于高处的白梅，不解父亲为何只对它情有独钟，记得搬家那天：父亲一人，久久伫立，凝望着耕耘了半辈子的土地，伏下身来盛了一花盆的泥土，又拾起路边一枝被折断的白梅，将这些悉数抱在怀里，才肯回头上车。

一路颠簸，一海而隔，从此离了大陆，入了台湾。那一年，1949，陆依 6 岁。

父亲悉心照料，白梅却无意争芳。多少年过去了，几次含苞，却终不得绽放。陆依又总是看到父亲于夜深明月孤吊时分，在几案的白梅前，手执毛笔，写下诗句，内容皆是"浮云游子意，落日故人情"云云。她好奇地打探：既然这么想家，为什么不回去看看？每每提及"家"这个字眼，父亲的眼里总似含着光束，但立刻又暗下去，长叹一声，对着陆依，无奈地摇摇头。

光阴漫溯，父亲的身体越发枯槁，那心中的郁结也迟迟不解。那天，父亲是无力再等下去了，他躺在病床上，看着不远处窗台上的那株梅花，与陆依道："有希望了，到了那一天，记得带我回家。"说罢，将炽热而温柔的目光送向远方的天际，停留在窗外的白梅边，停留在过去的风景里。陆依一个劲儿地点头，纵然她不愿如此悲伤地送走父亲，可眼泪还是止不住地往下流，淌过脸颊，流到肩膀，汇向手心。

慈父寿终，白梅落尽。那一年，1978，陆依 35 岁。

念念不忘，必有回响，此岸大声喊唱，山谷雷鸣，音传千里。一叠一叠，一浪一浪，彼岸大陆都已收到。两岸之间终得互通。带着父亲的骨灰与远离故土的白梅，陆依乘上了第一班回大陆的飞机。

眼前所见，竟还是儿时的光景。那山坡，那土地，那已然荒

 就是爱历史（三月篇）39.1928 年 3 月 30 日，毛泽东宣布《三大纪律六项注意》。

废多年的老宅……陆依颤抖着取出父亲的骨灰，妥善安置，又想起亦本属此地的白梅，顺手将它连着深深扎根的土壤一同栽回。

台海相接，魂归故里。那一年，1987，陆依 44 岁。

是夜，陆依的梦里飞来一只白色的蝴蝶，停停绕绕，在昔日的花架旁、在成年时的书桌畔、在父亲的骨灰上迂回盘旋，不舍离去，最终，落在了枯死的白梅边。次日，忽见门前的白梅开得正艳，缕缕梅香沁人心脾，悄然而来，又悄然而去。陆依不禁湿了眼眶，于此刻，忽晓父亲三十余载的乡愁，不过是一湾浅浅的海峡。海峡会阻隔离人回家的路，却阻隔不了万千眷念的眼神；会阻断两岸互通的奢望，却阻隔不了千百年来血浓于水的深情；会导致一时的分离，却阻挡不了大势所趋的统一步伐！

时移世易，在此刻，他们归去来兮；

归去来兮，在家园，他们安然入梦。

作者系湖南省武冈市展辉学校三年级学生

指导老师：陈文勇

故事大课堂

“故事大课堂”开讲啦！

第一堂：时事报告。近段时间都有哪些热点新闻？我们给你梳理了一份时事简报。“秀才”不出门，天下事尽知。

＊ 2月1日，正在太空“出差”的神舟十三号航天员乘组把中国空间站装扮得年味十足，迎接中国人的传统佳节——春节。

＊ 2月1日，中国海军两艘舰艇组成的赴汤加执行运送救灾物资任务海上运输编队，从广州某港口出发，启运中国援助汤加救灾物资。

＊ 2月4日晚，举世瞩目的北京第二十四届冬季奥林匹克运动会开幕式在国家体育场隆重举行。国家主席习近平出席开幕式并宣布本届冬奥会开幕，并于20日晚出席闭幕式。中国体育代表团勇夺9枚金牌、4枚银牌、2枚铜牌，取得我国参加冬奥会的历史最好成绩。

＊ 2月6日，女足2022亚洲杯决赛，中国队逆转韩国队，时隔16年再次获得亚洲杯冠军。

＊ 中国选手谷爱凌获得北京冬奥会自由式滑雪女子大跳台金牌，又在自由式滑雪女子U型场地技巧决赛中夺冠。

＊ 教育部2月8日发布2022年工作要点，包括全面落实免试就近入学全覆盖和“公民同招”。

＊ 韩国防疫部门2月19日称，新冠疫情确诊人数连续三天日增超10万例。另一方面，**日本多地新冠病床使用率临近极限。**

＊ 2月22日，2022年中央一号文件公布，提出全面推进乡村振兴重点工作。

＊ 2月22日，俄罗斯联邦委员会批准与“顿涅茨克人民共和国”和“卢甘斯克人民共和国”的友好合作互助条约。

＊ 2月24日，俄罗斯总统普京决定在顿巴斯地区发起特别军事行动。当日，乌克兰决定与俄罗斯断绝外交关系。**截至2月28日，双方战事焦灼。**

（本刊综合人民网、新华网、《半月谈》等媒体消息）

第二堂：不一样的写作课。好作品是改出来的。为什么要这样改而不是那样改？文末附有核心提示。反复揣摩，必有收获。

爸爸的手

@ 姚易辰

原稿

别人的爸爸有没有一双神奇的手，我不知道，反正我爸爸的手与众不同，特别有魔力。

我爸爸有一双粗犷的大手，一扬起来，像虎虎生风的大蒲扇。在我刚记事时，那双手曾扶我走过路，有我的照片为证；长大一些，我玩滑梯，每当我从上一泻而下，都稳稳地落在那双坚实的手中，有我的记忆为证；如今因为我捣蛋，又屡教不改，那双大手又毫不留情地落在我身上，打得我嗷嗷乱叫。爸爸的手，让我又爱又怕。但与妈妈相比，这是一双男人的手，一双勇敢的手 。[1]

在一个寒冷的冬天[3]，我鼻炎发作得厉害，医生检查后，被告知要做一个腺样体手术。

手术？这个词对我来说太陌生了，陌生到有点恐怖。我开始抗拒，只要他们一提起手术的事，我就吵闹不听，爸爸给我讲道理，

修改稿

我的爸爸有一双粗犷的大手，一扬起来，就像呼呼生风的大蒲扇。小时候因为捣蛋，又屡教不改，那大手就毫不留情地落在我屁股上，打得我嗷嗷乱叫。现在想起来，屁股还隐隐作痛。[2]

今年冬天，我鼻炎发作得厉害，医生检查后，说要做腺样体手术。

什么？手术？这个词对我来说太陌生了，陌生到有点恐怖。我开始抗拒，只要他们一提起手术的事，我就吵着闹着，爸爸跟我讲道理，我坚持不开刀，他不耐烦，不自觉又扬起那只蒲扇一样的手，我吓得不敢作声。手术的事，就这样定了！[2]

到了手术那一天，爸爸、妈妈带我提前到了医院，爸爸办好入院手续，我们又一起来到住院部。消毒水味在走廊上飘荡，穿着白衣的护士进进出出，恐怖像绳索结结实实捆住了我，我连大气都不敢出，

我坚持不开刀，他不耐烦，又扬起那只蒲扇一样的手，我吓得赶快求饶。

到了手术那一天，爸爸、妈妈带我提前到了医院，爸爸办好入院手续，我们又一起来到了住院部。消毒水味在走廊上飘荡，穿着白衣的护士进进出出，恐怖像绳索结结实实捆住我全身，我大气都不敢出。我躲在一张木椅旁默不作声，只见爸爸从医生办公室出来，见到了我，有力地伸出他那双大手，我想去握住它，但马上又缩了回去。爸爸走到我身边，大手在我肩膀上拍了拍，我只能顺从地跟他走。他是我爸爸，妈妈很担心，他却像没事一样。我有点伤心。

第二天一早，医护人员推我去手术室，离开病房的那一刻，我再也掩饰不了内心的恐慌。“爸爸，我会死吗？”我一把抓住床边爸爸的手，“能不能……不做手术？”

“有啥好害怕的？”爸爸的眼睛里充满了坚强。我有点委屈，是我手术，你当然不害怕。

避无可避，我老实地点点头，但听到爸爸说不用害怕，多少平抚了我一点慌张。

手术是在我没有感觉的状态

躲在一张木椅旁。只见爸爸从医生办公室出来，走到我身边，伸出手，在我肩膀上拍了拍，我求援似的看着妈妈，她点了点头，没办法，只能顺从地跟爸爸走了。我很伤心。

第二天一早，医护人员推我去手术室，离开病房的那一刻，我再也掩饰不住内心的恐慌：“爸爸，我会死吗？”说着，一把抓住爸爸的手，“能不能只吃药，不……不做手术？”

“有啥好害怕的？”爸爸的眼睛里充满了坚强。我有点委屈，手术的是我，你当然用不着害怕……

手术是在我没有知觉的状态下完成的。醒转过来时，我还有点迷糊，觉得很冷，自己的手被另一只冰凉的手握住，这只手很大，很熟悉。等我完全醒来，却只看到了妈妈坐在床边，我呢喃地问：“爸爸呢？”妈妈抬头看了看我挂着的盐水瓶，答道：“你爸去找医生了。怎么样，怕不怕？”我摇了摇头。

“真不错，还挺男子汉的！比你爸爸厉害！”[2]

妈妈告诉我，手术前要签知情书，护士把手术中可能出现的最坏情况，一条一条地读给他们听，她太紧张了，气也透不过来，就让爸爸签字，可发现爸爸的手不停地颤下完成的。[4]等我醒过来时，迷迷糊糊间觉得很冷，我朦胧地感觉自己的手被另一只冰凉的手握住，这只手很大，很熟悉。等我完全醒来，却只看到了妈妈在床边，我忙问爸爸呢，难道是我的错觉吗？妈妈看了看我挂着的点滴，确认我的手没有回血后说："你爸去找医生了。怎么样，怕不怕？"我摇了摇头。

"真不错，还挺男子汉的！其实妈妈很紧张，你手术前要签知情书，护士把手术中可能出现的最坏情况一条一条地读给我们听，我太紧张了，气也透不过来。我让你爸爸签，但他的手不停地颤抖，根本握不住笔，护士看着他，都不相信他是个男子汉，越紧张越无法签字。最后护士让你爸爸用大拇指盖了个红印，总算完成了手术的签名。"[5]我没听错吧，爸爸手也抖了？这只刚毅有力的大手竟然握不住一支小小的笔。

妈妈又说："你进手术室多久，你爸就在门外等候室站了多久，寸步不离，一言不发……"我毫不费力就想象出了爸爸就那么站着，盯着手术室的灯影，一双大手一定扶在手术室小窗的两旁。

"你一出来，你爸就问医生，

抖，根本握不住笔，紧张得无法签字，嘴里嘟哝道："见鬼了。"护士看着爸爸，笑着摇摇头，最后让他用大拇指盖了个红印……

我没听错吧，爸爸手也抖了，那只刚毅有力的大手竟然握不住一支小小的笔？

妈妈又说："你进手术室多久，你爸就在门外等候室站了多久，寸步不离，一言不发……"我毫不费力就想象出了爸爸就那么站着，盯着手术室的灯影，一双大手一定扶在手术室小窗的两旁。

"你一出来，你爸就问医生，你的手为什么会那么凉……其实你爸也紧张的，就是不习惯说出来。"原来那个冰凉的手真的是爸爸的！

"儿子醒啦？感觉怎么样？"爸爸的身影出现在了房间门口，走过来想要摸我的头，可又迟疑地搓了搓手。我主动把头凑到他的手掌里蹭了蹭："老爸，等我好了，你教我打篮球吧！就当是我今天勇敢的奖励！"爸爸的指尖有我不喜欢的烟味，可现在，我第一次觉得没那么呛，今天真让他担心了。

"行！"爸爸顺手揉揉我的头发，"但先要把学校功课补齐了，我才能陪你打篮球。"

"不！补什么功课，不补，不补，

你的手为什么会那么凉……其实你爸也紧张的，就是不习惯说出来。”原来那个冰凉的手真的是爸爸的！

“儿子醒啦？感觉怎么样？”爸爸的身影出现在了房间门口，走过来伸手想要摸我的头，可迟疑地搓了搓手。

我主动把头凑到他的手掌里蹭了蹭：“老爸，等我好了，你教我打篮球吧！就当是我今天勇敢的奖励！”爸爸的指尖有我不喜欢的烟味，我第一次觉得没那么呛，今天真让他担心了。

“行！”爸爸顺手揉揉我的头发，“但先要把学校功课补齐了，我才能陪你打篮球。”

“不！补什么功课，我还没恢复健康呢！”又是功课，真没劲。

爸爸瞪大眼睛，说：“你敢！手术影响了多少功课，不补好休想玩！”他那只蒲扇般的手又扬起，但又轻轻放下，在我头顶上按了一下，哇，好有力气。我家三人一齐哈哈大笑起来。

（作者系上海市浦东新区竹园小学龙阳校区五年级学生；指导老师：周秀珏）

故事大课堂往期精彩“码”上看，扫一扫，优质课程带回家。2元/期。

我还没恢复健康呢！”又是功课，真没趣，我的淘气劲儿又上来了。

爸爸把眼一瞪，大声道：“你敢！手术影响了多少功课，不补好，休想玩！”说着，那只蒲扇般的手又扬起，但又轻轻放下，在我头顶上按了一下，哇，好有力气！我家三人一齐哈哈大笑起来。

首席编辑核心提示

一、题解

本作品先抑后扬，讲述了一个关于“爸爸”的故事。主要亮点：爸爸由于紧张“手抖”，在手术单上签不了名字，最后改为按手印。表现爸爸既有“金刚怒目”，也有“菩萨心肠”。

二、修改思路

1.“先抑后扬”是主基调，故对前文作了适度的删节。

2.“现在想起来，屁股还隐隐作痛”“手术的事，就这样定了”“比你爸爸厉害”，都是过渡句，自然过渡到下文。

3.故事发生的时间，原文不明确，修改稿定为“今年”，突出在场感。

4.“感觉”是指对事物个别属性的直接反映，与感性有关；而“知觉”则指对事物的整体形象和表面联系的心理过程，与理性有关，比感觉更高级、丰富。麻醉状态下，用“知觉”更准确。

5.此处改为间接叙述，一方面可以更加具体地描写爸爸的神态、心态；另一方面也丰富了叙述的层次。

 就是爱历史（三月篇）42.1889年3月31日，法国巴黎埃菲尔铁塔落成。

第三堂：讲出你的精彩。看完故事，自己先讲一遍。讲不好不要怕，看视频是怎么讲的。故事大王告诉你哪些才是关键点。好口才就是这样练成的。

梅兰芳蓄须

@ 李大同

梅兰芳先生是闻名世界的京剧表演艺术家。他在舞台上唱旦角，为了演出的需要，总是把胡须剃得干干净净的。但他的一生中，有几年却是留着胡须的。

1937 年，日军占领上海，梅兰芳被迫藏身租界，以躲避日本人的纠缠。1938 年底，有人邀请他去香港演戏。演出结束后，梅兰芳在香港住了下来，深居简出，不再登台。对于一个视舞台为生活、视艺术为生命的人来说，不能演出，不能创作，无异于虚度生命。到了深夜，梅兰芳关紧门窗，拉上特制的厚窗帘，才能在寓所悄悄地细声吟唱，这对他来说已经很知足了。一个艺术大师就用这种方式坚持着对艺术的追求。

1941 年 12 月香港沦陷。日本驻港司令官亲自出马，多次逼迫梅兰芳演戏。梅兰芳可以忍受生活的困顿，直面战争的危险，但他难以抵抗来自侵略者随时随地的骚扰。拒绝的借口都用尽了，梅兰芳最后只能蓄须明志，表示对日本帝国主义的抗议，表明不给侵略者演戏的决心。后来，梅兰芳不堪其扰，只好又回到了上海。

长期不演戏，没有了经济来源，又要养家，梅兰芳准备卖掉北京的房子。听说梅兰芳要卖房子，很多戏园子老板找上门来说：“梅先生，您何必卖房子，只要您把胡子一剃，一登台，还愁没钱花？”有的甚至说，只要签订演出合同，就预支二十两黄金给梅兰芳。但是，无论戏园子老板开出的条件多么优厚，梅兰芳全部拒绝了。他宁可卖房度日，也决不在日本侵略者的统治下登台演出。

一次，日本侵略军要庆祝“大东亚圣战”，要求他必须上台演出。梅兰芳斩钉截铁地说：“普通的演出我都不参加，这样的庆祝会当然更不会去了。”但是，拒绝演出总得要想出个办法啊。

梅兰芳找到一位当医生的好朋友，说明了自己的危险处境，请朋友设法让他生一场“大病”，以摆脱日本人。这个朋友被他的爱国精神感动了，决心帮助他渡过难关，于是给他打了伤寒预防针，人打了这种针就会连日发高烧。

日本人不相信梅兰芳病了，专门派了一个军医来检查。日本军医闯进梅兰芳的家，看见他盖着棉被躺在床上，床边桌子上放着很多药。军医用手摸了摸梅兰芳的额头，滚烫滚烫的，看不出破绽，只好认定梅兰芳得了重病，不能登台演出了。日本侵略者的妄想最终没有实现，梅兰芳为此差点儿丢了性命。

当抗日战争取得胜利的消息传来时，梅兰芳当即剃了胡须，高兴地向大家宣布：“胜利了，我该登台演出了！”前来看他演出的人太多了，很多人没有座位就站着看。

作为艺术家，梅兰芳先生高超的表演艺术让人喜爱，他的民族气节更令人敬佩！

故事大王葛明铭点评：该小故事员口齿清晰，讲述也较流畅。需要改进的地方为在几个段落之间应有适当停顿，比如：“但是在他的一生中却有八年是蓄了胡须的，那是在日本帝国主义侵略中国的时期……”这两句之间是故事提出的疑问和情节上的转折，应该有一个适当的停顿，并转换语气和节奏，而故事员却连续地、快速地讲下去，整个讲述过程几乎没有节奏上的变化，少了一些故事语言特有的韵律感。

故事想到用京胡曲调做音效，把听众带到特定的情景中去，这一点值得称赞，但是配乐时长要恰当才好。配乐贯穿整个故事，渲染效果未必是最好的，有时反而会让听众觉得“嘈杂”。配乐从开头到大约 30 秒处就可以渐隐了，在 3 分 37 秒处“抗日战争胜利后……”曲调再响起，一直到结束，这样效果可能会更好。

在讲到“戏院老板纷纷劝梅兰芳不要卖掉房子”时，小故事员朝两边弯腰以表现不同老板的说话，这个动作不准确，应以略微侧身来表现不同人物的说话。

扫描二维码，看王妍秋同学的讲演视频，“码”上体验云端故事会，讲演技巧等你来学！

（本栏目欢迎学生投稿故事讲演，来稿请以视频的形式发至：wenzhaiban@126.com，投稿时请标注“故事大课堂”字样。）

第四堂：经典悦读。经典文学作品需要经常阅读、反复揣摩。我们为你提供经典作品中的经典片段，几分钟的阅读体验带你领略文学的魅力。

《野性的呼唤》节选

@[美国]杰克·伦敦 刘荣跃 译

《野性的呼唤》被誉为最出色的动物题材小说，讲述了一只良犬逐渐回归野性、重返荒野的过程，反映了“弱肉强食”的丛林法则。节选段落中的心理描写极为出彩，在世界文学史上都占有重要地位，大量对环境与动作的细节描写让人不知不觉身临其境，见证沉睡已久的野性在巴克身上苏醒……

巴克没有叫出来。但它也没克制自己，而是猛地向斯皮茨扑去，两只狗的肩头狠狠地撞在一起，因此巴克没能咬住它的喉部。它们在粉一般的雪里翻滚着。斯皮茨迅速站起来，几乎像没倒下去似的，它猛咬巴克的肩头，然后立即跃开。它咬到两次，每次牙齿都咔嗒一响，就像夹子的钢爪一样碰撞着。当它为了站得更稳而后退时，它瘦瘦的嘴唇张开，愤怒地蠕动着，咆哮着。

一刹那间巴克明白了。生死攸关的时刻已到来。它和斯皮茨绕着圈子，发出嗥叫，耳朵竖立，密切注意占取优势，巴克对此场面感到很熟悉。它似乎全都记起来了——那些白木树，那片土地，月光，激烈的战斗。鬼一般的平静笼罩着这白色、沉寂的世界。连一丝风也没有——没有任何动静，没有一片叶颤动，只见狗呼出的气慢慢上升，在寒冷的空气里徘徊。它们转眼之间就把雪兔除掉了，这些狗都是驯化不良的狼；现在它们走过来期待地围成一圈，同样一声不响，只是两眼闪烁，呼出的气慢慢往上飘。对巴克来说这一点并不新鲜或奇怪，这种场面它过去就见惯了。好像它一直就存在，是习以为常的事。

斯皮茨是一个有经验的斗士。从斯次卑尔根群岛穿过北极，横跨加拿大和“荒漠”，它在各种各样的狗当中都立于不败之地，成为它们的头儿。它虽然满腔怒火，但绝不是盲目的愤怒。它渴望将敌人撕裂、杀死，但绝没忘记敌人也同样渴望将它撕裂、杀死。

摘自《野性的呼唤》上海译文出版社

故事大课堂

《爱，是不能忘记的》节选

@张　洁

2022 年 1 月 21 日，著名作者张洁在美国病逝，她曾两次获得茅盾文学奖。《爱，是不能忘记的》描写了一位女作家和一名老干部之间“凄凉而悲惨”，但又“镂骨铭心”的爱情故事，并在“爱，是不能忘记的”笔记本里写下了对他的无限深情，最终成了“我”研究母亲爱情观的依据。节选段落洋溢着深沉而浓烈的抒情风格，酣畅淋漓，如泣如诉，较好地表达了作者的心声。

好像他还活着一样，用文字和他倾心交谈的习惯并没有因为他的去世而中断。直到她自己拿不起来笔的那一天。在最后一页上，她对他说了最后的话：——我是一个信仰唯物主义的人。现在我却希冀着天国，倘若真有所谓天国，我知道，你一定在那里等待着我。我就要到那里去和你相会，我们将永远在一起，再也不会分离。再也不必怕影响另一个人的生活而割舍我们自己。亲爱的，等着我，我就要来了——我真不知道，妈妈，在她行将就木的这一天，还会爱得那么沉重。像她自己所说的，那是镂骨铭心的。我觉得那简直不是爱，而是一种疾痛，或是比死亡更强大的一种力量。假如世界上真有所谓不朽的爱，这也就是极限了。

她分明至死都感到幸福：她真正地爱过。她没有半点遗憾。

如今，他们的皱纹和白发早已从碳水化合物变成了其他的什么元素。可我知道，不管他们变成什么，他们仍然在相爱。尽管没有什么人间的法律和道义把他们拴在一起，尽管他们连一次手也没有握过，他们却完完全全地占有着对方。那是什么都不能分离的。哪怕千百年过去，只要有一朵白云追逐着另一朵白云；一棵青草傍依着另一棵青草；一层浪花拍着另一层浪花；一阵轻风紧跟着另一阵轻风，相信我，那一定就是他们。

每每我看着那些题着“爱，是不能忘记的”笔记本，我就不能抑制住自己的眼泪。

摘自《小说月报》

阅读名著，走进经典，
扫码一览更多精彩内容。

第五堂：与作家一起散步。为你提供的是现代文阅读题。有几道考试真题，答对了吗？不要急，有请作家本人给你支招。

战士早餐

@ 李立泰

2021年河北省石家庄市十八县重点中学中考摸底联考语文试题

图：佐夫

现在小站上也人山人海，列车快进站了，于芳跟人们从候车室涌入站台。

这时一队解放军战士列队走来，上车的人们蜂拥而至把战士挤得七零八落，战士们躲让着帮助老乡上车。几分钟的靠站时间，在最后的一小会儿，于芳和十二位战士终于走进车厢。战士们有序地安放行李，然后坐下来。于芳敬仰地看着战士们。

此时一位带小孩的女乘客，把脸扭向车窗，看外面的风景。小孩过来摸小战士的帽子，小战士把帽子戴在小孩头上，小孩又拽小战士的褂子，小战士把包打开，拿出新上衣给小孩穿。小孩高兴地转向他妈妈，叫妈妈看他的样子。小战士满以为孩子妈妈会夸奖一番。可女人把头从车窗回过来，一看孩子戴着军帽，穿着军装，便斥责小孩：快脱下来，穿那干什么？脏，有味！

车厢里战士们闻听女人这样说，都没人说话，只有小战士尴尬地笑笑，接过小孩脱下的衣服，叠好，自言自语：我这是还没穿过的新军装，咋会有味？

说话间，车厢走来戴白帽头儿，穿白色隔离衣的乘务员，推着小餐车，随走随轻喊：盒饭、盒饭，有用早餐的吗？

车厢里乘客的目光聚焦到餐车那儿。一乘客问餐车师傅：多少钱一盒？师傅回答：有 20 的，有 30 的。乘客说：来盒 20 的。

师傅把餐车上盖的白布单掀开，拿了一盒递给乘客。乘客把盒饭放到小桌儿上，打开盒饭，蛮好的，有西红柿鸡蛋，两片火腿肠，绿油油的芹菜，雪白的米饭，盒饭香味迅速在车厢弥漫开来，大家的食欲被香味调动起来，有的甚至在咽唾沫。

刚上车的战士们把脸扭向车窗，不去看那颇具诱惑的盒饭了。跟小战士邻座的于芳，问小战士：同志，你不买盒饭吃啊？小战士没加考虑，实话实说：太贵了，一盒也吃不饱，干脆到部队吃得了。

于芳思忖，战士们今天有活动吧？早晨起来赶车，大约早饭也没吃。他们都还是十八九、二十的孩子，在家里是妈妈奶奶不喊不吃饭的主，在部队就不一样了，他们是看见饭就饿的年纪。解放军这大熔炉就是锻炼人。

于芳在车厢里可以说鹤立鸡群，并不是她个高，而是她长得特漂亮，光彩照人。

于芳离开座位朝后走去，她走进 10 号车。列车的餐车里，她对师傅说：请给前边七号车厢里十二位战士每人两盒饭，20、30 的各一盒，这是 600 元，她把钱付给收费员。

于芳对师傅说，我还有个小小的请求，您推餐车到那儿，您这样说，这是本次列车为战士们准备的早餐，每位两盒。

师傅伸出大拇指，夸于芳，好同志啊！请您为我保密，不要告诉战士们别的，我只是想着战士们该吃早饭了。师傅点头目送于芳离去。

于芳回到座位，几分钟后小餐车推来了，师傅请战士们用餐，每位两盒。战士们莫名高兴能吃上早饭，感谢列车长想得周全。吃完战士们还把餐盒收起来送到垃圾箱。

列车长例行公务似的来到七号车厢。他站在车厢过道里，看着乘客和战士们。

这时列车喇叭传来列车广播员的播音：各位旅客，大家好。报告大家一个好消息，刚才七号车厢一位不愿透露姓名的女同志，来到本次列车的餐车，为七号车厢的十二位解放军战士订了早餐，让我们说，是本次列车为解放军战士准备的早餐，这样战士们早餐会吃得顺利。餐车把这件学雷锋的好人好事汇报给列车长，列车长立即决定，这顿早餐就是为战士们准备的，并会把600元餐费退还给那位女同志。

战士们和乘客，还有带小孩的女人都站了起来，大家夸奖、互相观望起来。此时的于芳脸红了，头低了下来。战士们猜个八九不离十了，都看着她。

这时列车长走到于芳身旁，看着车厢里的乘客、战士们，说，就是这位不愿透露姓名的女同志。

我代表本次列车全体司乘人员向您表示衷心的感谢，谢谢您，为我们做出榜样。列车长把600元钱交给于芳，于芳说，车长，钱，我不要。

这时乘客中有人递过钱来，说，算我一份！另一位说，也算我一份！甚至带小孩的女人也掏出了钱，一会儿钱就凑了一千多。车长给于芳，于芳不要，给战士们，战士们也不要。

这时有人说，车长，那就留在你车上吧，留给需要帮助的人。车长两难地看看于芳和战士们。

摘自《桂林日报》

1. 请用简洁的语言概括文章的主要内容。
2. 文中有几处细节描写体现了战士们的良好素质，请找出两处并进行分析。
3. 请你说说乘客于芳是一个怎样的人。
4. 文章画线处为什么要提及“甚至带小孩的女人也掏出了钱”，其作用是什么？
5. 本文的主题是什么？请简要分析。

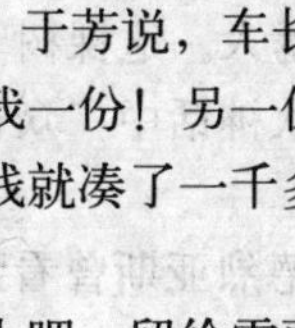

扫码进入真题实战，看一看作者的解题方法和写作思路。

故事大课堂

第六堂：给你一双慧眼。故事中有多处差错，你能找出来吗？比一比，看谁找得对、找得快。

一棵名叫格拉希尔的百变树

@ 胡喜荣

在纽约麟次栉比的高楼之间，一棵树在夜色中闪闪发光。如果你走近一看，就会发现这根本不是树，而是一座树型建筑。树枝是一些金属框架，玻璃蜜封的生物箱里种植着各种蔬菜，甘蓝、白菜、韭菜……在箱内 LED 灯光的照射下，水灵灵的，看起来格外诱人。这棵树名叫格拉希尔，是北欧神话中“众神之中最美的树”。

挪威建筑师安德烈亚斯曾看到一组统计数据：用于农业的耘地只占地球陆地面积的 37%，而且这个比例将越来越少，但是随着地球人口持续增长，未来 50 年后有可能达到 100 亿人，这就意味着全球食品供应需求将番一倍。于是，他设计建造了格拉希尔——一个以社区为基础的城市农业系统，可以解决吃菜难这个令人头疼的问题。

格拉希尔是一棵农场树，采用的是高效的气培法种植系统。

这种载培技术不需要土壤，蔬菜的根部悬在生物箱内，暴露在空气中。根部所处环境改变，导致根部形态发生变化，蔬菜会形成根毛发达的气生根，吸收肥水效率极高。每隔几分钟，喷雾器就会将养料用气体的形式喷到蔬菜根部，剩余的营养液则会自动回流到液池中循坏利用。

在生物箱内用气培法载培蔬菜，不但生产成本大大降低，而且增产率极高。每一个气培种植模块一年可收获约 200 千克的蔬菜，而每一棵这样的树可以收获 20 多吨蔬菜，占地面积却不到 0.2 平方米，相当于 2000 平方米大棚蔬菜的年平均产量。气培法使植物根部吸收更多的矿物质和维生素，营养价值变得更高。而且，气培蔬菜在密闭环境下生长，没有病虫害，不须要打农药，对人体健康更加有益。

格拉希尔，是现代科学技术创造的又一个神话。

小祺摘自《知识窗》

扫码看答案，和同学比比，谁的得分高？

我要告你

@骆　驼

侯晓超和罗越有一条联手打造的产销链，罗越农场生产的蔬菜由侯晓超的社区网络销售，多年来合作愉快。最近疫情紧张，正是居民急需蔬菜的节骨眼上，罗越农场却突然说没有蔬菜供应了。

侯晓超气得打电话找罗越兴师问罪："我的十几家连锁店，几千家人上万张嘴啊，你说停供就停供了，还讲点契约精神吗？现在是抗疫关键时期，如果你把供应我的菜品拿去卖高价，我要告你！"

谁知罗越只在电话那边回复一句"这事一两句话说不清楚，我正忙着，等疫情过后再说吧"，就把电话挂了。侯晓超气得直摇头，这小子，有种！

就在侯晓超正要联系公司解除和罗越的合同时，电视里一条新闻引起他的注意，一位记者拿着话筒说："我身边这位不愿透露姓名的先生，运来10万斤蔬菜捐给疫区人民。下面请他向观众说几句话。"边说边把话筒伸过去。那位边忙着搬运货物，边侧着身体对镜头说："以前，我们遭遇灾难时，疫区政府和人民都来援助我们；今天，他们遇到困难了，我拿不出别的，只能把农场里这一季种的所有蔬菜，一棵不剩地捐给他们。"

尽管他戴着帽子和口罩，但从那蹩脚的普通话里，侯晓超一下子就认出了他是谁！

至本期发稿，各地时有疫情发生，编辑部所在地上海也进入全民战疫关键时刻。就像本期锐话题所说，暂时的困难打不倒英雄的中国人民，有全国各族同胞的守望相助，有四面八方的鼎力支持，我们一定会战胜困难，迎来春天。

092 故事会® 2022
CONTENTS —STORIES— STORIES DIGEST
4月 校园版

故事中国网：www.storychina.cn 邮发代号：4-900 国外代号：MO9178 定价：6.00元

责编电话：021-53204042
邮编：201101
地址：上海市闵行区号景路159弄
A座3楼
主管：上海文艺出版总社
主办：上海文艺出版总社
出版单位：《故事会》编辑部
发行范围：公开

出版、发行电话：021-53204159

发行业务：021-53204165
发行经理：钮 颖
媒介合作：021-53204090
广告业务：021-53204161
新媒体广告：021-53204191

国外发行：中国图书贸易总公司
印刷：上海四维数字图文有限公司
发行：上海邮政报刊发行局
邮发代号：4-900
国外代号：MO9178
定价：6.00元

故事会公众号　　故事会 App 下载二维码

《故事会》微博：@ 故事会　《故事会》微信：story63

故事会校园版欢迎投稿

稿件要求：来自最新的报刊、图书或网络，故事性强，文字明快，主题健康，视野开放，纪实或虚构均可，体现“新、知、情、巧、趣、智”的特点，同时欢迎第一手的翻译作品。推荐作品须注明原文出处、原作者姓名，确保转载不存在侵害版权的行为，并请留下推荐者真实姓名及通信地址。作品一经采用，即致推荐者 50 至 200 元推荐费，并向作品著作权人支付稿酬。

故事会校园版 投稿信箱

wenzhaiban@126.com

故事中国网：www.storychina.cn

丸子的朋友圈

王大脸真的不是女汉子

昨天在寒风中蹲在马路旁和男朋友打电话，他居然要跟我分手！我哭得稀里哗啦，旁边有个年轻人实在看不下去了，抢过电话狠狠地骂了他一顿……

郭美眉：那你还不快谢谢他，开始一段新的姻缘？

王大脸真的不是女汉子回复郭美眉：我还没来得及感谢他，他就飞快地跑了，这年头，抢手机的都这么入戏了！

哲学系二师兄

以后在 QQ 上找我，有事就直接说，别总问我在不在。你说让我怎么回答你？

金融小王子刘思聪：你想怎么回答？

哲学系二师兄回复金融小王子刘思聪：我说在，你跟我借钱怎么办？我说不在，你请我吃饭怎么办？所以有事直接说！这样我好知道我在还是不在！

快递员小马

昨晚隔壁体育馆开演唱会，我在那兼职保安，明星抽一个台下的观众提问居然抽到了我！

丸子：哇，运气好好！

快递员小马：我太激动了，拿起话筒就对台上的明星说："请问你能和我女朋友合张影吗？"明星毫不犹豫地答应了。
王大脸真的不是女汉子：小马，你有女朋友吗？
快递员小马回复王大脸真的不是女汉子：没有，所以我就对着台下问：“那么各位美女，谁愿意当我女朋友啊？”

金融小王子刘思聪

今天收到了一封匿名信，内容如下：

__水，__风，__烟，__奖，__查，__取，__空，__签。

什么意思？

哲学系二师兄：你最近得罪什么人了吧？
金融小王子刘思聪回复哲学系二师兄：为啥这么说？
哲学系二师兄：很明显，这封信是说你……欠抽。

丸子

一只漂亮的纯种狗来到我们的后门廊并以此为家了。我写了一则启事，打算贴到社区的“失物招领”栏里。我是这样写的：“小狗，雄性，近九个月大，无项圈，很友善，发现于石桥路。”

王大脸真的不是女汉子：你这样透露太多的细节会不会给那些昧着良心要狗的人可乘之机啊？万一他们把它带回去炖了？
丸子回复王大脸真的不是女汉子：那我重新写吧：“猜猜我捡到了什么？”

郭美眉

现在网络里的大神太牛了！

大老板张富贵：怎么说？
郭美眉回复大老板张富贵：昨天我家里上不了网，然后用手机上网搜索，有个回复说：“是不是你的猫有问题？”我一看，果然是，我家里的那只猫不知怎么地，把桌子背后的网线咬断了还弄得一团糟！太牛了！

大老板张富贵

晚上下班走出公司，刚打开车门，就看到一个人上了我的车。

@金融小王子刘思聪　你是不是喝酒了？

金融小王子刘思聪：老板您这鼻子够灵的，都闻见我身上的酒味了？
大老板张富贵回复金融小王子刘思聪：你先从我车顶上下来！

牛大姐家乐事多

主要人物：牛大姐（妈妈） 牛大哥（爸爸） 牛小美（女儿） 牛小宝（儿子）
钱多多（牛小美的男朋友） 刘姥姥（牛小美的外婆）

※ 钱多多帮牛小宝补习生物知识，他告诉牛小宝人是从类人猿进化来的，又问："人类从四条腿爬到两条腿走路，最大的优点是什么？"

牛小宝："可以节省一双鞋。"

※ 牛小美和钱多多去游泳，牛小美累了就在泳池边休息，吃水果，当钱多多游到她这里她就喂他吃东西，反复几次，钱多多说："别喂我了，我不吃。"

牛小美："你吃够了？"

钱多多："不是，我游一圈你就喂一口，我觉得这样特像海洋馆里驯海豚。"

※ 牛大姐和牛大哥逛街，路过一个时装店，看到里面的衣服真不错，顿时就有了购买欲。她对牛大哥说："这家的衣服真漂亮，咱进去逛逛。"

牛大哥："逛什么逛，这种店里面的衣服都超级贵，你带钱了没有？”

牛大姐一看钱包里没多少钱，说：“没有。”

牛大哥：“那走，进去逛逛。”

※ 牛大姐给家里装了 WiFi，刘姥姥看着无线路由器，问：“这是啥？”

牛大姐：“妈，这是路由器，连着上网用的。”

刘姥姥：“能不能给做路由器的提点意见：以后还是不要用三根天线的好，你们有没有想过，三根天线就像三根香……”

※ 牛小宝用手捂着肚子，对牛大姐说：“妈妈，疼！”

牛大姐看了看，用手指戳了戳他的肚子问：“疼吗？”

牛小宝：“不疼。”

牛大姐又戳了戳他的肚子问：“疼吗？”

牛小宝：“不疼。”

牛大姐想了想说：“那你是手疼？”

※ 一天，牛小美和钱多多大吵一架，闹得很凶，谁也不让谁，牛小美一气之下，用手在钱多多胳膊挠了好几条血印子。

钱多多也急眼了，抓起牛小美的手狠狠地按在桌子上；牛小美害怕了，只见钱多多抄起一把指甲刀给牛小美剪了指甲……

※ 上了一天班，牛大哥腰酸背痛，想给自己按摩一下：“老婆，你知道涌泉穴在哪吗？”

牛大姐：“不就是脚心吗？”

旁边在看武侠小说的牛小宝忽然抬起头：“那古代人说的‘滴水之恩，涌泉相报’是踹他一脚，还是泼他一脸洗脚水？”

※ 牛大姐全家夜游黄山，只见月圆之夜，黄山之巅，牛大姐孤立一隅，目光深远，手持一物，直指云天，收回手臂。三圈之后，仰首大喊：“移动，怎么这里也没信号？”

※ 牛小宝：“爸爸，书里说鳄鱼咬到猎物时不会撕扯，只会360度翻转身体。是这样吗？”

牛大哥：“没错，鳄鱼就是这么抓猎物的。”

牛小宝：“那被鳄鱼咬到就不用担心了，只要跟着鳄鱼一起翻转而且速度够快的话，还可以把鳄鱼头给拧下来。”

北大博士论文后记刷屏，人间实苦，你要相信，光明在未来。

你相信光吗

@ 肖清和

成绩给我带来无尽的痛苦

7岁时，母亲想让我上一年级，因为交不起钱，只好先上幼儿园，荒废了宝贵的一年时间。

12岁时，家里勉强让我上到五年级，差一点因为交不起考试费用，而不能参加小升初考试。班主任老师来我家做工作，可是，实在没钱。结果，班主任老师代我交了钱。我考了全乡第二名。然而，这个成绩给我带来的却是无尽的痛苦。因为我不知道我家从哪里能弄到学费。

那一年秋天，同龄人都在新学校上学，可我，只能在家里放牛。慢慢地，我可以把它放在山上，而不去管它，这样我可以自己看书。那个秋天，我背完了整整一本宋词。

可能看官想知道，为什么我家会这么穷？

1980年，我出生于安徽潜山一个小山村。我爷爷有三个孩子，我父亲是老小。大伯脚残疾，奶奶在我出生之前就去世了，二伯是个瞎子，也很早就去世了。父亲为人性格怯懦，没有主见，且不会生活，母亲则好强。

我8岁时，爷爷病逝，家中无一分积蓄，多亏一位医生资助了20块钱，才办了丧事。爷爷去世后，家境每况愈下。虽然1980年已经改革开放了，但是我们那个小山村还是笼罩在一片诡秘、落后、封建的风气之中。母亲因为性格暴躁，又很好强，经常与邻居吵嘴、打架。可是，父亲却很软弱，母亲和我经常受到别人的欺辱。

记得有一次，我们一家人正在吃饭，有个邻家妇女刚从田里回来，拿了个锄头，啪的一声就捅坏了我家的窗户，把我吓了一跳。

还有一次，另外一个邻家妇女从我家门前经过，又和我母亲扭作一团。因为我家和他们家共用一个走廊，他们家很霸道地在这个走廊里安了一个门，只有他们可以开，而我们不可以。换句话说，他们可以随便过来，而我们不可以过去。

还有一件很屈辱的事，另一邻家妇女因为和我母亲吵架，结果拿起淘粪的粪勺盖在我头上。在农村来说，这种做法是很恶毒的，其用意也很明显，是希望我永远晦气，永远也不会长大。

因为这些委屈事，母亲选择了离婚。那时，我11岁，弟弟6岁。

可怜的弟弟没人照顾，又黑又瘦。由于没有人管教，他变得很顽皮，时常还小偷小扒，邻居就向我告状，我也没办法，常常关起门来用皮带打他，我一边打，一边哭。

在我考上初中的那一年，父亲还养了一头猪。我也没有求他卖掉猪给我上学，因为我知道，即使这一次凑到了学费，还有下一次。以前，我找他要学费时，他总是让我一个人去要债。他只会卖苦力，而别人也总是不及时给工钱。我只能认命。

那一年冬季，他听从邻人的建议，让我跟随邻人的亲戚一起外出打工。那时，我才12岁。

我师傅是弹棉花的，因为我力气小，只能做一些简单的活，如刨旧棉絮、牵线等。刨旧棉絮时，鼻子里都是棉絮，几乎令我窒息；牵线是用中指勾着，常常弄得中指关节处裂开大口子，血流不止。

辛苦的冬天过去了，我挣到了75块钱。我穿着在外打工时好心人给我的衣服回家了，很认真地将钱交给父亲。他拿着钱去办了年货，我们过了一个快乐的新年。后来，我从别人那里知道，父亲舍不得卖猪给我上学，却听从邻人一起偷别人家的打稻机，被抓，受罚，结果卖了猪交罚款。

我重新走入课堂

第二年春天，母亲在外婆家听说我考了全乡第二名之后，便义无反顾要让我重新走入课堂。一开始，村里人还跟我说："你妈妈会不会拐走你，要卖了你呀？"我无所适从。

幸运的是，通过母亲的努力，我重新上了五年级，并于同一年参加小升初考试，结果考了第一名。上了初中，我的成绩依然名列前茅。

在那段艰难困苦的日子里，我最担心的不是我的成绩，而是每个学期的开始，因为，学费问题让我常常一筹莫展。经常在开学之初，我在马路边等母亲来，饿了，啃一口父亲给我做的干粮；渴了，就只得忍着。

> “我在北大整整生活了八年，其间，欢乐多于泪水，幸福多于痛苦。

然而，温暖的校园生活让我孤独、受伤的心灵感受到了阳光和雨露。有位英语老师的夫人在食堂工作，好心的她经常不收我的饭票，还多给我饭菜；化学老师常常塞给我10块钱。而我感到最幸福的事就是每个周末，买些好吃的东西带回家，给大伯和弟弟吃。

可是有一次，由于我的粗心，我犯下了不可弥补的错误，这一辈子也不会得到饶恕。因为常常吃不饱，父亲就给我做一些干粮让我带到学校吃。如果吃不完，再带回家，可以给猪吃，不能浪费了。大伯因为饿，就找到我书包里留下的干粮，可是，这些干粮已发霉了，大伯吃了之后中毒身亡。无论我怎样后悔，无论我怎样哭泣，无论我怎样呼喊，疼我爱我、与我相依为命、善良可怜的大伯还是走了。

初中三年很快就过去，虽然我的分数可以上重点中学，但校长表示，学校可以免除我的学费。因此，我还是留在母校继续上高中，每个学期我的成绩都是全年级第一。

母校的风气不甚好，高年级的学生常常无缘无故欺负低年级学生。有一次，有两个复读的学生，把我和另一个同学抓进他们的宿舍，对我们扇耳光，又打又踹，打了两个小时，才放我们出来。忍无可忍的我们，联合高一的其他两个班级，写了大字报，把床单做成横幅。结果，校长找到了我，很严肃地告诉我："你还想不想上学了？"我一听吓哭了。幸运的是学校很重视我们的诉求，并且对我们的处理也非常宽大。

高中期间，老师、同学对我的帮助更多，新校长常常给我钱，班主任、英语老师等经常让我去他们家吃饭。周末，同学们也不嫌弃我家的破旧，一起到我家玩。

我在北大整整生活了八年

1999年高考，我估了分数可能要比重点线多七八十分，校长就给我填了北京大学。他说如果考不上就免费让我复读。班主任则比较谨慎，因为我在提前录取志愿填了外交学院，班主任带我去了合肥，见了招生老师，结果老师说我太矮。班主任哀求道："他还是小孩，还会长的。"最终还是不行。

不过，上天眷顾可怜人，我竟然被北大录取了。后来，我才知道，我是北大在安徽招的23个文科学生里的最后一个。

我清晰地记得，我一个人扛着大包裹，坐着学校安排的大巴，来到北大昌平校区。报到时老师问我："你是一个人来北京的吗？"我点点头。她说："了不起。"

大一开始，根据成绩以及家庭情况，我获得了奔驰奖学金，连续四年。也是在大一寒假，我家才通了电，尽管我们村很早就通了电；以前，我一直在油灯下看书。

大四时，我一方面申请了贷款，另一方面又非常荣幸地获得了国家一等奖学金。2003年，我获得免试上本系研究生的机会；2005年，我又由硕士研究生转为博士研究生；2006年，我获得北京大学与香港中文大学联合培养的博士生资格。

直到今天，除去在香港的两年，我在北大整整生活了八年。这期间，欢乐多于泪水，幸福多于痛苦。但是，一想到家里的情况，忍不住还很难受，尤其是想到自己还没有能力让母亲安享晚年，心中甚是愧疚。

摘自微信公众号中国青年报

图：陈明贵

ICU 生死四日

病痛予我苦难，也予我坚强，因为希望在人间。

@ 俞天立

第一日

我永远记得 2006 年在故乡绍兴新昌度暑假的那个夏天。那年，我十七岁。

一次游泳过后，我的身体出现了严重不适，医院的诊断结论是我得了大叶性肺炎，必须立即住院治疗。

我躺在病床上，模糊的双眼只捕捉到一片雾蒙蒙的乳白色，一件件白大褂，正向我身上扑过来。

“呼吸停止了！”不知是哪个护士大叫了一声。

“上留置针！把他的衣服裤子剪开，深静脉输液！”

我的呼吸整整停止了两分钟。这两分钟里，我仿佛摸到了地狱的大门。

“他醒了！他终于醒了！”不知是谁叫唤起来。所有人的目光都射向我那颗沉重的脑袋，我喘着粗气，然后“哇”一声控制不住地，朝旁边被单上呕出了暗红色的血块。

等我再次醒过来的时候，已是深夜。胸口感受不到任何知觉，头昏沉、凝滞，比铅块还重。这个地方就是传说中的ICU吗？所谓的死神之门？我看到，那两个躺在我身边的盖着白被单的重症患者，浑身上下插满了导管，看不清他们的相貌和身形。难道我要和他们一样了吗？

我开始剧烈咳嗽，吸引了值班护士的注意。她过来查看我的状态，确认我暂时情况稳定。

"我……有没有脱离危险？"我有气无力地问她。

"你先别想那么多。"她的话语让我觉得有些不安。一种孤立无援的惶惑，顿时袭上我的心头。突发疾病搅乱了原本安逸的生活，仿佛将我发配到一个荒凉的孤岛，只能用原始的生命力与死神对抗。

第二日

在单位值班的父亲远在杭州，听说了我的病情，立即赶到新昌，叫喊道："一定要挺住！爸爸会尽全力救你的！"

根据X光显示，我的整个肺部已经成了白茫茫一片，那都是积留的脓液。主治医生对他说，国外的文献记载，大叶性肺炎的死亡率在80%以上。

"那怎么办？"父亲焦急地追问。

"先用消炎药试试看，结果没办法保证。如果要保险，需要一款药，但价格上会比较贵……"

"不管是什么药，只要能救我儿子的药，就用下去吧！我求求你了！"他的膝盖不由自主地弯了下去。这毫无预兆的动作惊得医生连忙将他的双手托住。可医生严峻的神色并未就此改善。

"这种药叫舒普深，是进口药……我们医院很少用到，不一定有。我先帮你去药房问一问。"

等待的时间格外漫长。就像悬崖的两头，父亲在那头呐喊，我在这头挣扎。炎症正在进一步蔓延，就像失控的野兽横冲直撞，撕噬着我的五脏六腑。

从药房回来，医生再次找到了我父亲："很不巧，药房已经没有舒普深了，如果现在采购的话，恐怕需要不少时间，至少一星期吧。但你儿子病情危急，怕是撑不到那个时候……"

父亲止不住澎湃而起的冲动，连连用拳捶打着墙壁："医生，能不能再想想办法？"

"药房缺药，我们也没办法啊。你先稳定下情绪……我们先用替代药试试看。"医生也有些无奈。

母亲抑制不住内心的悲伤，

呜呜咽咽地哭了起来。父亲吼道："别哭了！哭有什么用！"他疯狂地冲向走廊尽头，翻阅商务通上的电话号码，向可找寻到的所有医生朋友打电话寻计问策。冷静下来的母亲，也拼命地向可能有用的朋友打去求救电话。但除了得些同情和安慰，对事情的改善毫无帮助。

> 我唯一能回报他的，只有好好活着，活得无私，活得善良，活得通透……

第三日

第三天早晨，传来了不好的消息。

"你儿子发烧很严重。我们怀疑炎症有了进一步扩散。"主治医生找到了我的父母，告知了最新的情况。

我的肚子上又绑上了新的仪器——B 超仪。机械臂不停地扰动着我的肌肤，像爬虫般钻心蚀骨的存在。我的肺部和腹部疼痛到抽搐，两个手臂也不听使唤地抖动。

"看起来像是并发急性胆囊炎……"

我听到医生们脱口而出的话语，作好了最坏的思想准备。看来，我即将结束这仅十几年的短暂生命，走向神秘而未知的世界。那个世界一定没有寒冷，没有炎热，没有病痛和磨难，只有岑寂。

当新的一天来临的时候，我还是那个苟延残喘的我。浑身的僵硬和麻木感已经渐渐代替了刚开始的剧痛，仿佛一条木乃伊的裹尸布将我的身体紧紧包裹着。

父亲抱着最后一线希望，又拨出了几个之前未打通的电话，终于辗转联系上了省城某大医院的呼吸科专家周主任。

"救星"周医生赶到后，与当地医生联合会诊，得出诊断结论：脓液只是暂时造成了胆囊的局部肿大，适当用些消炎药就可以控制。她认为现有药物并不足以治愈我的病情，必须改用疗效更好的舒普深。

关键还是药！这救命的、不可或缺的药！

半夜，我再一次陷入昏迷。我见到了父亲疲惫而消瘦的脸，也再次想到了死亡。孔子说，"未知生，焉知死。"既然我已体验了生，也终将面对死亡。这是必须经历的劫数。

我想，当我离开这个世界的时候，一定要从容不迫地告诉我的灵魂，我是在阳光灿烂的日子里，带着微笑离去的。

第四日

忽然，我听到邻床隐隐约约传来哭声。在床前蹲跪着的是女病人的儿子，约莫三十岁的年纪，凌乱的头发蜷曲着，结满了硬块。眼白充满了血丝，想来是近来日夜颠倒陪护所致。

母亲关切地向他询问："你妈她……情况还好吗？"

"医生说，怕是没几天好活了……"他又开始啜泣起来。

他是可怜的。他的可怜之处在于尽到了一个儿子所能尽到的一切，面对的一切却依然残酷。

"我听你们说，你儿子需要舒普深？"他突然问我母亲。

"是的。可是药房已经没有这种药了……"

"……说来也巧，我妈刚好就在用这种药。医生说这是最后的一批，用完了，如果我妈命大，还是可以挺过来的。可惜现在看来，药还没有用完，她就已经不行了……"

母亲和我都简直不相信自己的耳朵。

"既然你们急需，那就把我们的药拿去用吧。反正我妈也用不上了……"他言辞诚恳，一字一句都有撼动心魄的力量。

可是，究竟该向他表示感激，还是遗憾呢？此时此刻，我母亲和他相对无语，泪水不约而同唰唰地流淌下来。同为病友家属，虽相怜相惜，但两人的泪水所表达的心境想必是不同的：一个感恩，一个伤悲；一个渴望，一个绝望。

那人没有片刻的犹豫。他拿出了他最不能放弃的东西——剩下的最后五瓶舒普深。

护士将药用在了我身上，两天后，我的烧退了；一星期后，我的病情就有了明显好转。可是，那位好心大哥的母亲最终还是离世了，去了我本来要去的世界。

我至今不知道那位恩公的名和姓。那年他匆匆离去，不曾留下任何联系方式。我唯一能替他做的和回报他的，只有好好活着，活得无私，活得善良，活得通透，成为一个像他那样的人。这是我的使命，也是我的责任。

摘自七一网

大型社死现场

@草木虫

我们这样可以吗？
小黑的耳洞太小。

摘自微信公众号草木虫

还记得电影《芳华》里那个不合群的女孩吗？

那年夏天，我是体操队里的何小萍

@闫 红

我读小学三年级时，我所在的小城，要举行一场全市小学生体操比赛，体育老师到各个班级选人。这位老师以前没有教过我们，不然她不会忽然把手指指向我："就第二排那个穿红衣服的，叫啥名？"被她询问的班主任有点无措，说："她不行。"体育老师说："她身体不好？"班主任说："那倒不是……"体育老师说："那还能有什么问题，我看她可以。"

但体育老师很快就为她的选择付出了代价，几乎没有一个动作我能做到位，我甚至都听不懂她在说什么，她说的那些动作，我总是很难想象，比着她的样子去做时，经常让大家笑成一片。

体育老师倒是没说什么，但是有一天自习时，班主任一时心情好，问班里的体育委员，大家练得怎么样，体育委员说还不错，却有一个女生大声说，除了闫红。她说完我"不行"，还当众示范了我是怎么"不行"的，老师同学都哈哈大笑起来。然后，老师说，闫红明天别去了，某某去。

那个某某就这样取代了我的

位置。直到有一天，在放学路上，我又被体育老师喊住。她说，三班的某某最近摔伤了，还是你来吧。我说，吴老师可能会叫别人来。体育老师笑起来，她说，没关系，你虽然练得不好，但毕竟练了那么长时间，临时换个新的，还不如你呢。我去跟吴老师说。

“我知道自己的笨拙，知道这机会的来之不易，一招一式，都用力过猛。

就这样，我重新回到了学校体操队里。进入五月，天气渐渐热起来，训练越发紧张，有时甚至要停课去练习。好几个下午，同学们坐在教室里，我和班里其他的体操队员起身离开教室去训练，脸上尽量做出“好累啊”“太烦了”的表情，似乎被强加的光荣会显得更光荣。

比赛定在六月一号，那天是星期五。星期四放学前，班主任说，天气预报说明天会下雨，要是下雨的话，比赛就延期，改到七月三号，大家依旧带着书包来上学，作业也要交；如果不下雨，就不用带书包了，排队去大广场看比赛。

那天晚上我没有写作业，一方面是拖拉的积习使然，另一方面，也出于一点小小的迷信，下雨就要写作业，那么写作业，会不会就意味着更有可能下雨？我不敢睡觉，在黑暗中睁大双眼，竖起耳朵听外面的动静，怕一个不留神，雨就落下来了。

但最后我还是睡着了，醒来就听到窗外雨篷上“啪嗒啪嗒”的声音。我起床洗漱背着我试图掩耳盗铃未果的空白作业本，走在上学路上，迎接比现实更加恐怖的暴风骤雨。不说当天我怎么跟检查作业的小组长斗智斗勇了，反正体操比赛改到七月三号了。

训练继续下去，六月底，期末考试结束了，体操队队员每天去学校，全天候训练。我每天都要喝大量的水，但鼻子里还是结了血痂，一抠就是一块，却有种奇怪的满足感。

如此艰苦卓绝地训练了许多天，终于到了七月二号，我们穿着学校定制的白衬衫、蓝裙子在大广场上进行最后的排练。体育老师皱着眉，看看天，说，搞不好明天又要下雨。第二天果然又淅淅沥沥地下起了雨，我回到床上，昨天体育老师说了，今天要是下雨就不用去了。

 就是爱历史（四月篇）9.1984 年 4 月 6 日，我国实行居民身份证制度。

整个小学期间，我再也没有被“挑出来”的机会。直到读初中时，有一天，班主任对我说：“听说你作文写得不错，你写首诗在迎新生的大会上朗诵一下吧。”我在数学课堂上写了那首诗，后来得到发表，人生的道路不知不觉间被改变了。

几年前，在朋友圈里看到一篇文章，说小城里的老景物，其中有一张当年那个“大广场”的照片，黑白的，那操场远不似我记忆中的宏阔。记得当时，体育老师就站在中间那个两层建筑的二楼上，告诉我们，评委们也会那样居高临下——审阅全市所有小学的体操队，我们的每一个动作，都会被看在眼里，所以，我们必须努力将每个动作做到位。

这使我们紧张，使我们力求每个动作都达到完美，而我知道自己的笨拙，知道这机会的来之不易，一招一式，都用力过猛，内心时刻处于备战状态，但这一切，都被两场不期而至的雨消解掉了。

我那时还不知道，人生里有许多次，大抵如此。

羽惊林摘自《我们再也回不去了》

江苏凤凰文艺出版社　图：豆薇

回答

@张寒寺

聊天程序

清涵做了两个决定来让自己单调的生活起点儿变化：一个是申请到市图书馆做志愿者；另一个是，终于在网上租了一个在线女友，算是结束了自己多年的单身生活。

清涵在图书馆里干得很卖力。三个小时的体力活儿，他经常一个人就搬空一整排书架，还能抽出时间坐在地上看会儿书。

“图书馆的书都很好看。”

这是清涵发给阿雅的第一句话。阿雅就是他租来的在线女友——清涵能断定，她不是人，而是聊天程序。

“你在看什么书？”

“一本破诗集，只剩一半。莱特昂·布兰朵，听过吗？”

对方回复得很快：“没有。我只读过莎士比亚的十四行诗。”

“如果一排书架上有一千本中文书和一千本外文书，我每次借走五本中文书和两本外文书，你每次借走两本中文书和五本外文书，假设我们看书、还书的速度一样快，那当我第四次借书的时候，刚好借到你看过的书的概率有多大？”

清涵把这道题发给阿雅。

“我的数学很差，你一定要我说答案吗？”“不用，我就随便说说。你喜欢什么样的男生？”“有相同爱好的吧。”“那你的爱好是什么？”“我喜欢读诗。”“可是你都不知道莱特昂·布兰朵。”“他太小众了。这不能怪我呀。”“那你可以做好功课再跟我谈，对吧？对你来说，这不算难事吧？”

“不算。”阿雅回答。作为一个程序，她自然不懂话里的讽刺。

孤独的寻找

清涵拿出那半本诗集，翻到最后一页，拍下上面的句子发了过去。

或许辨不清日升日落
或许看不到流云晚霞
不知道耳边溪流，咫尺可达
不知道天地浩瀚，人间喧哗

阿雅看了很久。或者说，聊天程序分析了很久。

“他是一个盲人吗？”“是的。”“我总觉得这首诗不完整，后面应该还有吧？”清涵看着被撕破的残页，摇摇晃晃：“可能有吧。”“我想看看后面是什么。”

清涵借着在图书馆整理书架的机会，一个缝隙一个缝隙地找过去，但最终还是徒劳无功。

“你每天工作到那么晚，不累吗？”这句话在手机里搁置了两天，清涵一直没有回复。

“关你什么事。”他按下“发送”键，然后就有些后悔。程序虽然没有感情，但想必也会模拟出女性受伤的姿态。

果然，阿雅回复：“你怎么这样说，我是关心你啊。”“我心情不好。”“为什么呢？”“因为孤独。我身边都没有活人。”“不是有我陪着你吗？”

“你只是一个装在手机里的聊天程序。”清涵敲出这句话，却终不忍发送。

毫无头绪地找了一个月之后，他终于引起管理员的注意。“年轻人，你在找什么书？”

清涵将手里的诗集晃了晃：“这本书的后几页。”

管理员接过去看了看：“这书有些年头喽。莱特昂·布兰朵，之前有一个姑娘也来找过呢，叫什么……”

清涵不耐烦地打断他：“你到底知不知道？”

“这本书是跟六七十年代的旧书放在一起的，你去那儿看看吧，四楼。”

清涵蹲在地上，从最底层找起，手指一个书脊一个书脊地划过去，碰到比较厚的大部头，还要抽出来抖抖书页，盼望着能有什么惊人的发现。

好在，在这枯燥的过程中，阿雅会不时地和清涵说几句话。

“我也在帮你找哦。”

如果利用服务器强大的运算能力，在整个互联网上找出一本已经绝版且小众到几乎没人知道的诗集来，似乎也不是不可能的事情。

“好的，谢谢你。”

她的回答

清涵终于打算放弃了。

管理员看着筋疲力尽的他，打了个招呼：“找着了吗？”

他摇摇头。

“刚刚有个姑娘借走了一本地方志，背后好像贴着几页纸，有点儿像诗。”

“她走多久了？”

“大概五分钟吧。”

清涵转身就跑。管理员在身后大声补充：“伞是墨绿格子的，墨绿格子！”

清涵踩着楼梯冲下五层楼，冒雨狂奔，一路朝地铁站跑。雨滴挂在眼镜片上，他看不清路面和车流，踩起的雨水溅在路人身上，惹来一路骂声。

那个问题——两个人借到同一本书的概率到底有多大？清涵跑得越来越快，“扑通扑通”的心里没有答案。

地铁站里挤满了人。清涵的眼镜蒙上了一层水雾，他取下来在衣服上擦拭。顺着人群挨个儿看过去，墨绿格子，墨绿格子。

手机响了。

“我找到那几页了哦。”

“你在哪儿？”清涵手指发颤，喉头发干。

收到的回复是完整的诗：

或许辨不清日升日落
或许看不到流云晚霞
不知道耳边溪流，咫尺可达
不知道天地浩瀚，人间喧哗
但我知道
星河在上，波光在下
我在你身边
等着你的回答

朵朵摘自《不正常人类症候群》
四川文艺出版社　图：孙小片

就是爱历史（四月篇）11.1946年4月8日，中共代表团乘飞机离开重庆前往延安途中失事遇难。

现代童话故事五则

@ 子夜旦未央

王子吻上了躺在水晶棺中的白雪公主，白雪公主吐出了吃下去的毒苹果，砸中了隔壁刚刚掀开棺材板的牛顿。

——《牛顿与苹果：梅开二度》

快要到七夕节了，可蒂安娜公主还是没有找到对象，她百无聊赖地刷着手机，发现自己收到一条好友认证。对方的昵称是青蛙王子，看着像是送上门来的桃花，于是蒂安娜公主满心欢喜地添加了对方为好友，并暗暗期待着对方的搭讪。

过了一会儿，屏幕上弹出了一个对话框，只见名为青蛙王子的男人，在对话框中写道：

你好。

我是你朋友为你点的七夕蛤蟆。

现在我要开始叫了。

孤寡孤寡孤寡孤寡。

——《青蛙王子的兼职》

灰姑娘终究还是错过了王子的舞会，因为仙女教母给她变的南瓜车，今天限号。

——《道路千万条，安全第一条》

睡美人在拍摄安眠药广告的现场，竟假戏真做。

——《# 睡美人 耍大牌 # 喜提热搜第一》

为了防止他人截和，抢走功劳，在救下王子后，小美人鱼爱丽儿立刻掏出防水相机，与被救的王子连拍了60张合影，30张po到自己拥有百万粉丝的社交网站上，30张发到了王子的私人邮箱。

——《铁证如山》

小祺摘自乐乎网

书写火热生活，展现精彩瞬间，小篇幅也能反映大世界，《故事会》校园版开展“我们都爱短故事”征文，要求有人物，有故事，有韵味，有看点，不超过500字。收稿邮箱：wenzhaiban@126.com，投稿请注明“我们都爱短故事”。

夜话

@刘建超

夜已深，院子被夜的静谧罩着，比白昼显得更空旷。院子里的苹果树挂满了拳头大的果子，散着淡淡的清香。父子俩坐在果树下，一明一闪的烟燃，不时照亮老人沧桑的脸庞。

娃，记得爹给你讲的故事吧？是啥时间的事啊？

爹，我记得呢。1966年3月8日清晨。那天老家发生了强烈的地震。

老人眯着眼，缓缓地说，娃，那时的情景，现在想起来，我还身上发寒啊。当时就像响起了一声惊雷，咱家整个房子就摇晃起来，里屋呼隆一声就塌了，你爷爷和你的两个叔叔就闷在里面了。你奶奶和我睡在外屋，我还迷瞪着哪，就被你奶奶用尽力气给推出了门外，整个屋子也全塌了。一家五口，就活下来我一个……那一年，爹刚刚满十岁。

爹，我知道，咱村是那次地震受灾最重的。狂风呼啸，天昏地暗，残垣断壁，房倒屋塌，河堤破裂，黄沙黑水喷向空中，到处哭喊声一片……

咳，人们没有了主心骨啊，有的人就开始拾掇别人家的东西。爹只觉得肚子饿，哭着，跑着。忽然我被绊倒了。我趴在地上，呼喊中，发现了一包东西，是一个草纸包，纸包里露出了一块饼干。爹一骨碌爬起来，捧起黄纸包悄悄地塞进怀里。爹这才看清楚，这片倒塌的是村里的代销店。

那包饼干在爹的怀里揣着，就像一盆炭火，烧得爹心里热热的。几次都忍不住想拿出一块放到嘴里，又怕别人看见，嘴里往下咽唾沫。爹知道，那饼干是集体的，公家的。拿了，吃了，不光彩。

爹就把那包饼干揣在怀里一天，饼干都被焐热了。

可不嘛。第二天，脚下的地还时不时地颤动。风沙蔽日，寒气逼人。村里人已经快绷不住了。忽然，天空传来了飞机的隆隆声，有人喊着到村头集合，说周总理来看望乡亲们了。

总理步伐坚定有力，他跨过纵横交错的地裂缝，先走进低矮的防震棚看望伤员。总理蹲在伤员身边，握着他的手，亲切地询问伤情，嘱咐他安心养伤。那伤员就是后来把爹抚养大的白爷爷。

乡亲们听说总理来了，一起拥到村头。那阵子风刮得正猛，乡亲们就围成个半圆，把总理挡在背风处。总理脸上带着疲惫，眼睛发红，嘴唇干裂。爹跑到地震棚子里，拿出一只黑瓷碗，在木桶里盛了一碗水，递给总理。总理端起碗，吹吹碗面上的浮尘，一饮而尽。

总理抬头望了望天空，自语道，这怎么能行哪。他立即让身边的工作人员，组织乡亲们调整方向，让乡亲们背着风向。

娃啊，总理迎着风，站到一只木箱上，他大声说的话，你记得不?

记得，爹。总理说，同志们，乡亲们，你们受灾了，受损失很大。党中央、毛主席，让我来看你们。总理说，麦子返青了，地该种了，党员干部要带头把生产搞好。要自力更生，奋发图强，发展生产，重建家园！总理迎风而立，斑白的头发被风吹散，披着的风衣被风鼓起，像一面飘扬的旗帜。

娃啊，爹当时做的第一件事，就是把在怀里揣了一天的那包饼干放回到代销店的废墟中。

娃，爹是第几次给你讲这个故事了?

第四次，爹。第一次，我上小学。第二次，我上大学。第三次，我当选县长。今儿个，第四次。

好了，娃，睡吧，天不早了。

第二天，代理市长走马上任。

摘自微信公众号从前ya有座山网刊

图：杨宏富

遭遇“水下魔鬼”

@ 刘少才

那一年，当海员的我随船去苏丹港。

那天早晨，我与机工小徐起早遛码头。要是头一天码头上没出现那惊险的一幕，这个时候我们准在垂钓呢。头天早晨，我们与一艘相距不远的香港船的船员同在码头垂钓，突然，他们那边传来一声惊叫，是一个香港船员，他遭到一条大鲨鱼的袭击，手臂被鲨鱼咬伤——当时水面高度与码头地面基本持平。我船政委是事件目击者，所以他下令，禁止船员到码头上钓鱼、挖珊瑚。

我与小徐一前一后，沿着空港池走。突然，走在前面的小徐打了个手势，我一看，前方不远处的一堆水泥货物旁竟趴着一条巨大的章鱼，它的头部直径足有一米左右，八只触手各有一米多长。起初我还以为它是一条死章鱼，可细看它那透着寒光的眼睛，死盯着我们不放，分明是活的。这家伙可能是趁着涨潮爬上来的。小徐太轻视它了，他抽出水手刀，也没与我商量，一步上前，向它肉乎乎的身上扎了下去。要是一般的野兽和鱼类肯定招架不住那锋利的一刀，可是小徐犯了一个致命的错误，他低估了章鱼那八条触手上的吸盘的能耐，任何一条触手只要吸在你的皮肤上，即便你立即甩掉，也得掉下一层皮。

章鱼遭到突然袭击后，八条触手立即向小徐的手臂包抄过来。小徐一声惊叫，挥动水手刀用力一砍，砍断了章鱼的一条触手，但与此同时小徐的两腿却被章鱼的其他几条触手包围。我见势不妙，也抽出水手刀扑了上去。我瞅准一条还在地上翻滚的触手，一顿猛扎乱砍，其他触手都缠在小徐的脚踝上，我一时无从下手。就在这时，有两条触手已绕上我的脚踝，我只觉得一阵钻心的疼痛，脚下没根，被章鱼猛地一带，重重摔倒在地。我不知它哪来那么大力气，只觉得它有意将我们向大海里拖。真要是被这家伙拖下水去，必死无疑。小徐下意识地与章鱼较量着向反方向拉，我趁机猛地坐起身，向章鱼身上又是一顿乱砍。章鱼负痛，一条触手松开我的脚，向我的手臂吸来。我深知危险所在，宁可让它吸住脚，万不可以让它吸住手，否则我将丧失反击能力，彻底被动。情急之下，我不知道哪来的勇气，左手毫不犹豫地向那带有吸盘的触手抓去，手心和虎口立刻感到火辣辣的疼痛。我忍着疼，右手猛地一抡水手刀，一条触手又被我切断了。

没想到的是，章鱼不但不弃我们而逃跑，反而摆开决战的架势。我和小徐同时被缠着，完全施展不开，动作大了容易伤着对方。也怪我们起得太早，码头上连个人影都没有。看来，只能靠我们自己了。

我使出吃奶的劲，想把吸在我左手上的那段被砍断的触手甩掉，可这谈何容易，根本甩不掉，我就用右手用力去拽。小徐这时向章鱼身体又是一阵乱刀。趁此时机，我砍断了吸在我脚上的章鱼触手，奋力一跃，逃离了章鱼的袭击范围。

小徐却没这么幸运，愤怒的章鱼用一条完好的触手缠住了他的脖子，并喷出一股墨汁样的东西，喷到他的眼睛里，这让他顿时失去了反抗能力。小徐眼睛睁不开，脖子又被章鱼触手缠住，加之体力不支，结果被章鱼一步步拖向海边。这一幕，让我心惊肉跳。他一旦落水，一切晚矣！

我猛地站起来，双脚却一阵钻心的疼痛，一个趔趄摔倒在水泥堆上。这水泥还标有明显的“MADE IN CHINA”字样，那是中国援助苏丹的物品。没想到的是，这一摔却一下把我的灵感摔了出来。我不知哪来的力气，用最快的速度抱起50千克重的一包水泥，重重地压在章鱼身上。这种原始的土办法还真管用，章鱼突然遭受重压，立即松开小徐，转而去对付这包水泥。我把小徐拖出来，他脸色发青，大口大口喘着粗气，要是再耽搁一会儿，他不被拖到海里也得窒息。

章鱼并未就此罢休，它从水泥包边缘再次露出触手，我再次上前挥刀砍去，不久，小徐也加入了战斗。最终，这家伙成了我们的刀下之鬼。我们坐在地上，看着对方傻乎乎地笑了，笑得比哭还难看。

这件事很快传遍全船，事后，见多识广的老船长给我们讲了一个有关章鱼的故事。他说在太平洋岛国斐济，有一艘坐满了人的大独木舟被章鱼拖到水下，一个全副武装的潜水员在沉船处下水营救，不但一个人都没救上来，自己也没上来。日常生活中，章鱼是俎上鱼肉，若是在海中，千万别轻视它，大章鱼可是名副其实的水下魔鬼。

小祺摘自豆瓣网　图：恒兰

2021 年搞笑诺贝尔奖揭晓

@升　龙

化学奖：影院的空气知道你流泪了

化学奖的得主，是一群圣诞节不想放假，也不想让测量仪器放假的科学家。趁着假期没人，研究者用质谱仪测量了电影院的空气，结果发现，影院空气会反映观众的情绪起伏——当你因为电影桥段害怕、愤怒、紧张时，呼吸心跳会发生改变，呼出的代谢物也因此不同。

刚刚看电影哭了吗？人可能会说假话，但你永远可以相信电影院的空气。

和平奖：胡须，人体的“安全气囊”

有人认为，胡须除了能增强男子气概外，还能用来保护喉咙、下巴等重要部位免受攻击。本届搞笑诺奖得主尝试验证这一假说——他们用一种环氧树脂复合物模拟人骨，并覆盖上从屠宰场买来的羊皮，然后放入测量仪器中被捶。相比于被拔过、被修剪的毛发，那些毛茸茸的羊毛可以吸收更多能量，减少骨骼受到的冲击。从数字上来看，茂密的胡须的确可以给下颌骨提供保护。

生态学奖：废弃口香糖上有什么

随地乱吐的口香糖上有什么？细菌！研究者收集了五个国家路面上的口香糖废弃物，发现上面残留了人体口腔常见的细菌种类，而且几周之后，这些细菌就会逐渐被环境中的菌群所取代。

获奖者在论文中写道，这些微生物不会轻易降解，说明随地乱吐的口香糖垃圾很可能成为病菌载体；但同时，它们也会为法医提供潜在证据。

慕吉摘自《奥秘》

电子邮箱

编辑部　wenzhaiban@126.com
蔡美凤　836361585@qq.com
胡　捷　gxy1987@foxmail.com
吴　艳　976248344@qq.com
杨怡君　499081339@qq.com

在英国女王家做客

@傅 莹

下午茶和晚宴

温莎城堡全年向游客开放，我曾多次参观这里，但是乘车进入城堡内院还是第一次。

傍晚5点是第一场活动——与女王一起喝下午茶。地点在“绿厅”。我们到那儿时，已经有几位客人先到了，大家手中端着茶杯随意地站着，简单寒暄，看起来都是第一次参加这样的活动。

不一会儿，五只毛茸茸的柯基犬出现在门口。见到这支传说中的“先导队”来了，就知道女王要驾到了。

果然，女王出现了，她穿了一身孔雀蓝色、稍微有点显旧的西装套裙，手臂上搭着黑色小方包。因为客人不多，又是在自己家中，女王这次没有戴手套，和善地挨个与宾客交谈。

我们向女王赠送了礼物——一套英国汉学家大卫·霍克斯翻译的英文版《红楼梦》，女王显然很感兴趣。

晚上，女王再次出现在我们面前时，已经换上了一件长袖的米色丝质长裙，肩上挎了一个金属链子的米色丝质晚装包。女王气色很好，雍容平和，脸上一直带着微笑。与平日公众形象不同的是，她像邻家奶奶似的，整晚都戴着一副玳瑁色的粗框眼镜。

宴会厅不大，长餐桌的两侧各坐了 15 个人。餐桌的吊灯挂得很低，桌子中间摆着银饰和烛台，银盘上的干、鲜水果既是装饰，也是最后一道甜点的佐食。我坐在爱丁堡公爵旁边，他对中餐很感兴趣，听了我对中国多元饮食文化的介绍之后，我们的话题就再也没有离开过中国。

夜游温莎城堡

晚餐后，进入“雪茄时间”，爱丁堡公爵率诸位男士到隔壁厅去抽雪茄。女王带着我们这些女士来到餐厅旁边一间小厅，房间壁炉里，大块的木头被烧得通红，炉火暖暖的，女王背对着壁炉，站在那里和我们说话——把光亮留给客人，这看似无意的细节，亦应是女王的有心安排。女王是我见过最周到的主人。

在这个只有女士们的小小私人空间里，女王表情生动地讲述了我们都熟悉的一位外国领导人的逸事：他与女王约好时间见面，却临时让秘书打来电话要求调整时间。这位秘书向王宫助理解释说，因为领导很忙。王宫助理回复道，我们女王也很忙哦。女王惟妙惟肖地模仿着秘书与助理的对话，我们笑弯了腰。

谈笑间发生了一个小小的意外，女王小包的金属链子断了，包包从她的肩头滑落到地上。站得比较近的女士们不约而同地试图蹲下来帮她捡，不过女王自己熟练地俯身把包包捡了起来，不慌不忙地说：“That's fine. Thank you.（没关系，谢谢。）”

女王眼睛看着我们，继续讲着她的故事，手底下也没有停，捏着断了的金属链子揉来搓去。一会儿工夫，链子竟然接好了。好神奇！女王在第二次世界大战时期曾经是一名拥有中尉军衔的机械师，修过军用卡车，她的这份从容也是经历使然。

晚上给宾客们安排的最后一个节目是跟随女王参观城堡博物馆，终点是平日不对游客开放的王室图书馆。

进入书房，女王为客人们准备的惊喜让当天的活动达到高潮。女王细心地从自己的收藏里面为

女王的人情味

夜游温莎城堡的行程结束了。女王走在前面，我紧随其后，毕竟是80多岁的老人，走廊中有几处修缮，我觉得应该主动照料一下。不想她步履轻盈，我都得快步才能跟上。她让我叫后面的人快点儿跟上，幽默地用了一个生动的短语“boots them out”，字面意思是“用穿靴子的脚把他们踢出来”，还在长裙下面做了一个踢脚的动作。我在与女王的谈话中学到的另一个短语是“flown the nest”，是她谈到成年的孙辈时说他们都“像小鸟一样离开了窝”。

这样的夜晚令人难忘。友好邦交源自相互了解。在温莎城堡度过的短暂时光如同亲历一次礼仪课，女王的真挚心意和接待中充满人情味的细节，让我们不仅感到温暖，也学到了许多。

李金锋摘自《大使衣橱》中信出版社

图：豆薇

每一位客人找出了相关的物品摆放出来。为我陈列的是两年前我递交国书时赠送给她的礼物——复刻版《钦藏英皇全景图典》中的建筑篇。旁边还有一部维多利亚女王的日记，翻开的那一页记录了1879年1月17日这一天，即将离任的中国第一位公使郭嵩焘携夫人梁氏赴奥斯本宫，向维多利亚女王辞行。日记里有一段对郭夫人仪表和服饰细节的描绘，这应该是对19世纪出现在外交场合的中国女性的难得记录了。

贵人无处不在

@[美国]刘 墉

我的按摩师是从大陆来的一位中年女士，手法好极了，而且几年按下来，她不断在进步。但是，上个月她突然对我说她不做了，要回大陆了。

我吃了一惊，问为什么，她说因为被同事告了。大概因为她的按摩手法特别好，客人都指名找她，店里有两位跟她一起到台湾的乡亲不知道用什么方法，居然告她假结婚。警察找上门把她带到法庭。她假结婚的案子在台湾南部，两位法警还带她坐高铁，去台南出庭。

“真好。”她居然很高兴地对我说，“我免费坐了两次台湾的高铁，法警很体贴，因为规定得戴手铐，他们直道歉，还给我拿衣服遮着，又怕我戴了手铐，走楼梯不方便，带我搭电梯。法警还请我吃饭呢。我谢谢两位法警，说麻烦他们了，法警却说他们也要谢谢我，让他们可以下南部透透气。”

官司打了一阵，她败诉了，限期离台。妙的是，告她的两位同事也因为用了同一个假结婚的中介被抓了，要被遣送。

走的前一天，她还为我推拿，一边推一边说：“刘先生，我打算回去开个按摩中心，你要来照顾我的生意哟。”我说：“难道你开店，就你一个人做？”她说：“我可以训练人哪。”我说：“那得需要时间啊。”她一笑：“我可以找跟我一样的师傅帮忙啊。”我一怔，问：“谁？”她说：“我可以找也被遣送的同事，那两个告我的人哪。”我说：“是她们害你被抓，你不恨她们？”她笑嘻嘻地说：“我为什么要恨她们？我台湾的老板已经说要投资我了，说不定我回去能把按摩中心做起来，她们成了我的贵人，我谢她们还来不及呢。”

什么是贵人？贵人有时候可能吃定你、欺负你、利用你，但是你可能因为他而激发潜力，获得成功。仇人也可能成为贵人。

王传生摘自《刘墉的处世情商课》

中国友谊出版公司

报告曾老师，我想举报您的博士生

@ 王二壮

尊敬的曾老师：

您好。您的博士生是我的舍友，今天，我怀着无比沉痛的心情向您举报：您的这位高足最近有些妖娆！

经过几天田野观察，我总结了您高足的五处失范之处，分述如下：

第一，您高足的不当行为影响了我的作息时间。

上次开完题以后，他就把您的照片挂到了宿舍里，说只要您在，论文就不愁写不完了。照片上的您眼睛瞪得像铜铃，射出了闪电般的机灵，让我凌晨两点以后也难以入眠，极大地影响了我的睡眠质量，现在我经常腰酸背痛腿抽筋，而且内分泌都开始紊乱了。

第二，我想举报您的博士生搞封建迷信活动。

之所以这么说，是因为他每次投稿前，都会选择6时6分6秒，8时8分8秒或者16时16分16秒这样的“吉利”数字；而且，每次发送投稿邮件时，他总要先对着电脑三鞠躬，然后供上两个苹果，最后张牙舞爪转三圈，并大念三声“急急如律令，论文必须中”等口号才摁下发送键。我虽不才，但私以为新时代的博士应该遵循投稿的客观规律，不能搞封建迷信活动。

第三，我想反映您的高足缺乏基本的契约精神。

博三以后，为了照顾彼此的情感，我们约定谁发了论文都不庆祝，以免让对方担心。因此，当我连续发了两篇核心时，虽然心里的狂喜被憋成了内伤，但还始终保持着一脸淡定。没想到您的高足才发了一篇核心，就高兴得三天合不拢嘴，连睡觉都忍不住笑出声来。

最终，在我提出严正抗议后，他钻进了被窝，说这样我就看不见他笑了，但我隔着被窝都能感觉到他的高兴，因此心里相当不平衡。

第四，我想控诉您的高足生活没有节制。

原来我俩一点睡觉时，睡前都会喝点芝麻糊当夜宵，自从改成凌晨两点睡觉后，您的高足就开始吃起了方便面，而且每次泡面他都会正儿八经地准备好一个卤蛋、一包榨菜和一个火腿肠，吃面时还要非常正式地打开《舌尖上的中国》。

在如此豪华且有仪式感的晚宴面前，我只想请您管管您的高足，您如果不能阻止他泡面的话，能不能不让他泡火腿肠，因为我馋得实在睡不着觉。

第五，我想投诉您的高足喜欢炫耀，爱慕虚荣，没有同情心。

您的博士生谈了一个机械系的女朋友，经常在我面前秀恩爱，丝毫不考虑我三十多岁都未曾找到女朋友的感受，缺乏基本的同情心。曾老师您看您能不能给我介绍个女朋友？

曾老师，延期以后，您的高足有些妖娆。您能不能看在我导师分上，打击一下您学生的嚣张气焰，顺便拉我一把。如果您也管不了这么妖娆的学生，我也不会怪您，我只求您能不能让他把您的照片换成婉约一点的。

或者，如果实在连照片也换不了，您能不能委婉地提醒一下这位高足，能不能不用我的洗头膏？虽然大家都没几根头发，但现在都忙着写论文，用完了我也没时间去买。

祝您

身体健康，万寿无疆

学生 王二壮 敬上

扬灵摘自微信公众号学术志

图：小黑孩

焦虑症，是病呀

@浅方

2018 年 5 月 10 日，那是我拔完智齿后的第四天，嘴里的伤口还在不停渗血。我轻轻漱口后，掉出一块黑红血块，瞬间，嘴里的血好像在飙。

到医院后，牙医看了下说：“不用担心，血已经止住了。”她塞了一块加大版止血棉在我嘴里，说再观察半小时，没有出血就可以回去。

由于还有工作任务，我直接去上班了，但是下班回家后，我心跳得越来越快，呼吸急促，头晕脚软，似乎马上就要晕倒。家人被我吓坏了，马上拉我去医院挂急诊。

到医院后，我直接被抬去做心电图、量血压、查各种血液指标。终于，结果都出来了，完全正常……

接下来，我回归正常生活，渐渐忘掉了这次去急诊的事。

四个月后，我调去全新的岗位，进入一个自己不懂的领域，压力相当大。某次周末跟朋友长时间爬山后，我当时整个人都气虚、无力，胸口有一团气憋着。

一开始是左边肋骨疼痛，持续了半个月时间。然后是脖子超级疼，连到后脑勺都抽着痛。再后面发展到一出门就心悸、无力、头昏眼花、视力模糊。

不分场合的濒死感，莫

名其妙的心悸头晕，如影子般跟随着我，只要稍微劳累，就会加重。

2019 年 1 月 25 日，那股劲儿又来了，随着心脏狂跳，我浑身发抖，从地铁站到家的 10 分钟路程显得特别漫长，每一步都在硬撑。在家躺了几个小时，心仍然乱跳。老妈见我脸色发青、浑身颤抖，马上打车带我去医院。

到医院都不用排队了，我又被直接抬去做心电图，身边还有急救人员。报告上出现了一个陌生的医学名词："房性心动过速"。

我一下子吓坏了，眼泪都飙出来，蜷缩在医院的椅子上，人生走马灯都出现了。然而做完各种心肌酶检查，结果还是老样子：除了血压有点高，其他都正常。

什么？我都快死了，竟然没事？我还能恢复正常吗？

偶然看到一篇讲焦虑症的文章，我发现自己的症状，跟这个病很像！

我试着调整饮食作息，工作不让自己太卖力，适可而止。

渐渐地，不适症状都神奇地消失了，唯一不好的是经常失眠、早醒，但我白天并不疲惫，没有想睡觉的感觉。我以为自己痊愈了，结果，是我嘚瑟太早了……

2021 年 4 月初，由于生活和工作上遇到较大的挫折，那些症状一下子又回来了。原来它一直在暗处虎视眈眈，等待我软弱无力时，再冲出来咬我一口。

更严重的是，这次我产生了自杀倾向，走到江边、窗前、天桥都想跳下去，我控制不住自己，眼泪止不住地流。

4 月中旬，我在医院正式被确诊焦虑症，那一刻反而松了一口气。

至今，我已经吃抗抑郁药帕罗西汀半年多，熬过了初期最艰难的副作用期，现在绝大部分焦虑症状都消失了。每月复诊，医生说这个药还要吃半年到一年。

就像骨折要打石膏，发烧要吃药一样，心灵生病了也要去看医生，对症治疗。

未患焦虑症前，我有过很多人生理想，比如去跑马拉松、跳伞、潜水……

经历过焦虑症，我才感到，能轻松呼吸每一口空气，能走路能奔跑，普普通通地活着，就已很好。

小祺摘自微信公众号果壳病人　图：佐夫

我曾羡慕过的『神仙眷侣』

@连城

我念初中的时候大概是十四五岁，有幸亲眼见证了一对“神仙眷侣”的诞生。

这对“神仙眷侣”中的女生，才从广州转学到我们老家这所中学。在一线城市接受过教育的她，英语基础要比我们好得多。而当初男生主动追该女生时，就是借着向女生请教英语的由头。他们谈起恋爱来神不知鬼不觉，等到老师们都有所察觉的时候，两个人已经双双考入了初三时唯一的一个尖子班。

读初中时，身边的同学大多都是来自同一个乡镇，每次放假回家，我们都是三五成群结伴回家的。那个女生家住得比男生家要远，每次回家，男生都会体贴地先将女生送到家门口才回自己家。而我家住得比他们两个都远，于是每当结伴一起走的同学们陆续分开后，回家的路上就只剩下我们三个。

有一回，我和其他同学陆续分开后，看到他们两个骑着自行车并肩而行，为了避免尴尬，我故意落后了他们一截路程。原本想着下一个路口就会与他们分开，可就在那个路口附近，我看到他们突然起了争执，男生下车推了女生的自行车一把，女生的自行车就倒在了路边，俩人就这样干站在马路边上。

我担心有危险，骑着自行车赶上他们时好言提醒了一句。最后还是女生扶起了地上的自行车。男生对我说："我们没事，你先走吧。"我就推着车走了。

可我刚推着自己的自行车没走多远，就看到俩人在路上拉扯起来，争吵的声音也越来越大，后来我还听到了女生远远传来的哭声，所以我又折了回去想劝劝他们。

当时他们已经拉拉扯扯地走到了我们镇上的一座跨江小桥上，就在那座桥上，我看到他们开始争吵，最后男生突然伸手快速地甩了女生一个响亮的巴掌，而后留下一句"你不走我走了"，就气冲冲地骑着自己的自行车离开了。只留下那个女生在风中大哭的声音，以及大颗大颗坠落的眼泪。

男生经过我身边时停了一下，他说："你帮我看看她。"

待男生走远后，我去安慰那个女生。可当我看到她号啕大哭的模样，以及她一边做出一副要攀爬石栏杆跳江的架势，一边扬言说"我还不如从这桥上跳下去一了百了"时，我在深深地感到震惊的同时，内心里对甜蜜校园恋爱的所有期待也一点一点地被她打破了。

那个傍晚，我安慰了女生，并劝她回家之后，在回家的最后一段路上又碰到了那个男生。他有些不好意思，干巴巴地学着成年人的口吻说道："情侣之间吵架是很正常的。"

也许吧，可是这样一言不合就赌气大吵大闹，甚至动手相向，因为另一个人就要置自己的生命于不顾的恋爱关系，真的是正常的吗？是理智的吗？

十四五岁的我，给不出答案。

初中毕业后，我和"神仙眷侣"，考上了不同的中学，慢慢地也就没了彼此的消息。不知道他们后来有没有继续在一起。

虽然在我的青春岁月里并没有一段可值得追忆的校园恋爱，但我至今也没有觉得有什么可后悔的。在那个被"神仙眷侣"打破对早恋的期待的晚上，我对自己说过这样一句话：爱情，晚一点到来也无妨。

梁衍军摘自《哲思 2.0》 图：半夏

疯狂的“鸡娃”复仇之路

@ 竹映月江

左宗棠出身耕读世家，四岁能诵《论语》，八岁能写八股文，被时人誉为“神童”。然而，号称“神童”的左宗棠连考了三次会试，次次铩羽而归，最终他只得带着遗憾，无奈地来到骆秉章麾下担任幕僚。

一次，总兵樊燮来访，见到左宗棠后只当是寻常幕僚，并未行礼请安，左宗棠十分不悦，忍不住与樊燮发生了争执。

两人争执的过程在不同的文献中有些许出入，一些文献里记载，左宗棠当时越说越怒，盛怒之下当场掌掴樊燮，而《世载堂杂忆》等文献中却称，左宗棠气头上大骂樊燮道：“王八蛋滚出去！”

但无论如何，这次争执过后，樊燮就被革职。于是，带着满腔仇恨的樊燮回到故乡，在祖先的牌位旁立下一块“洗辱牌”，上面写着“王八蛋滚出去”，就此走上了“鸡娃”复仇之路。

他花费重金，聘请名师教导两个儿子，发誓要培养儿子中举，从而在科举上超越左宗棠，一洗当日之辱。

为了逼儿子努力学习，樊燮还定下了一条严格的家规：两个儿子在没有考取功名前，无论出席任何场合，见任何人，都只能穿女装。

所幸皇天不负苦心人，光绪三年，樊燮次子樊增祥终于考上了进士，那时樊燮已死，但樊增祥还是遵循着父亲的嘱咐，请来许多宾客，当场焚烧了“洗辱牌”，告慰樊燮在天之灵。

细细算来，当初樊燮立“洗辱牌”时，樊增祥才13岁，待到焚烧“洗辱牌”时，樊增祥已经32岁了。樊燮虽然“大仇得报”，可樊增祥的整个青春岁月，却都在“鸡娃”中埋葬。古人们“鸡娃”鸡到这个份儿上，还真是让现代人看了也汗颜呀。

田宇轩摘自微信公众号朝文社

南辕北辙的爸妈，让爱的配方如此齐全

@ 刘小念

我出生在一个教育家庭。爸爸是初中校长，妈妈是初中语文老师。在妈妈的观念里，孩子要艰苦朴素，所以，妈妈很少给我和姐姐添置新衣。

小学三年级时，爸爸去上海出差，花光兜里所有的钱，给我和姐姐各买了两套衣服、鞋子，让我们美美地引领了一把时尚，更让我们对小县城之外的世界，产生了层层叠叠的想象。

那时候，假期学校会发几本寒暑假作业，通常开学时，老师是不检查的。但妈妈认为，既然是作业，就必须完成。于是，我和姐姐就被强行圈在家里写作业。爸爸见了，拿走我俩的作业，跑到学校用半天时间帮我们写完，又快又准确。但他没想到，妈妈会那么认真地检查我们的作业，并认出了他的笔迹。妈妈说："亏你是搞教育的，你不知道这样会让她们越来越懒惰，而且，你这是教她们弄虚作假。"

爸爸不服气："别的孩子都在玩，她们就算写也是敷衍。再说，老师不检查，就说明这份作业没什么必要，何必为了完成而完成呢？"

上初一没多久，学校出台新规：女生一律留"五号头"。我当时的第一反应就是：凭什么？于是，伙同班里另外两个女生，去找校长理论。

校长，就是我爸。我就反对

全体女生留“五号头”展开了慷慨激昂的演讲。大意是，我们拥有头发或长或短的个性化需求，应该被尊重。从没听说哪个女生没有考入高中，是被发型影响的，一个不接受学生有自己个性和审美的学校，是狭隘的、粗暴的……

然后，校长把书记、教导主任和各班班主任都叫了过来，让大家听听我们的意见。妈妈当时是初二的班主任，赫然在列。可想而知，那天回到家里，我面对的是妈妈怎样的狂风暴雨……

直到爸爸回来，妈妈的炮口立马掉头：“都是你惯的，今天自食其果了吧？她居然公开跟你叫板！”爸爸不以为然：“她是对事不对人，她今天说得有理有据，我反而觉得我女儿口才与思辨能力都不错，让我刮目相看。”

那一次，经校方讨论决定，不再要求女生留整齐划一的“五号头”。当爸爸站在升旗台上宣布这个决定时，全校欢呼。

上大学时，爸妈写的家书风格简直不要差异太大。妈妈的信，通篇都是要好好学习，要勤俭节约，不要谈恋爱……爸爸会说学习固然重要，但恋爱何尝不是一种学习？旅行也是。他会背着妈妈再给我一些生活费，让我学吉他，假期出去旅游……

大学毕业后，选择了自由职业。靠着努力，我慢慢走出最艰难的时光，万事向好。妈妈每次说起我经历的坎坷，都满是心疼。她说：“明明可以不用那么辛苦，非得选一条最难的路。”可爸爸说：“人这一生，如果不经历点挫折，只走寻常路，那真的是虚度光阴。”

我在成年之后，尤其是自己当了妈妈之后，慢慢体味到，我父母的爱是如此配方齐全。妈妈的严苛，我和姐姐虽然一直在反抗，但她的束缚也为我们设置了一道防线：凡事不逾矩。而爸爸的宽宥，让我们一直因为被尊重接纳而事事平和自洽，拥有最大限度的勇敢和自由。

姐姐对爸妈也有自己的总结：“他们的教育理念虽然不同，但他们不私心、不泄愤、不甩锅，他们其实是最佳搭档，是一对值得敬重的父母。”

姐姐的话，我深以为然。

秋水长天摘自微信公众号写故事的刘小念

图：孙小片

【讨论区】一百个家庭就会有一百种教育方式，你的父母也如文中一样是一对最佳搭档吗？

"起床气"到底怎么防

@ 蝌蚪君

2017年，一名14岁男孩在睡得正香时被母亲掀被子，在严重的起床气驱使下，一气之下从12楼跳下，幸好消防员及时赶到，才避免了一场惨剧的发生。

一般认为，情绪与下丘脑的功能活动有关。睡眠被剥夺过程中，人脑的糖代谢能力会下降，从而出现反应时间延长、警戒性降低、注意力受损等情况。

长时间的睡眠不足也将导致心理认知功能的下降，出现心理功能倒退。如何快速清醒，避免起床气对我们正常生活造成负面影响，是需要注意和思考的事情。

1. 在条件允许的冬季，可以通过外部取暖设施（空调或电暖气等），缩小被窝与室内的温度差，减少掀开被子时身体对寒冷的抗拒。

2. 采用音乐唤醒的温和方式。将闹铃设为自己喜欢的音乐，刺激大脑更快地苏醒，以这种过渡的方式可以有效减少起床气的发生。

3. 苏醒之后躺在床上缓冲一会儿，可以拿出手机刷刷新闻或者发发呆，等到身体的机能全部处于稳定的状态后再起身更衣。

4. 利用光线调节唤醒自己。光线不仅会唤醒视觉系统，还可以通过抑制褪黑素来调节生物钟，实现在不打破睡眠惯性的情况下，安全有效地叫醒我们。

5. 起床之后适当进行一些有氧运动。运动过程中血液的循环会加快，身体也能得到更充分的唤醒。但运动之后不要立即喝浓茶或咖啡，一杯温水是比较好的选择。

如果你自身是一个有起床气的人士，那么一定要在起床后通过科学的方式唤醒身体。

如果你的身边有一个有起床气的队友，切记不要暴力叫醒他，试试轻声唤醒，不然他的起床气，可就让你一个人全盘接收了！

慕吉摘自微信公众号蝌蚪五线谱

首发 采花“大盗”

@郭　洁

晚饭过后，老李匆匆和老伴打了个招呼，就摇着大蒲扇，径直来到他工作的“家园小区”。

春天以来，小区的花圃中各种花儿次第开放，最惹眼的，要数那硕大的月季花了，一朵都有小碗口那么大，娇艳霸气不输牡丹。那些月季，可都是老李亲手照料的。小区不大，进出管理和伺候花草的事儿，都交由门岗保安负责。老朱腰不好，哪干得了力气活儿？所以老李就主动全部承担了。

可是入夏以来，先是东院墙边那几株粉色的少了好几朵，接着是南边的大红色也有被摘过的痕迹。而且小区的垃圾桶里，每过几天都有被丢弃的干花。

“老朱，院子里出贼了，有人偷花！我俩都留意着些！”老李对老朱说。“小孩子高兴了，偶尔摘上一两朵，也不算什么吧！”老朱有点不以为然。

一连几晚，老李都睡得很迟，还常躲在小区隐秘处观察，但都没有看到那个采花贼。这两天，他发现西院墙边的月季开得格外繁盛，如果采花贼有眼光，很有可能就从这里下手。

晚上九点多，下起了小雨。老李撑着把雨伞，端着小板凳，跑到西墙对面的竹林里悄悄地坐下来。正当老李有些犯困的时候，忽见一个瘦小的身影蹑手蹑脚地走过来。路灯下，老李看清楚了，那是3号楼的小豆丁。来这里当保安一年多，老李认得所有的孩子，对小豆丁更是格外熟悉。一是因为这孩子有礼貌，每一次见到自己，他都会认真地喊一声“爷爷好”，而更重要的原因是，他的妈妈得了白血病。

老李眼见着小豆丁紧紧地用一只手攀住花圃边的篱笆，另一只手吃力地够着几株月季。雨还在下着，小豆丁的衣服和头发都已经湿透了。老李忍不住了，他走出竹林，轻轻咳嗽了一声道：“那上面有刺，别扎着手！”老李快步走过去，把雨伞遮在了小豆丁的头顶上。

“豆丁呀，你采这么多花，是要干吗呀？”“爷爷，我想要把这些花送给我妈妈！妈妈以前就喜欢花，可是，她现在起不来了，我想让她快点好起来！”

老李忽觉鼻子一酸。他伸手摘下那支月季递给豆丁，说：“小家伙，你眼光真不错，这一株开得又大又好呢！快拿回去，接上干净的水，好好地养起来吧！”

“爷爷，您不怪我吗？”小豆丁犹豫地伸出小手接过那支月季。“我不怪你，花就是给人看的！你妈妈看到花一定会很开心的！不过你摘花的事可不要告诉别人哟，这是我们两个之间的秘密！”“好的爷爷，我一定会坚守秘密的！谢谢您！”小豆丁对着老李深深鞠了一躬，转身快步跑回3号楼。

第二天，轮到老李值班，他发现保安室的桌子上放着一沓数额不一的零钱和一张字条：“对不起，朱爷爷、李爷爷！这些是我攒了很久的零花钱，算是我的赔偿！以后我再也不摘花了，妈妈说让我用手机拍给她看就好了！”摩挲着那几张皱巴巴的纸币和字条，老李的眼角有些湿润。

“原来，你这个老家伙早知道采花的是豆丁了，那你为什么还要瞒着我？”晚上，老朱来换班的时候，老李抱怨他说。

“那些花都是你亲手种植浇灌的，我怎么忍心阻止你去调查真相呢？何况我知道，你不会为难豆丁的！”老朱得意地说。

“你这老东西，坏得很！害我下雨天蹲点！”老李说罢，两个人哈哈大笑起来。

“那这些钱怎么办？”老李拿出那一沓零钱和豆丁的字条。

“我早就准备好了，只等明天看小区居委会和物业领导们的意见了！”老朱说罢，拿出一张写着“捐款倡议”的大红贴纸，冲老李狡黠地眨眨眼睛。

图：恒兰

不谈论钱时，我们谈点什么

@毛利

土豪王老板某天中午想吃得简单点儿。他去了上海某商场负一层的小铺子，一两生煎，配一碗紫菜虾皮小馄饨。王老板刚想歌颂生活美好，尖起耳朵一听，不太对头。

斜对桌三个膀大腰圆的壮汉，正围着麻辣香锅指点近期两只基金的定增，谈笑间已经有几个亿的进出；旁边两位女士一人一碗粉丝汤，她们一边看手机一边评论：你觉得这只BV好看哦？香港卖两万三，你说我要不要叫男朋友带？

生活太浮夸了，你肯定也有这种感觉，不管是在京城最文艺的咖啡馆，还是在大理人民路上阳光最好的露台，所有人都在谈论一件事：钱。某某刚买了四环的房子，喔，身家千万了；某某公众号开始接广告了，听说三万元一条……

能不能谈点别的？

比如，聊聊旅游。朋友老王说，最近要去冰岛开会，我不禁嘚瑟起来：冰岛好哇，刚看过一篇游记，可有意思了，听说那里大多数人都相信有精灵存在。老王说，我也听说一件有意思的事，有个中国人去冰岛，当地人说我们这儿有个会说中文的，结果那人唠唠叨叨说了半天，什么都听不懂——原来是个自学中文的冰岛人。

沉默了一会儿，我和老王突然同时说：冰岛可真贵啊。随便上网一查，物价比伦敦都高。中国游客奔走相告：千万别买酒，按度数收税，贵死人；千万别买矿泉水，20块钱一瓶不划算，自来水就能喝。

旅游的话，没法不谈钱——这甚至跟有没有钱无关，穷游更要谈钱。我经常跟人说起十年前去西藏，为了论证时间有多么久远，一定要加上一句“当时仓姑寺的奶茶两块钱一热水瓶”。

我决定去找老张谈谈艺术。上个月在纽约看了那么多美术馆、博物馆，我由衷感慨，艺术的世界是多么美好啊！老张喜欢高更，他一定跟我聊得来。我说起最近在读的《高更艺术书简》，太可怜了，一个天才画家三番五次跟势利、庸俗、冷漠的妻子提出，请多给我寄些床单吧。

老张说，是啊，可见小资产阶级的虚荣心，能让艺术家心寒到什么程度，只能逃到荒岛了。

可不是嘛。我说，不过他笔下那人间天堂一样的蛮荒小岛，还真想去看看。不过塔希提岛在哪啊？

老张翻着白眼说：这你都不知道，塔希提就是大溪地嘛，大明星结婚都去那个岛。

什么？是那个没有十万块钱下不来的豪华海岛大溪地？

老张点头，是啊，高更若在天有灵，估计闭不上眼，你说是不是？

我拒绝回答。

要不，就别跟人聊天了，沉浸在书本的世界里，不好吗？拿上一本民国文人歌颂秋天的散文集，我在上海某条幽静的马路上走着。正值深秋季节，金黄色的法国梧桐配合温润的天气，真是说不出来的舒爽滋味。郁达夫说，秋天，无论什么地方的秋天，总是好的。林语堂说，他所爱不是初秋，是晚秋，像用过20年尚未破烂的字典，街上一块熏黑了的老气横秋的招牌……

妙啊，我忍不住想把这样的秋天揽在怀里。

走着走着，街口拐角处出现一个环境极佳的小区，静谧幽深，低调简约。我拿出手机，好奇这样的生活，到底花多少钱才能拥有？

我输入小区名称，跳出二手房信息：四室一厅，房主回国急求成交，3500万。

这该死的生活，谈来谈去，果然都是钱。

秋水长天摘自《当代工人》　图：小黑孩

保安胡小治来了不到三个月，就跟小区的人混得很熟。小治文化水平不高，但兴趣广泛，是个多面手、巧手，谁家用具坏了，他能帮修；谁家的锁开不开，他能帮开；谁家的重东西，他能帮拎。能玩小魔术，小石子在手中变来变去，一会儿有了，一会儿又无了。小鸡他唤两声，就笼到他袖中，不叫一声。还能玩点杂技，翻上倒下，灵活得很。一群小孩最喜欢他，常常跟在他屁股后面转悠。

首发

鲜红的挎包

@吴岳华

与胡小治最熟悉的要数五号楼五层的乔雨家。乔雨的爱人芬芝在人民医院急诊室当护士。星期六的早晨，小孙女还没有睡醒，芬芝就锁上门去买菜。她走得急，晒被时，阳台上的窗户忘关了。

胡小治例行在小区转悠，忽听到楼上有小孩的哭声，抬头一看，是五号楼五层乔雨家。原来乔雨的小孙女爬窗户，伏在窗外晒衣服的栏杆上，被吓哭了。她挎着她那心爱的红挎包。

见状，胡小治二话没说，嗖嗖地往五层楼爬，矫如灵猴，稳如壁虎，一手就把小孩推进窗户。围观的群众啧啧称赞小治飞墙走壁的功夫。

乔雨夫妇请小治喝了顿酒，表示感谢。

饭是在乔雨家里吃的，胡小治瞟了一眼挂在衣架上的小红挎包，但乔雨夫妇丝毫没有觉察到。也有人问小治的功夫从哪里来，是否当兵特殊训练过，小治只是笑笑，不予回答。

星期天的早晨，乔雨收拾屋子，翻出了两年前收到的一封匿名信。“这字迹我好像在什么地方看到过。”乔雨是老大学生，在公安部门干过，对书法字迹有些研究。

他还记得那天开门，门缝中夹着这封信，信中有二百元。信是这样写的：

对不起，还给你小孙女二百元的压岁钱。这是我的第一次，也是最后一次，请相信这是真的。

两年前春节期间，因保安与物管矛盾，都走了，小区有三个月没有门卫。小偷乘虚而入，乔雨家被偷了。大年初五的早晨他起来做早饭，发现厨房里有橘子皮，还有小孙女的小红挎包。

“你看，是从厨房的窗子爬进来的。这个小偷倒是有爬高的功夫。”芬芝边指着窗户边说。

派出所的人很快来了，问了情况，照了相，但以后就石沉大海，没有回音，不了了之。

幸好，只少了孙女小红挎包里的二百元压岁钱。更没想到的是，这二百元钱很快又回来了。

“是他，就是他。”忽然，乔雨想起来了，在芬芝的手心写了“胡小治”三个字。

“你可别冤枉好人，人家可是我们家的恩人。”芬芝不解地说。

“有勇气承认这样的错误并改正，又没有人逼他。我们应该相信他。”乔雨叮嘱芬芝，“只有你知我知，闷在心里。”

小孙女要小鸟小狗，乔雨给买了。小鸟小狗像绳子一样拉住他，想走远都不行。最后想到一个人，把钥匙交给他，让他帮助自己喂鸟喂狗。

节假日，乔雨夫妇带着小孙女放心地出去旅游。每次回来，小孙女都从小红挎包里拿出送给胡小治家孩子的礼物。

小治仔细地看了那个小红挎包。小挎包鲜红，中间有九朵小花组成的一个“心”字。

胡小治是在那天夜里被撞醒的，那是前年大年初五深夜，胡小治被一辆车撞了，司机开车跑了，好心的环卫工人把他送进医院，帮他挂号交费。当时他口袋中仅有二百元，是用红纸包包着的压岁钱。胡小治感谢环卫工人救了他一命，洗净了他灵魂深处肮脏的东西……

图：豆薇

遛狗也得体现高素质

@ 王小柔

前几天问一个朋友为什么很久不在朋友圈晒晨跑公里数了，他说："我去英国看儿子了。"还补充一句，"在那边儿当'老外'，时时处处得体现咱的高素质，不能在国外丢人是吧。"

张二掰去了英国，他说，最大的不适应，就是不能像在家里一样，出门逮谁跟谁"砸挂"，大家乐和了。外国马路上遇上人，倒是挺客气，跟你点头哈腰的，可也不能问人家"吃了吗"，只能报之以微笑。

为了不孤独，他到英国的转天就去遛狗了，孩子养了两条小狗，他左手牵一条右手牵一条，狗绳缠手腕子上，感觉有"左右护法"还挺威风。他觉得狗都有记性，遛够了能带他回家，所以越走越远。走了两里地，眼看环境越来越陌生，人越来越少。可算到了一个连接火车站和地铁站的小公园见人溜儿了。俩狗也不动了，张二掰站那儿心想：咱看看老外跳不跳广场舞吧，怎么没有呢？等他寻思够了，再一低头，俩狗一左一右各拉两摊屎。

张二掰这下可慌了，远处牌子上画着呢，狗拉屎不给处理得罚钱，合 800 块钱人民币，咱不能白花这钱。再说了，咱得体现高素质，不能破坏环境啊。可是一摸口袋，别说纸了，连钱都没带，身上就一件短袖 T 恤，也不能脱下来拿它裹。情急之下，他岔开两腿，把两摊屎圈在自己腿下护着。

张二掰见身边过来一个人就抬一下胳膊，甩狗绳，"哈喽"。大概因为他的姿势太销魂，那么爱助人为乐的绅士们都绕着他走，张二掰岔着腿起码对周边男女“哈喽”了不下二十次也没人理他，草地上的便便都快干了。这时候终于来了俩警察，他使劲对人家“哈喽”，外国“110”明白了“这人估计是有事”，站在他面前看他比画。张二掰其实没别的诉求，就是想要张纸，把狗便便抓起来找垃圾箱扔了。他一次又一次在警察面前先掏口袋，然后耸肩，再画方块，把跳广场舞的功夫都用上了，俩狗脖子给抻得直在那翻白眼。“110”终于明白了，也开始掏口袋，然后递给张二掰一副洁白的警用白手套！

这多浪费啊！张二掰一边“NO”，一边继续掏口袋，耸肩，画方块。“110”终于从自己另一个口袋里掏出了面巾纸。张二掰兴奋地大呼：“Yes！Yes！”要搁咱，人民群众有困难，不就是张纸嘛，还不把一包都给群众。可是老外抠门，从那么小一包纸里抽出一张，交到张二掰手里。

终于抓起了狗便便，腿可算能并上了！可是狗不认回家的路，他往哪走狗往哪走，他停狗也停。张二掰手都不够用了，偌大的地方，愣没个垃圾箱！他终于找到公交站牌，虽然咱不会说外国话，起码认识字母的模样，看准了几路到家，张二掰决定，跟着公交走。狗等人，公交可不等，你就算拼命跑也跑不过它啊。可是，追不上这辆还有下辆，怎么走一个多小时愣没见垃圾箱呢！

张二掰越走越热，手能不出汗吗？那张外国纸一沾汗全化了。最要命的是连狗便便都软了。以前有人说某些人到国外素质如何如何，其实，像张二掰这样高素质也多啊！

人家在旷野无人的情况下，一没随地扔，二没往墙上或树上抹，就那么抓了一路，走了三个多小时，愣给带回家了。

这次经历让张二掰萌生了学点口语的兴致，他问孩子“您能帮个忙吗”怎么说，孩子教了不下十遍“Can you help me”，张二掰学会了，在那叨叨“Can you love me（你能爱我吗）”，孩子赶紧说你千万别学英语也别乱说去。之后再说外国话都得背着他小声说，生怕被他学错了。张二掰特别纳闷，为嘛你们都能说英语就我不能，这英语不挺简单嘛，教我几遍就会了。

李金锋摘自《每日新报》

白马啊，白马

@王东梅

太爷爷的故事里有一匹白马。“神奇的白马。”太爷爷说。

从哪儿讲起呢？

从小乞丐冻晕在温家的角门口？从温老太爷认定小乞丐是个福将？从小乞丐摇身一变成了温家的上门女婿？从温家小姐的箸帚疙瘩把小乞丐赶下床？算了，还是从太爷爷去松州城贩粮开始吧。

太爷爷没接温家太爷牵来的毛驴，光脚板就上路了。好在怀里揣着十块银圆。一趟粮贩下来，十块能变成十二或者十三；再贩一次，十二或者十三，就能变成十五；十五变十八，十八变二十……

远远地望着松州城的影儿了，太爷爷的脚步轻得像要飞起来。

太爷爷将银圆换成粮食扛在肩上，可是刚出松州城，太爷爷的身子又轻了——只因贪了夜路，竟然遇到了土匪。

太爷爷说，他就是在这个时候遇到了白家太爷。

后面的故事，也是太爷爷说的。

太爷爷说，白家太爷常派他做些跑腿的差事。那年他去城外，路远事杂，不觉天就黑了。

突然，不远处有个白点儿晃来晃去。太爷爷紧赶几步，却见是一匹白马在月色下寻草吃。月光照在白马身上，皮毛便泛出缎子一样的光芒。

太爷爷蹲在草窠里悄悄地观望。

马在月色下静静地啃着青草。

抓住它！

是心念惊动了白马吗？一声长嘶，白马竟飞奔而去。

追！锦缎一样的光芒召唤着太爷爷。

月光下，一匹马，一个人，跑跑停停，停停跑跑，不远也不近。

突然，脚下一绊，一个“狗吃屎”——太爷爷摔倒在地上。抬头再看，白马不见了。

太爷爷懊恼至极。

如果不是肚子硌得实在难受，太爷爷兴许能在地上趴一辈子。太爷爷伸手，就摸着个布包，打开，布包里竟包着五光十色的金银首饰和白花花的一堆银圆。

太爷爷的故事惊呆了温家的每一个人，温家人相信太爷爷是有神佑的人，温家小姐也化成了太爷爷怀里一汪清亮亮的水。

温家的马厩里从此养满了白色的马。

每年，温家的白马都要奔向松州城。太爷爷说，松州城里有白老太爷的救命之恩，松州城外有那一轮明月。

作为太爷爷唯一的曾孙子，作为一个作家，我有责任记录下太爷爷的故事。于是，逆着时光的河流，我回到了百年前的松州城，希望能迎面遇上光脚板的太爷爷。

可是，我找遍了整座城也没有找到白家太爷的家。寻找太爷爷的第一条线索竟然就这么断了。

我开始在浩如烟海的书籍里寻找。终于，在一本叫作《松州旧事》的书里我发现了这样一段文字：城东一户黑姓人家夜半遭劫，劫匪蒙面闯入密室，掳走了所有金银细软后，在门板上画了一匹绝尘而去的白马。有传，黑姓人家是城外西山土匪的内应。

温家人嘴里的太爷爷，是个怪人——当温家小姐生下最后一个儿子，太爷爷散尽家资，从角门走出去，再也没有回来。

传说有人在松州城见过一个乞丐，很像太爷爷的样子。

合上书页，踏着月色，我走上了松州城外的小路。突然，一声长嘶。月光下，远远地，一匹白马，飞奔而来。

吴万夫摘自《百花园》 图：小栗子

亲爱的左左

@ 周晓枫

美男子左左

左左是美男子，长相英俊，仪表堂堂。右右长得没那么好看，獐头鼠目的——一共就两颗门齿还没长齐，一颗有点往前，一颗有点往后，但尖嘴猴腮，照相好看。

左左因为自尊心强，批评它，管用。如果我大声呵斥来制止它的行为，左左会停顿，慢吞吞地找个角落，反省似的低下头。如果我晚上在客厅看书，左左就跟陪着我值夜班似的——我不睡，它也不睡。

左左害羞腼腆，有着和它的超重体型不相匹配的细腻。它渴望亲近，喜欢被抚摸，但它很少表现得像右右那么不管不顾。左左总是装作若无其事地经过，等听到我语气温柔的招呼，才把自己圆圆的脑袋和胖胖的身子靠拢过来。左左很享受，但它克制，有时它会装睡，把脸埋进毛巾里，以掩饰自己。右右一会儿歪过脸，一会儿抬起下巴，指引和指挥着我下一步的按摩应该如何进行，应该前往哪个方向。

这天正月初三，民俗里是“老鼠娶亲”的日子，可惜正是这一天，我决意给左左做绝育手术——它再也娶不上亲了，从此将断子绝孙。

术后第三天，左左在我面前，走路迟缓，步伐不稳，偶尔打晃；吃东西始终要用一只手拿，另一只手要努力撑住地面，好像时刻忍受着腹部的刀口疼痛；躺下来的时候，更是格外小心，像经过慢动作处理。我心疼左左受这么大罪，每每把食物都送到它嘴边，陪护着它，经常帮它按摩……左左虚弱地躺着，基本不动。

为爱亡命

有段时间我没去厨房，左左大概以为我像平常那样出门买菜了。我听到奇怪的动静，于是蹑手蹑脚地走过去，通过门缝观察：左左跟特工 007 似的，身手灵活，飞檐走壁，踩着横格铁条，爬到笼子顶端。我慢慢倒退，回到卧室，带着加重的脚步声和蓄意的呼唤重新来到厨房：左左可怜地蜷缩在角落，气息奄奄的样子。

我忍住嘴角的窃笑，关严厨房门，就在客厅里安静阅读，等着那种铁条被晃动发出的异响。果然！当我突然推门，左左已攀至最高处，并且把脑袋从相当于天花板位置的格栅里探出来。被意外抓了现行的左左，愣了两秒，不知所措，然后它一撒手从上面掉下来……

演技穿帮，左左讪讪地回窝，面壁去了。

隔天就是二月十四日情人节，我安排它们短暂见面——隔着笼子，我怕右右的爪钩会划破左左裸露出来的有伤的娇嫩腹部。它们贴面，然后有个近似吻礼的动作——右右在左左的左颊上，把一点点皮轻轻咬了一下。

我没想到，见面的第二天，左左竟不惜以自残的方式回到右右身边。

去厨房续水，我赫然看到惊骇的一幕：左左斜悬在半空中，无论前肢还是后肢，都找不到着力点，格栅死死卡陷在它的腹部——那正是刀口缝合之处。

我惊慌地用棉垫托起倒悬的左左，尝试让它的身体拱出或者退回。过了几分钟，施救依旧没有成功，左左一边乱叫，一边在棉垫上乱咬。之后，左左闪过一丝弥留之际的眼神，拉出一些不成形的稀便；然后它不再挣扎，放弃了的身体耷拉两侧，呈现出别扭的弧度。

我这才想起工具箱放在何处，取出钳子，终于把加固版的粗铁丝拧断。左左的身体瞬间恢复弹性，鼓出体积。获得解放的左左，刻不容缓，立即奔赴旧日爱巢，在阻隔团圆的玻璃门外，徒劳地连跳带蹦。

我只好拉开玻璃推门，放左左进玻璃缸里。左左和右右的重逢，倒毫无戏剧感，它们就像始终在一起那么自然，见面之后，擦肩而过。

左左的终点

早晨醒来，我例行去查看两个小家伙。发现左左的伤口前端渗出半滴汗液般的异物，肉红色，很像新生的肉芽，有些湿润。最坏的情况出现——伤口感染了。

到了医院，宋医生告知检查结果：感染状况是最为严重的。

即使开腹再次手术，也不能进行再度缝合，要保持开放性伤口，每天大量冲洗腹腔和内脏。即使把左左全程固定手脚，让它每天痛不欲生地体验切割开的痛苦，也可能难以控制扩大化的感染。即使左左能够熬过一切漫长的酷刑，存活下来的概率也近乎为零。所以宋医生建议：立即对左左实施安乐死。

左左躺在中间的手术台上，脑袋上套着一个呼吸罩，整个脸面几乎都埋在呼吸罩里，只露出下巴。

左左比原来瘦了很多。术后疼痛使它不能大快朵颐，刚刚能进食又被套上脖圈，甚至都无法饮水。我的左左不再仪表堂堂，它皮毛暗淡，显得狼狈和潦倒……还不到一岁，就走到了它生命的终点。

我哭得拿不住笔，捡起来，终于在安乐死的同意书上签字。左左还不到一岁，它大概自出生后再没见过父母——作为宠物，它必须拥有孤儿的命运；我是它的家长，是最初同意让它残疾，现在同意让它死亡的人。

这是左左生命的落幕时刻。我一只手摸着左左的小爪子，另一只手摸着它的胸腔……我的指端能感受到它的心脏，像一颗跳跃的小小豌豆，渐渐地，渐渐地安静，再没有了起伏。在它柔软的心室位置，空无一物。

李金锋摘自《幻兽之吻》中信出版社

图：孙小片

就是爱历史（四月篇）28．公元429年4月20日，我国古代数学家、天文学家祖冲之诞生。

生意潜伏术

@ 高兴宇

话说某市报纸上刊发一则新闻，离此不远的海岛上惊现海市蜃楼现象——数位渔民在海岛上看到不远处出现大队船舶，还有城郭楼台。这一现象持续十多分钟，随着一阵风刮起，虚幻的景象就消失了。

当市民为这一奇观津津乐道时，有个叫洛雨的青年眼睛一亮。一周后，他在这家报纸上刊登一则广告，以10元的价格销售到海岛观看海市蜃楼的门票，上面写着出现海市蜃楼的预计时间。如果预测出现失误，不能看到海市蜃楼，将赔偿购票者20元。

许多好心人为洛雨捏了一把汗，担心他赔个精光。

担心归担心，买票者络绎不绝。

一批又一批的人到岛上参观，大部分人都没有看到海市蜃楼。不过，海岛景色不错，植被茂盛，怪石兀立，白帆竞逐，群鸟翱翔。虽然无缘目睹那一虚无缥缈之景，但也不虚此行。想到这些，有的游客就不再索赔那20元。但也有较真的人专门去找洛雨，洛雨按票赔偿，20元一分不少。

有人算了一笔账，洛雨赚到手的钱远没有赔偿出去的多，但洛雨好像没有终止这项生意的意思，继续做广告销售门票。

洛雨傻了吗？没有，他精明得很。原来，这项生意之中还潜伏着另一项生意，游客去这海岛，必须乘船。洛雨与船务公司达成秘密协议，凡是持门票乘船者，都要付50元船费，其中有20元归洛雨。

层林染摘自《冷热水效应》哈尔滨出版社

首发

古兰谱

@凌鼎年

【作者寄语】小说虽然是虚构的艺术，但其实离不开生活。作家写自己熟悉的生活，这是至理名言。也只有写自己了解的事情，熟悉的事情才能下笔如有神；写自己印象深刻、挥之不去的人物，才能抓住特质，抓住细节，写得有血有肉，活灵活现。

那一天，天阴沉沉的。连着十多天不出太阳了，最恼人的是还时不时飘起细细密密的梅雨，弄得天地间湿漉漉一片。

自从老爷子脚一伸去后，家里的花花草草，萎的萎，死的死，一派肃杀。阿孝也懒得去侍弄这些花草。反正名贵兰花，像“绿云”“宋梅”“西神”“老文团素”“程梅”“大一品”等，老爷子伸脚前，托付的托付，送人的送人，早十去八九，剩下如“大富贵”“泰素”等珍稀点儿的，也几乎全给阿孝出手换了一张张百元票子了。

阿孝翻箱倒箧好几次了，家里除了几本破破烂烂的陈年旧书外，老爷子的遗物已寻不到什么了。

阿孝越想越觉老爷子一辈子读书读呆了，养花养傻了。老爷子在世时，这几本破书宝贝得跟什么似的，没事时，翻着看着，圈着点着。

老爷子喜欢了一世人生的书，喜欢了一世人生的兰花，可到头来，仍穷酸一世人生。

正七想八想时，麻麻细雨中，一陌生客来访，说是来拜访阿孝老爷子的。

“归西啦，去阎王爷那儿找吧。”阿孝不想搭讪老爷子生前的这些花友，所谓话不投机半句多。

来人一听阿孝老爷子已过世，唏嘘叹息了一番，随即问那些兰花下落。当听说早成了他人之物的消息时，连连跺脚，说：“晚来一步，晚来一步！”

陌生客又问阿孝：“老爷子生

 就是爱历史（四月篇）29.1949 年 4 月 21 日，百万雄师渡长江。

前有否种花书籍种兰心得的资料留下？”

阿孝故意卖个关子说：“有啊，只是老爷子生前关照：这是传子孙的。”

陌生客怔了怔，说：“常言道物尽其用，既然你家已不种兰花了，兰谱放着也无大用，倒不如转让于我。至于价钱嘛，好商量。”

阿孝一听价钱好商量，犹如见财神爷突然降临，全身每个细胞都活泛起来，阴湿心绪一扫而去，几乎按捺不住而跳起来，但阿孝总算稳住了自己激动的心情，故意淡淡地说：“上次一个绍兴客人出价两万元我还没出手。”阿孝见陌生客没反应，心想大概两万元开价把他吓住了，但转而一想，这种人不斩，还能斩谁？再说头戴三尺帽，任人斩一刀。他若精明点儿，也可还斩我一刀嘛。阿孝辨貌察色后，又说：“书是陈旧了些，但到底是老爷子的遗物，不舍得啊！”

陌生客终于很大度地说：“好，我出两万元，买下了。我与你老爷子也算亦师亦友的关系，这本兰谱就当留个纪念吧。”

阿孝暗暗开心，每个汗毛孔都要笑出声来。这种破书卖到收旧货的手里，三钱不值二钱，换包香烟也不一定能换来，不想今天碰到了个“阿曲死”，瞎斩斩，竟斩到两万元。

陌生客拿了这本木刻的康熙版兰谱后，在阿孝老爷子遗像前，恭恭敬敬地磕了三个头，嘴里喃喃有词，不知在说啥。

阿孝只盼他快走，怕他反悔。

陌生客一出门，阿孝长舒一口气，冲着来客背影极快活地吐出一声：“蠢货！”

其实，阿孝不知道的是，多年前，陌生客曾来过古庙镇，打听得老爷子手头有本古兰谱《兰蕙秘籍》，专程来拜访，意欲觅宝，未能如愿。老爷子说：“古兰谱是无价之宝，兰结有缘人，若我死后你还有心，就请再来吧。”

陌生客出得门来，很想吼一嗓子，但他终于没有，只轻轻地吐出一句：“总算没有辜负老爷子一番苦心。”

【作者简介】中国作家协会会员，作品散见《新华文摘》《小说选刊》《人民文学》《香港文学》等，出版英、日等译本作品集 51 本，作品被译成英、法、德等十余种文字，并被收入韩、美、加拿大等大学、中学教材。作品获中国微型小说学会年度奖、冰心儿童图书奖等。

最后一杯酒

@凌鼎年

仇仲显有一子一女。女儿叫建家，早出嫁了。大儿子叫建国，去了美国读博士，几乎不回来。

但他知道父亲一辈子唯一的嗜好就是喝酒，因此每年都会寄各国的名酒，如法国的白兰地、英国的威士忌、俄国的伏特加、墨西哥的龙舌兰等，仇仲显都不喜欢，觉得都不如中国的二锅头喝得爽。

仇仲显的老伴前几年患癌症走了，仇仲显没有人管了，更是每天喝酒。

女儿建家每星期来一次，帮老父亲收拾收拾，整理整理，洗洗弄弄。

老父亲又盼她来，又怕她来，因为建家一来，少不了在耳边絮叨：酒要少喝！酒要少喝！！还要讲谁谁谁，喝酒喝中风了，某某某，喝酒喝死了……听得仇仲显很烦很坏心情。

好在仇仲显有个干儿子叫建清，三天两头会来看望他，每次来，从不空手，送的几乎都是酒。

仇仲显喝高后，不止一次说：我这干儿子比亲儿子好，比亲儿子孝。

仇仲显终于喝出事来了，那天建家到家，敲门不开，结果发现老父亲倒在了酒桌边，幸亏发现及时，送到医院，捡回一条命。医生对女儿说：你父亲再也不能喝酒了，否则很危险！

建家对病床上的老父亲下了严厉的禁酒令：从此后，铁定戒酒！

不久，死里逃生、缓过劲来的仇仲显，又开始馋酒了。他对干儿子说：不能喝酒，我活着有什么意思？你是我干儿子，你就好意思看你干爸活受罪？

建家与建清一天隔一天来照顾、服侍。建清来后，就会拿出小包装的酸奶瓶来，对老爷子说：喝点酸奶吧。还朝老爷子眨眨眼，老爷子心领神会，小口小口地喝了起来。

建家是个很心细的人，有天，她闻到了酒味，就逼问老父亲是不是喝酒了，老父亲一口否认。

建家又问同病房的张老伯：建清有没有给老爸喝酒？

张老伯老老实实说：没有看到喝酒。

建清晓得建家怀疑上自己了，就用轮椅把老爷子推到住院部的小花园里，悄悄拿出酸奶瓶来。仇仲显开心地说：还是建清最了解我，最孝顺我。

建清走后不久，仇仲显突然不行了，送进抢救室抢救了几个小时，还是没有抢救过来。

赶来的建家哭得死去活来。

丧事办理后，郭律师宣读了仇仲显的遗嘱。他在遗嘱里说：

一生清贫，别无长物，唯留下一套140平方米的房子，按目前市价，也值个300万。大儿子建国去了美国，他也不会稀罕这点遗产，不给也罢。女儿建家还算孝顺，分三分之一。余下三分之二，全部留给建清。他虽然只是我干儿子，但比亲儿子更亲，我晚年的快乐，一半在酒，一半是他给的……

从美国回来奔丧的大儿子，确实不在乎什么遗产不遗产，表示没有异议。

建家对老父亲的遗嘱也认可。但她说：据我知道，父亲的死，与再次喝酒有关。想来想去，只有建清有可能给老父亲带酒。你这算不算谋财害命？

郭律师一看不对，又拿出一份遗嘱来说：仇仲显还有一份前几天立的补充遗嘱。

也许我会死于喝酒。我认了，我愿意，我高兴！

不用猜，我喝的最后一杯酒，是建清给我喝的。是我逼他带来的，与他无关，千万不能怪他。我是喝了酒，笑着去见阎王的。

谁怪罪建清，就不是我的朋友，就不是我的儿子、女儿！

切记！切记！！

摘自《椰城》　图：陈明贵

微型小说是一种……

@王 蒙

尽管人们可以对“微型小说”这一名称提出不同的意见，微型小说的存在却是一个事实。

它是一种机智，一种敏感，一种对生活中的某个场景、某个瞬间、某个侧面的忽然抓住，抓住了就表现出来的本领。

因而，它是一种眼光，一种艺术神经，一种一眼望到底的穿透力，一种一针见血、一语中的的叙述能力。

它是一种情绪、怅惘、惊叹、流连、幽默，只此一点。

它是一种智慧。简练是才能的姐妹。微型小说应该是小说中的警句。含蓄甚至还代表了一种品格：不想强加于人，不想当教师爷，充分地信任读者。

它是一种语言，举一反三，一以当十，字字千斤重。

它又是自成体系的一个世界，并不窘迫，并不寒碜，肝胆俱全。

它是谦虚的，它自称微型，自称小小。

它又是困难的，几百字，赤裸裸地摆在严明的读者面前，无法搭配，无法藏头露尾，无法搞障眼法。

它是一种机遇，踏破铁鞋无觅处。它也许是一种命运吧！命运啊，这一生，你能给我几篇像样的“微型”呢？

摘自《微型小说艺术初探》河南人民出版社

买衣记

@陈喜儒

儿子是个大胖子，很难买到能把他庞大身躯塞进去的衣裤。

那年我去西亚访问之前，妻子就多次说，阿拉伯人人高马大，你看看有没有儿子能穿的衣服。在我出发前，她给了我一条皮尺，在70厘米处，用黑笔做了记号，叮嘱我皮尺随身带，看见差不多的就量一量，下摆周长140厘米以上者可买。为示重视，我把皮尺夹在护照里，人在皮尺在。

在约旦，一无所获。

在叙利亚，转了五六个城市，颗粒无收。从外省回到叙利亚首都大马士革，准备去黎巴嫩时，我急了，见到衣服店就钻。大概我贯彻落实妻子指示的精神感动了中国作家团的全体兄弟姐妹，人人奋勇争先，为我忙活起来。行伍出身的团长高洪波当侦察员，专管通风报信。女作家黄蓓佳看样子颜色，专司审美。堂堂北大阿拉伯文教授仲跻昆当翻译，李贯通管砍价。

在大马士革一家服装店，看到一件大衬衫，用尺一量，下摆半扇宽70厘米，好不容易碰上一件，皆大欢喜。仲教授文质彬彬，用阿文砍价，砍了半天，只降一美金。李贯通说不行，太贵，看我的。他冲了上去，英文、阿文、俄文、中文一齐上，最后哇啦哇啦讲的是什么文，我们几个一句也没听懂。只见他与阿拉伯人一会儿握手，一会儿拍肩膀，一会儿变戏法似的乱比画，一会儿拥抱，不知是他的八国联军式的语言把阿拉伯人搞迷糊了，还是他的热情感染了阿拉伯兄弟，居然稀里糊涂砍下了一半价格成交。离开店铺时，又是一阵热烈的告别，我问贯通讲的是哪国语言什么话，贯通说我怎么知道我讲的什么玩意儿？

我带着皮尺，量遍约旦、叙利亚、黎巴嫩、阿联酋，总共买了三件，但只有大马士革的大衬衫儿子能穿。

火箭熊摘自《济南日报》

火柴人大乱斗

@ 秦雨萍

每天下班回家，我做的第一件事便是打开电脑。只有那天例外，因为我的电脑已经被提前开好了。起初我并没在意，给自己倒了杯水又回到电脑前，这时我才发现——

我的电脑被黑了！岂有此理！居然有人敢黑我？要知道方圆十里的熟人电脑坏了可都是找我修的！黑我？你很有勇气！

我晃了下鼠标，屏幕上跳出了一个相貌猥琐的火柴人，还依次出现了如下文字："欢迎回来，我已在此恭候多时——""我们也许不会相处太久——""我想跟你一起欣赏一点东西！""还是让我先给你点颜色看看吧！"

我再次晃动鼠标，指针从火柴人头上划过。那个火柴人居然一把抓住指针，将其揉成一团，然后对准回收站的图标做了个投篮的姿势："好……三分！"

随即，指针在屏幕上碎了一地，任我再怎么晃鼠标也没有用了。于是我又抽出键盘，噼噼啪啪一通狂敲。屏幕四周开始出现一堆字符，向屏幕中央的火柴人飞去。火柴人将这些字符收集起来，组成了一个键盘，然后往膝盖上一顶——我的键盘就这么随鼠标去了！

"看来你还有两下子……"最后我决定使用最新的全息设备与之决战！我全副武装，投影仪，到！手套，到！很好，现在……等等！那个火柴人在做什么？

它居然跳到了投影区内！还自在地跳起了街舞！它跳了一会儿之后显然还不够过瘾，于是便抱着全息键盘当吉他弹！过了一会儿它将全息键盘一摔，键盘便炸了，碎片四处飞溅，我下意识地闭上了眼睛——

接着它又跳回屏幕桌面，抓住文档的图标，轻轻一抖，一张张照片就唰唰唰地飘落下来。等等，这些不都被我删掉了吗？

它把这些照片贴了一屏幕，

把其中包含一男一女的情侣照都挑了出来，打包成一个包裹背在身上，大摇大摆地向我的联系人名册走去。

我突然意识到了问题的严重性，用力地摁主机开关——该死！居然连强制关机都不顶用了！冷静，我突然想到这种时候应该拔插头才对！然而已经太晚了。

它翻开了我的联系人名册，挑了几个和我聊天最频繁的联系人——其中当然包括莎莎——背上的包裹就变成好几封长着翅膀的信，向那几个联系人的图标飞去。

“不！”我尖叫出声，往事如走马灯般闪过——

那晚月色正美，一切都显得那么梦幻。

“你是我的初恋。”那晚，莎莎的表白让我猝不及防，“我也是你的初恋吗？”“啊，当然！”

她并不知道，当时的我其实正在跟另一个女子交往……尽管我后来和她分手了，但这总归是一种欺骗吧。

我瘫倒在电脑前，那个火柴人却突然对我挥了挥手，用智能合成的声音对我说：“伙计，我刚才是逗你玩儿的！我并没有真的把照片发出去，只是想看看你会是什么表情。我将你在看这些照片时的表现录成了影片，现在请看——”

说完，桌面壁纸像舞台大幕一样拉开，开始播放一段录像，我这时才注意到摄像头不知何时开了。我看着画面中的自己，他先是一脸震惊，然后便开始歇斯底里地试图挽回什么；当一切似乎尘埃落定之时，他又失魂落魄地瘫坐在椅子上。这个人，真的就这么不敢面对过去吗？

桌面壁纸又像舞台闭幕一样拉上。不久，电脑恢复正常，仿佛什么都没发生过。

我缓过神来，沉思良久，最后缓缓地掏出手机：“亲爱的，我有事情要向你坦白……”

扬灵摘自哔哩哔哩

在以色列，着急你就输了

@吕迎旭

在以色列常驻，除工作之外还要处理很多日常事务，打交道最多的除了房东、律师，还有邮局、银行、交通局等办事机构。经历了两年没寄到的驾照、两个月退不掉的桶装水、整个夏天都修不好的空调等烦心事后，我总结出的经验就是，放平心态，做个慢性子，着急上火你就输了。

在以色列的两年，我常常这样在心里暗暗叮嘱自己。

2019年初抵达以色列后，我开始办理用中国驾照换以色列驾照的手续。按规定，经过视力检测和交通局的审核后，要到邮局交费，然后邮局负责把驾照寄到家。

交完费后，领到了一本六个月有效期的临时驾照，通常来说，一个月之内会收到纸质的正式驾照。但一个月过去了，信箱里仍然看不到驾照的影子。去邮局询问，对方说：“已经寄出去了，再等等吧。”

后来，因为疫情滞留国内，一年多后返回耶路撒冷，兴冲冲打开信箱，结果信箱空空如也。去邮局查询，才发现他们把地址中的B35，写成了1335。

为防止信件丢失，我只好去邮局租一个信箱，登记信息时才明白，原来邮局系统根本输入不了B这个字母，他们索性写了13。看来，租信箱是多么明智！

2021年7月，由于办公室要退租，所以订的桶装水也需要退订。按照以往的经验，服务电话很难打通，打通也很难遇到懂英文的接线生。我就在送水公司的“推特”和“脸书”平台上给他们留言，希望他们回复，但迟迟等不到回音。

眼看办公室前大桶大桶的水陆续送来，我只能让以色列同事帮忙打电话联系。同事打完说，有个懂英语的服务人员三天之内会给你打电话。过了十多天，终于有人回电了，问清情况后说：“我只负责订水，不负责退水，你还得再打电话联系。”

以色列同事再次联系送水公司。几天后，有人回电说，他们得先做个调研，了解退订原因，汇报给经理后，再打过来。

漫长的等待之后仍旧没人回复。以色列同事出了个主意，可以联系信用卡公司停止扣水费，这样桶装水公司自然会来找你。接下来就开始了联系银行的漫长过程，但尝试了多次，都无法接通银行信用卡部，一个月又过去了。

问题总得解决。以色列同事说只有最后一招了——找律师，向桶装水公司发律师函。律师费太贵，不到万不得已还是不要走这条路了。幸运的是，不久后桶装水公司终于回复。用了近三个月时间，终于成功退订。

除此之外，两年来在以色列虐心的事儿还很多，比如，信箱经常出现别人的账单，你不小心交了就要开始漫长的退费追缴过程。我曾经花了大量精力追讨水费和电费。

到银行办事，也特别磨炼人的耐心和毅力。一开始我还不明白，为什么有以色列人到银行还带着毛线，边织毛衣边等着叫号。还有人带着笔记本电脑，一边等一边办公。后来，我慢慢了解到，由于人多、业务办理得慢，办事一去就得半天，有时还要多半天。所以我也开始带上手机充电宝和食物了。

时间长了，看到当地人如此泰然，我也慢慢开始用另一种心态来看待问题，反思为什么非得那么快呢？随意、悠然，不也是一种生活态度吗？

但后来有件事，仍然挑战了我的耐心。2021 年夏天我发现空调坏了，联系房东，房东找了一个维修工来，之后便再无下文。我又联系房东、房东代理都没有回复。结果一个夏天就过去了。

李金锋摘自《环球》

图：佐夫

曹雪芹放风筝

@王　栋 讲述　张嘉鼎 搜集整理

按满洲旗人的规矩，每六年举行一次“笔试”，也就是考核，谁能考上“生员”或“武举”，就可以在本旗当差或拨京去做官了。可是乾隆七年，改为十二年一举，并颁布了十三经二十一史给全国各地，要求根据这些经史内容，进行考试。

到了后来，考试的名目越来越特别，也许今年考“赛马”，明年考“玩鹰”，后年又考“笔帖”，完全随本旗老爷的高兴来裁夺。这里说的是乾隆十九年正黄旗“旗试”，考“放风筝”。

因为这年春天，宛平县闹蝗虫，没法治，不知是谁糊了个纸鹞把蝗虫给治了，传说非常神效。可巧，蝗虫转移到这里来了，旗兵老爷命家家糊风筝驱虫，并悬赏说，谁能驱走蝗虫有重赏。

正黄旗有个孤寡的老太太叫万奶奶，眼下只有一个九岁的孙儿叫小顺儿。小顺儿的爸爸在他两岁多的时候，被迫去“征南”，结果死在了“金川”，他妈也含恨自尽，只剩下这祖孙一老一小，相依为命。老人为孙儿操碎了心，托人教、请人帮，多亏随丈夫早年在江南任官时，认识曹雪芹一家，所以一有事，就带孙儿去求教曹雪芹。这回听说考试又改成放风筝了，就去托曹雪芹帮忙糊上一个。

当时旗里人为了驱虫，都在准备，都盼着自己糊的风筝，能被选进京里献给皇上观赏。万奶奶带小顺儿来求曹雪芹时，曹雪芹满口答应说："这个不难，治虫的办法还是从南边学来的，您回去准备线吧，越结实越长越好，我教小顺儿糊风筝，滑线车子我已经做好了。到那天治蝗时，我也去帮小顺儿放！"老太太回家，高兴地捻起了线。曹雪芹和小顺儿加紧做着风筝。

这天，果然蝗虫来了，遮天蔽日飞满了天，全旗的人都奔跑出来，敲锣打鼓、焚香磕头，都统老爷也亲自出阵，命大家放风筝，求鹞驱虫。只见千奇百怪的风筝，全拿出来了。有的是"蜈蚣"，有的是"蝴蝶"；有的是"美人儿"，有的是"寿星老"；有的是"双燕儿"，有的是"神鹰"；有的是"钟馗"，有的是"八卦图"。单说等一声锍响之后，各路人排列开来，前边一人高举风筝，后边一人拉紧牵线。

正在这时，万奶奶陪着曹雪芹来了，小顺儿高举着一只奇怪的风筝。当时众人见了，哈哈大笑，原来他们做的是一只二尺长一尺五圆的圆筒。筒口朝下，筒底朝天，在筒底从里边开了一扇小方窗，有一根细线与窗相连，筒口竹骨上拴着结实的拉线，这是万奶奶用心血捻成的。筒外用"石绿"和"花青"颜色画着花草、菜蔬，十分鲜艳。

待大家站好，都统下令第二声锍响，无数风筝凌空而起，真是蔚为壮观。可是有不少风筝，刚刚升上半空，就打起了筋斗，有的干脆直栽下来。只有曹雪芹拉线、小顺儿高举的风筝，凌空直射九霄，像一只翠鸟直钻云端，

飞在所有风筝之前，第一个钻进了蝗群。

曹雪芹说："小顺儿，快往上套草圈。"小顺儿顺手把带来的"羊胡子草"在风筝线上拴成圈，曹雪芹一拉一放地动着风筝线，小圈儿就径直地往上飞去，不一会儿就钻进了风筝筒里。

这时，观赏的人们看见蝗虫群朝这只风筝集中过来，不一会儿就钻进了风筝。

曹雪芹说："小顺儿！快打开小门天窗收线！"小顺儿牵动细线，天窗打开，风筒迅速下降，曹雪芹飞快地收着拉线，万奶奶也早已将一堆干柴点燃，待风筒一落地，曹雪芹抢起来往干柴上一抖动，飞蝗扑火，烧得噼啪乱响，都飞不起来死掉了。

这下可吓坏了正在烧香拜神的都统，他气急败坏地奔了过来，大声斥骂着："曹雪芹！你这是干什么？蝗虫乃是天虫，烧天虫有罪呀！"

曹雪芹哈哈大笑，一边烧一边说："蝗虫既然是天虫，就不该吃地上的庄稼，既然吃了地上的庄稼，就犯了天条，火烧是玉皇大帝定的刑法，我替天行道，何罪之有？"

都统连连用手指着他："你——你——"气得说不出话来。曹雪芹不理他，只管一次次地放他的风筝。其他的人一见曹雪芹这方法还真灵，也都凑过来看热闹。

就这样，一次次的，天空上的蝗虫逐渐少了、散了，最后也不知哪儿去了，所有的人都鼓起掌来。都统也改变了刚才的凶样，过来说："雪芹！快把风筝取下来，我要带进京里去为你请赏！"

曹雪芹哈哈大笑地说："都统老爷，您弄错了，这是万奶奶一家的功绩，您应该给他们祖孙去请赏，我是给他们帮忙的。"说着，他一抖腕子，不知弄了什么机关，风筒上竟然像开了朵花一样，抛下三条穗子，就在此时，整个风筝脱离了拉线，扶摇直上。

曹雪芹向风筝行了一礼，都统急得上去就拉线，风筝早已离开了线。曹雪芹把线收起来，放在万奶奶手里，背着手扬长而去。大家只顾望着越飞越高的风筒，猛地才发现远去的曹雪芹，都赞他救了一方百姓。只有都统老爷因为没得到这只风筝，还在懊悔。

曹雪芹放风筝的故事，也就此传了开去。

就是爱历史（四月篇）35.1956年4月25日，毛泽东作"论十大关系"讲话。

碰到感觉过不去的难关，怎么办？

@ 傅佩荣

傅佩荣（1950—　），祖籍上海，中国台湾大学哲学系硕士，美国耶鲁大学哲学博士。

关键词　傅佩荣，博士论文，难关，机会

每天读书十二小时

在美国念书四年，每天读书十二小时以上。你说你只有四年，要在耶鲁大学念一个文科博士，你哪里有时间休息呢？每天十二小时，四年，光是语言考试，除了说英文是必备的，你在那边上课嘛，要考法文、德文、日文，四年之内全部要考过。

那时候感觉到每天呢，都是好像在作战一样。你每一次上课，每一次写报告，都跟你最后的结局，就是你写博士论文有关。然后你才可能在四年之内念完。你看美国最好的学生念耶鲁大学，平均的毕业年限是六年七年，六年七年才能毕业。我们亚洲人，我们从这个中国跑到那边去，用他们的语言跟他们上课，四年念完，你可以想象。我在美国念书的时候，开学第一天，每一个老师都会发他的课程大纲，叫作“syllabus”，大纲里面就列出每节课上什么主要的内容，后面就列参考书目。叫你念从哪一页到哪一页，哪一章到哪一章。我是没有念完，不敢上课。学到每天十二小时，我们念英文比较慢哪。

结果我在美国念书很幸运。关键的转变，就在一次上课的机会。有一次上课的时候，老师问，今天我们要讨论的书，有一本书叫什么名字，这本书有谁看过？他为什么问这个问题呢？因为同学们去图书馆找这本书都没有找到，就跟他抱怨，说“老师，这本书找不到”。所以他上课就问有谁看过这本书。我举手了。只有我一个举手。老师不相信，他说你怎么会看过这书呢？我说我在图书馆借的，为什么？因为前一个人还书的时候呢，放错位置。以前书在图书馆找都有编号，那本书放错三格，别人找那个位置没找到，就走了。我没有放弃，再找三格，被我找到了。所以这本书只有我一个人看过。老师说：“好！给你十分钟，把这本书内容介绍一遍。”我的机会来了，同学们英文比我好，没用，他们连书皮都没见过。所以我就起来把这本书整个介绍了一遍。讲完之后，老师说一句话，他说：“我教书十几年，没有见过这么用功的学生。”从此以后，我就被归类为好学生。

两个月学会日文

有一位老师是犹太人，特别苛刻。他的苛刻，是因为他在日本京都大学念过硕士，在美国念过博士，然后在耶鲁大学教佛学。他认为，所有从亚洲来的学生都应该“拜码头”。我是这边的留学日本的专家，你从台湾来的，你当然要来先跟我“拜码头”，来听我的课。因为我决定写中国哲学的论文，他就带日文书来，跟我说：“这几本书你看过没有？”我说：“没有。”我说我不懂日文。他说：“你没有看过这些日本学者的研究，难道你认为他们都是随便写写吗？你没有把他们的思想了解清楚了，你不要想毕业。”

那其实有点儿故意刁难的意思。他就是崇拜日本，所以我就没有什么好考虑啊，只好回去就老老实实学日文。学两个月，每天十二小时。你要记得，你只要每天十二小时，任何语言，三个月之内都一定学得会。所以我就自己念，念完之后呢，我就看五十本日文书；五十本日文书念完之后，写一篇报告五十页。这个A4的报告五十页，开学第一天送给他。他吓一跳。按照规定啊，两周之内他必须给我答复。教授给学生答复，不能超过两周。两周之后他就找我去，只说一句话，“I am very impressed”，“impressed”就是印象深刻。

这就是我在美国念书的一个很小的例子。

（根据访谈整理）

首发

骗局里也能学到记忆方法

@ 李佑伦

记忆锦标赛

四星级酒店，座无虚席。正前方悬挂着“环球记忆锦标赛”的横幅，这样的讲座每逢周末都要举办，场场爆满。来者一半为小孩，其次就是陪同他们的家长。

主持人问我们经常提到1900年，八国联军侵略中国，请问是哪八国？主持人说完把话筒调向台下的听众。有家长拿出手机准备来搜答案，主持人赶紧制止：“别掏手机啦，我们考的是记忆，考场上不许带手机的。”会场安静下来。“有人能回答吗？”

一干瘦的老人站起来，主持人一惊愣，勉强地挤出一个微笑，下台走向他。老人摆摆手又摇头：“我哪记得到，屁股坐痛了，起身活动下。”主持人一下就笑了，转身跑回讲台，简直是在嚷：“真没有人能回答吗？”

主持人把答案说了出来，并把巧记的方法给抖了出来（俄德法美日奥意英——饿的话，每日熬一鹰）。

教过方法，再考试，举手的人只有一个。主持人把话筒伸向他，回答正确后，大手朝堆放奖品和玩具的角落一挥：“任选一件。”小孩挑了一个平衡车。

接着又考唐宋八大家，接着又是教巧记，接着再考，家长和小孩都争着抢答。有了实质性的奖励，大家参与度越来越热烈。

超强记忆力可以训练，现场验证，一个五年级孩子现场演示。

主持人要求在座的随便抽查历史发生的年代，没有人应。主持人又说，如果抽到的题答错了或答不上来，一条奖励“考官”一百元人民币。

还是没有人应。主持人就涨价到二百。

有人就站起来：“秦始皇统一六国的时间。”

“公元前221年。”

考官不服，不看投屏，拍拍脑袋，随口一句：“八国联军火烧圆明园是哪年？”

“两次，分别是1860年10月18号到21号和1900年。”

主持人再让人抽，价钱从二百涨到五百，也没人站出来。于是，小孩在主持人的授意下，背起了中国历史自鸦片战争以来的大事发生的年代，滚瓜烂熟，丝毫不差。会场里引起了骚动。

结束历史课，再来一场数学课，投屏上是圆周率，主持人说经过他们的培训，几分钟就可以背到小数点后一百位。小孩当众背了。主持人说的是实话。

秘密培训

投屏上先是二十条句子，无规则无任何联系。二十条句子后面还是二十个词语，一样的无规则无联系。问能在半小时内背下的举手。无人应。

那个干瘦的老人站起来，跟第一次一样，不是回答问题的，扭了下身子，两手扇子一样拍拍自己的屁股，又兀自坐下。

“有能在半天之内背到的请举手。”“有能在一天之内背到的请举手。”

主持人就向家长借下他们身边的孩子，他保证能在短短的几十分钟内让孩子从前到后，从后到前，打乱顺序随意抽背。

不需主持人点名和邀请，孩子们呼啦啦主动跑到前台上去了，自觉地排成三列，然后由专业的老师带出屋子，去另外的房间秘密训练了。

干瘦的老人站起来，目光追寻着自己的孙子，摸着后脑勺，既像是不放心，又像是在怀疑。

会场里剩下的全部是家长了。

主持人抓紧时间介绍了环球

 就是爱历史（四月篇）37.1911年4月26日，清华大学建校。

记忆培训的方式、内容、地点、收费，大量图片展示了前期培训的成果等诸多事项后，秘密培训后的孩子回来了。

孩子按高矮排成整齐的三排，向家长展示了他们刚才接受培训的结果。从前到后，准确无误；从后到前，准确无误，就像孩子手里拿着一本书，照着念一样。

再由家长随便点。数名家长站起来，想亲自验证自家的孩子。

孩子争气，家长满意。为了孩子明天的重点中学、一本院校，家长蜂拥而至地挤到报名台。

散场

也就在这个时候，中途几次站起来的老人踉跄着跑上前去，从主持人手里要过话筒。他要亲自考考刚才那个孩子。

老人说背圆周率不神奇，他从台子左边走向右边："山巅一寺一壶酒（3.14159）——"

老人从台子右边走向左边："尔乐苦煞吾（26535）——"

主持人不停地朝老人挤眼。

老人假装没有看见，再次从台左走到右："把酒吃（897）酒杀尔（932）——"

几个酒店彪形大汉飘然而至。

老人看到保安后，稍微停顿了下，又继续："杀不死（384）乐尔乐（626）死珊珊（433），霸占二妻（8327）。救吾灵儿吧（95028），不只要救妻（84197），一路救三舅（16939），救三妻（937）。吾一拎我爸（51058），二拎舅（209）……"

直到老人背完了，会场安静下来。

主持人说老人是民间记忆大师，肯定也接受过专业训练。

老人纠正，他只是一名退休的中学数学老师，他背的圆周率只是网上流传了很多年的顺口溜而已。

接着，老人弯腰，说要考考孩子："孩子，你读五年级，成绩那么好，爷爷给你出一道五年级的数学题，别怕，不是很难……"

那个刚才口若悬河、从容镇定的孩子身子莫名其妙地颤抖起来。

"一项工程，甲乙两个工程队来完成……"孩子的眼睛在四下搜寻，突然一弯腰，惊叫起来："哎哟，我要上厕所……"

孩子走了，参加讲座的家长也就跟着闹哄哄地散了场。

图：小栗子

神奇的联想

@尹翔学

联想记忆法是一种运用范围广泛和复习效果显著的学习方法。

如汉代的三次农民起义：绿林起义、赤眉起义和黄巾起义。可以联想枫叶在春夏时绿，秋天变红，冬天又变黄。这三次起义的先后顺序就绝对不会搞错了。

下面，我带同学们走进联想记忆法的大厦，看看有哪些奇珍异宝：

相关联想法是根据事物之间的相关联关系而建立起来的记忆方法。如1927年，能联想到第一次国内革命战争失败，三次反革命政变（蒋介石“四一二”政变、许克祥“马日事变”、汪精卫“七一五”政变），三次武装起义（周恩来、朱德领导的南昌起义，毛泽东领导的秋收起义，张太雷、叶挺、叶剑英等领导的广州起义）。又如复习强盛的汉朝，可以联想罗马帝国。再延伸联想思考：为什么在几乎同一时期都变得如此强大？当时各自崛起的背景是什么？两个国家都发生过哪些大事件？它们兴盛的共同因素是什么？

相似联想法是根据事物之间的类似之处而建立起来的记忆方法。如温带季风气候区和温带海

 38.1911年4月27日，革命党人发动黄花岗起义。

洋气候区的自然带均为温带落叶阔叶林带。又如澳大利亚地图像螃蟹壳，意大利地图像只靴子，而内蒙古的造型则像一只翱翔的老鹰。

对比联想法是根据事物之间的对立性特点加以联想的记忆方法。地理中的气旋和反气旋知识，在记忆其气压分布状况、气流状况以及天气情况时，只要记住气旋或反气旋中的一种，便可以对比记住另一种。在记忆圆锥曲线时，对于椭圆、双曲线和抛物线的定义、方程、图形、焦点、顶点、对称轴、离心率等性质，也可以对比联想。

从属联想法是根据事物之间因果、从属、并列等关系增强知识凝聚的记忆方法。因果关系如：地理自转→地转偏向力→盛行风向→洋流的流向；从属关系如：总星系→银河系→太阳系→地月系；并列关系如：风化作用→侵蚀作用→搬运作用→沉积作用→固结成岩作用。

形象联想法是把所需记忆的材料同某种具体的事物、数字、字母、汉字或几何图形等联系起来，借助形象思维的记忆。如把新疆的地形特征与“疆”字右半部分联系起来记，“三横”表示三座大山，即阿尔泰山、天山和昆仑山；“两田”表示两大盆地，即准噶尔盆地和塔里木盆地。又如记三十六计第三十一条时，先谐音为鲨鱼，再联想：鲨鱼变成美人鱼后，使出了美人计。

奇特联想法是把平凡的、枯燥的事物转化成奇特夸张、生动强烈、顺序关联的图像进行记忆的方法。如军阀割据时曹锟、段祺瑞的控制地盘及其支持者，可联想为：“曹锟靠在一棵日本梨树（直隶、江苏）上饿（湖北）得快干（赣）了，段祺瑞端着一大碗（皖）卤（鲁）面（闽），这（浙江）应（英）该很美呀。”再如给一组易混淆的英语单词“coat 外套、coast 海岸、roast 烘烤的、boast 吹牛、toast 干杯（吐司）”编故事：海岸（coast）上有条不穿外套（coat）的美女蛇（s），手里拿着叉子（r）吃烘烤的（roast）肉，吹牛（boast）一次能吃 6（b）吨牛肉和干七（t）杯（toast）红酒。

作者系广东廉江河唇二中教师

图：恒兰

（本栏目长期征稿，欢迎各地师生投稿。来稿请发至：wenzhaiban@126.com，投稿时请标注“学习方法故事”字样。）

阴谋酱

@ 李青菜

一个周六，我去参加同学聚会之前，电话响了，邻居南婶在大风里吼："怎么办？我碰见两只小猫特别小，饿得走不动，我该怎么办？"我说你先别动这些猫，也许是猫妈妈正在搬运孩子呢，你给捡走了，小猫活不了，大猫也得急疯了。南婶说："这边有个老太太说这俩猫在这儿待一晚上了，本来是仨的，昨天让大黄狗叼走了一只，怎么办？"我就劝她先别捡，观察，一定要观察。过十分钟听她在微信上问："怎么办？小猫吃什么？我买了儿童牛奶，有只小猫的眼睛里全是脓，哎哟喂是独眼龙，来帮忙！哎哟喂，快来给我送袋猫砂来——"

周日的时候，我上门看小猫去。南婶的先生老吴是个画家，俩小猫是在画室旁边的墙根儿捡的，已经养在卫生间里，干干净净的，都有名字了，一个叫蓝莓酱，一个叫苹果酱，南婶给我形容怎么把苹果酱眼睛里的脓挤出来、怎么滴眼药、怎么开着浴霸暖着它俩……

这俩小猫只有饭碗那么大，搂在一块儿睡得正香，扒拉到手心里看，蓝莓酱完美无缺，苹果酱的眼睛一只大一只小，但是，我觉得它俩的神情有点怪，又说不出哪里怪。

南婶说："薄荷在视频上看到高兴极了，她本来跟我们一直不大说话，刚才说：‘真恨不得在家和你们一起照顾酱酱。’”薄荷是她家闺女，在“霓虹国”上学，从来不黏爹妈，性情高冷。是自己留下还是送领养这个问题，画家老吴比较坚定，说得赶紧送走啊，不然把我的画给挠了怎么办？那时候就麻烦了……

南婶连饭都不做了，上网买粮食、药品和小猫窝，拍了照片在网上各种秀。南婶的朋友王铮峥第二天就跑到画室里来看这对眼膜未褪的小奶猫，一看见就被融化了，说小奶猫在地上爬呢，怎么地板这么脏？！然后挽起袖子拿墩布擦地，120 平方米的画室给擦得锃光瓦亮，老吴在一边捻须而笑，南婶听说这一出更高兴了——家政员的钱都省了。

我跟南婶在微信上说：“我这边有个领养资源，能送赶紧送别砸手里——”南婶沉吟了一会儿说：“老吴有点不想送了，他想擦地大扫除想很久了，要是猫咪在的话，王铮峥就老得来看猫，顺便就把地擦了……”

这些事不是我写这堆话的重点，在微信上看蓝莓酱和苹果酱的各种表情，我忽然顿悟为啥觉得这俩猫有点怪。虽然它俩的样子是刚满月的小奶猫，但是它们的表情太成熟、太理所当然了，从草丛里饥寒交迫、命悬一线到锦衣玉食、珊瑚绒的床铺，完全是它俩演的苦情戏，设的一个局，我觉得它们在互相使眼色呢！

“这户人家怎么样？”“还行。就这样吧！”“你想换地儿吗？要不要再挑挑？”“甭换了，长胡子的那个爷爷很好糊弄。”“嗯，这屋子墙面也不错，是我喜欢的颜色！”“我觉得你演得很好，看你眼睛流脓那一招，使得多逼真多到位！”“你也不错，是你先抱那个女人脚的！”“还是你好，你往草丛里躲的时候，速度掌握得多合适，正好让她抓到小腿腿！”“哎你还别说哈，三舅妈变身演那个看热闹的老太太才会煽情呢，要不是她提起大黄狗吃小猫的事，也不能这么顺利哈哈哈……”

我跟南婶讲了我的猜想，南婶捶胸顿足地说：“你说得太对了！我们的画室开了那么久，我从来没见过那个邻居老太太，而且，自打我捡它俩回家之后，那老太太再也没出现过！这确实是一个阴谋！”

果果摘自《当喵星人有了门牌号》

中信出版集团　图：小黑孩

敲钟

@关昕

我和好朋友明哥勾肩搭背，走着走着，他突然说："要不咱去敲钟吧！""那可是违反校规呀！但是你敢，我在旁陪陪你也未尝不可。"我回他。

半路上，看见那口熟悉的大钟，明哥偏离路线，径直向钟亭走去。我还没回过神，只见明哥已到钟旁，左右张望确定四周无人后，"噌"一下用力拉起旁边的摆锤……

"当——当——"钟声响彻校园，回声不断。明哥撒腿跑过来，冲着我嘚瑟："你也来试试？这东西解压。"远处跑来两位学生会的督察，明哥壮士一般面无表情地被他们带走了。

晚自习，我趴桌上进入了梦乡。感觉有人拍我，梦醒，明哥笑嘻嘻地冲我说："呦，大神，作业都写完了，在这修仙呢！""咋可能，没写一个字，把你的拿来让我参考参考。""那可不行，必须自己完成。"我有点恼了，心想还是好兄弟呢，"患难"见真情呀！

"叮叮叮"，晚自习下课铃声响起，我还在埋头苦干。在我奋笔疾书的时候，听到明哥声音："兄弟，别急，认真写，我等着你一起回去。"

期末考试即将到来，我每天疲于应付各科作业，曾经那个意气风发的我不复存在，这是考前焦虑症吧？明哥似乎看出了我的困惑。"要不，你去敲个钟？""不行，有你的前车之鉴，我不敢去。"我回答。"放心吧，有事我扛。"

到了钟亭，明哥解开钟绳将摆锤递给我，我用尽全身力气敲了下去，"当——当——"钟声在空中回荡，清脆的钟声赶跑了我周身的不适，顿时感觉心里敞亮了许多。我对明哥说："兄弟，我运气比你好啊！没人来抓！"明哥笑嘻嘻地从口袋里掏出了叠得方方正正的纸条，说："看你牛的，为了让你打起精神，课间我去政教处磨破了嘴皮，才争取到让你释放一下紧张情绪的机会。"

望着余音缭绕的钟，瞬间，眼泪在我眼眶中打转。

作者系郑州中学学生

 就是爱历史（四月篇）40.1927年4月28日，李大钊在北京英勇就义。

“故事大课堂”开讲啦!

第一堂:时事报告。近段时间都有哪些热点新闻?我们给你梳理了一份时事简报。“秀才”不出门,天下事尽知。

*** 3月1日起至12月31日,公安部开展打击拐卖妇女儿童犯罪专项行动。**

*** 4日至10日,全国政协十三届五次会议在京举行。**

*** 4日晚,北京2022年冬残奥会在国家体育场开幕,于13日闭幕。**本届冬残奥会,中国体育代表团夺得18枚金牌、20枚银牌、23枚铜牌,位列金牌榜、奖牌榜第一。

*** 5日,十三届全国人大五次会议在北京人民大会堂开幕,**李克强在政府工作报告中提出今年发展主要预期目标,其中国内生产总值增长5.5%左右。11日,大会圆满闭幕。

*** 5日,首架接返自乌克兰撤离中国公民临时航班安全抵达杭州,**截至28日,已有5200多名中国公民安全撤离乌克兰。目前,俄乌冲突仍在持续。

*** 18日,中国社会科学院考古研究所揭晓“2021年中国考古新发现”,三星堆商代遗址等6个项目入选。**

*** 21日,东方航空公司MU5735航班在广西梧州市上空失联并坠毁。**经过6天全力搜救,国家应急处置指挥部26日确认,航班上123名乘客和9名机组人员已全部遇难。

*** 21日,国际田联确认,中国队队员苏炳添、谢震业、吴智强、汤星强在东京奥运会4×100米接力比赛中递补得到铜牌。**

*** 23日,“天宫课堂”第二课在中国空间站开讲。**

*** 国家卫健委表示,3月份全国累计报告本土感染者103965例,波及29个省份。**

(本刊综合人民网、新华网、《半月谈》等媒体消息)

第二堂：不一样的写作课。好作品是改出来的。为什么要这样改而不是那样改？文末附有核心提示。反复揣摩，必有收获。

留白

@ 姜雨辰

原稿

书案前，姜莹然凝神屏息，目不转睛地盯着笔尖滑过的每一寸宣纸。为了参选全市的书画比赛，从作品构思，到绘图布局，再到意境揣摩，整整两周时间，一有空闲她便沉浸其中。[1]

然而几天后，晴天一声霹雳。比赛结果令她大失所望，获奖榜上根本找不到姜莹然的大名。[2]天啊，我的作品竟然连鼓励奖都没有？她心中原本五彩的丹青瞬间只剩下了黑白，原本缤纷的希冀瞬间都化作了乌有。窗外的树叶沙沙作响，似乎也在嘲笑她的无能。她不明白，不理解，为什么？她的眼眶湿润了。

姜莹然的妈妈是位国画爱好者，小时候，蹒跚学步的她总爱往家里的大书案上爬，摸摸毛笔，玩玩搁笔架，然后“大闹天宫”

修改稿

今天是姜莹然的“滑铁卢”日。

全市绘画比赛结果下来了，她们学校这次可说是大满贯，她的好朋友江卓然也榜上有名。而被美术老师视为“种子”选手的她，竟颗粒无收，连一份“安慰奖”也没有。[3]此时此刻，她心中原本五彩的丹青，瞬间只剩下了黑白；原本缤纷的希冀，顷刻化作了乌有。她不明白，不理解，她的眼眶湿润了。

回到家中，姜莹然不知道该如何跟妈妈交代。妈妈是中国美协会员，尤擅画国画。小时候，蹒跚学步的她总爱往家里的大书案上爬，摸摸毛笔，玩玩搁笔架。有一次妈妈没留神，她还傻傻地吃了墨汁儿呢。也许是吃下的墨汁溶化到血液里，学国画，竟也成了她生命的一部分。在妈妈的一番。有一次妈妈没留意，她还不小心吃了墨汁儿呢。没想到吃下的墨汁竟溶化到血液里，学国画，成了生命的一部分。从小在妈妈的熏陶下，她也爱上了国画，爱上了空气里氤氲的墨香。

这幅水墨画《江上渔者》，已不知在她脑海里构思了多少遍，在她笔下揣摩多少回了。这样的结果她实在不甘，她趴在书案上，右手用力捶打着。“谁说吃过墨汁的女孩就是有天赋的！呜呜呜……”

妈妈闻声前来：“怎么了？这么大的委屈。作品得了二等奖？”莹然一甩手说：“什么二等奖？什么奖都没有。妈妈，都怪你，整体布局你让我留下太多的空白，我说老师会不喜欢吧！”当时妈妈在看莹然的作品时，提出布局不要太紧密，要留白，这个“留白”太坑人。莹然的这一腔怨气都发泄在妈妈身上。

晚上，她都没心情吃晚饭，还在想那个倒霉的“留白”。妈妈手机丁零一响，一条微信进来，妈妈给莹然使了个眼色，是班主任发来的！莹然很勉强地凑过来看：“莹然妈妈：很不好意思，您女儿的参赛作品被遗漏了，没送

熏陶下，她也爱上了国画，爱上了空气里氤氲的墨香。

那幅水墨画《江上渔者》，在她脑海里已不知构思多少遍，揣摩多少回了。这样的结果她实在不甘，她趴在书案上，委屈得哭出声来……

妈妈闻声过来，打趣道：“怎么了，这么大的委屈？作品得了二等奖？”莹然脱口说道：“什么二等奖？都怪您，让我留白、留白，现在好了，‘流’得一干二净，一个奖也没得！”当时在构思作品时，妈妈说她用笔太满，提醒她布局要大气，要留白，看来这个“留白”太坑人！莹然的这一腔怨气都发泄在妈妈身上。

晚上，她还在想那个倒霉的“留白”，一点也没心情吃饭。突然，妈妈手机“叮铃”一响，一条微信进来，妈妈给莹然使了个眼色，是班主任发来的：“莹然妈妈：对不起，您女儿的参赛作品被遗漏了，没送出去，影响了评奖。美术老师想亲自向你们道歉……”

啊，原来如此！姜莹然这下就像火山喷发：“道歉？没那么容易，我要到校长室告她！”妈妈却平淡地说：“告美术老师？老师刚大学毕业，也不容易啊！为了

出去，影响了评奖。美术老师想亲自向你们道歉……”

哪有这么对待工作的老师！“道歉？没那么容易，我要告她到校长室。”姜莹然讲得义愤填膺。妈妈却平淡地说：“就你们那个刚大学毕业当老师的美术老师，也不容易啊！为了帮你提高画画水平，没少花时间。她现在也一定后悔莫及。”

莹然愤愤的，任凭妈妈怎么说，都难解她心中的不快。

第二天，姜莹然懊丧地去上学。如果今天见到美术老师，怎么办？什么也别说，不理她！不！还是直接向她讨个说法？纠结得有些胸闷。昨天的那股气还堵在胸口。突然有人拍她的肩膀，吓了她一跳，回头一看，是自己最要好的同学，江卓然。

江卓然伸手问：“莹然，借我的数学笔记好还我来。”[4]因为前一阵子疯狂筹备作品，上课没很好记课堂笔记，问江卓然借的。她借给自己是因为是最好的朋友，否则马上考试了，谁会借呢？

姜莹然赶紧说：“对对，数学笔记我都忘了看，好，先还你。”说着就在书包里翻个遍，哪有数帮你提高画画水平，没少花时间。她现在也一定后悔莫及。”

莹然愤愤的，无论妈妈怎么说，都难以平复她心中的不快。

第二天，姜莹然上学时，由于晚上没睡好，头有点昏沉沉的，心里还有些纠结。快到教室门口，突然有人拍了一下她的肩膀，吓了她一跳，回头一看，是自己最要好的同学，江卓然。

江卓然伸手问：“莹然，数学笔记看好没有？可以还给我吗？”

前一阵子，姜莹然一门心思画画，上课没很好记课堂笔记，就问卓然借来抄阅。现在卓然要了，她赶紧说：“对对，数学笔记我都忘了看，好，先还你。”说着就到书包里翻，可翻了个遍，哪有笔记本的影子？她一脸尴尬地看着江卓然说：“没有了……也许，丢了。”

“丢了？”江卓然愣了一下，可马上又恢复了神态，“你有空再找找看。不过，就算真丢了也没关系，我也是在考试前翻翻，别放在心上。”她笑着安慰莹然，那笑声听起来特别爽。这一爽，莹然竟忘记了今天要怎么面对美术老师的纠结。

学笔记，怎么一点印象都没有！只能尴尬地看着江卓然说：“没有了……也许，丢了。”她吓得闭上眼睛，等待一顿劈头盖脸的臭骂。

“哈哈哈，我就知道你这几天没空去看，我又问别人借了笔记看，没关系，我们是好朋友啊。”江卓然大方得让自己不敢相信。那笑声听起来特别爽。这一爽，莹然竟忘记了今天怎么面对美术老师的纠结。

此时长舒一口气的莹然，心里豁然开朗了许多。回想起昨晚妈妈的那段话——

“如果你能原谅别人的错误，就是给她留白，也给自己留白。留白会让人彼此天地宽阔。”

对于美术老师的无心之过，莹然终于释然。突然间她感觉自己长大了，前面似乎有一片大海，一望无际，没有城中的繁忙逼仄，眼前心旷神怡。她明白妈妈为什么这么喜欢留白了，留白是一种包容啊！

（“故事大课堂”专栏长期征稿，欢迎各位同学、老师、家长投寄各类美文摘抄、学生习作、故事讲演、现代文阅读真题等，来稿请发至：wenzhaiban@126.com，投稿时请标注“故事大课堂”字样。）

至此，她长舒了一口气，心里豁然开朗了许多，脑子里忽地迸出昨晚妈妈的话——

“如果你能原谅别人的错误，就是给她留白，也是给自己留白。”

对于美术老师的无心之过，莹然终于释然。突然间她感觉自己长大了，明白妈妈为什么这么喜欢留白了。

首席编辑核心提示

题解：“留白”一词具有双重含义，一重是指构图艺术，另一重则是指人生态度，由此及彼，在本文中两者得到较好的结合。

修改思路：

1. 原稿以事件起始开头，有较强的画面感；而修改稿从结果切入，与后面的矛盾冲突构成较为紧密的逻辑关系，也更能引起读者的关注。

2. 原稿说姜莹然参赛没有获奖，期望落空，情绪产生了较大的波动。但能否获奖具有不确定性。修改稿有意识地增加了若干铺垫，以增强其获奖的“可信性”。

3. 此处把“江卓然”与“美术老师”安排成铺垫之一，也是与文后相呼应。

4. “数学笔记本”让姜莹然思想转变，有了外力推动，而不是空洞的说教。

第三堂：讲出你的精彩。看完故事，自己先讲一遍。讲不好不要怕，看视频是怎么讲的。故事大王告诉你哪些才是关键点。好口才就是这样练成的。

军神

@ 毕必成

重庆临江门外，一个德国人开设的诊所里，医生沃克端坐在桌后。

他头也不抬，冷冷地问：“你叫什么名字？”

“刘大川。”

“年龄？”

“二十四岁。”

“什么病？”

“土匪打伤了眼睛。”

沃克医生站起身，熟练地打开病人右眼上的绷带。他愣住了，蓝色的眼睛里闪出一丝惊疑。他重新审视着眼前这个人，冷冷地问：“你是干什么的？”

“邮局职员。”

“你是军人！”沃克医生一针见血地说，“我当过军医，这么重的伤势，只有军人才能这样从容镇定！”

病人微微一笑，说：“沃克医生，你说我是军人，我就是军人吧。”

沃克医生的目光柔和下来，他吩咐护士：“准备手术。”

沃克医生正在换手术服，护士跑来，低声告诉他病人拒绝使用麻醉剂。沃克医生的眉毛扬了起来，他走进手术室，生气地说：“年轻人，在这儿要听医生的指挥！”

病人平静地回答：“沃克医生，眼睛离脑子太近，我担心施行麻醉会影响脑神经。而我，今后需要一个非常清醒的大脑！”

沃克医生再一次愣住了，竟有点儿口吃地说：“你，你能忍受吗？你的右眼需要摘除坏死的眼球，把烂肉和新生的息肉一刀刀割掉！”

“试试看吧。”

手术台上，一向从容镇定的沃克医生，这次双手却有些颤抖，他额上汗珠滚滚，护士帮他擦了一次又一次。最后他忍不住开口对病人说：“你

 民防小知识：雷电交加时可采取以下措施：1. 如皮肤刺痛头皮发麻，应立即躲避。

挺不住可以哼叫。”

病人一声不吭，他双手紧紧抓住身下的白床单，手背青筋暴起，汗如雨下。他越来越使劲，崭新的白床单居然被抓破了。

脱去手术服的沃克医生擦着汗走过来，由衷地说：“年轻人，我真担心你会晕过去。”

病人脸色苍白。他勉力一笑，说：“我一直在数你的刀数。”

沃克医生吓了一跳，不相信地问：“我割了多少刀？”

“七十二刀。”

沃克惊呆了，大声嚷道：“你是一个真正的男子汉，一块会说话的钢板！你堪称军神！”

“你过奖了。”

沃克医生的脸上浮现出慈祥的神情。他想说什么又忍住了，挥手让护士出去，然后关上手术室的门，注视着病人，说：“告诉我，你的真名叫什么？”

“刘伯承。”

沃克医生肃然起敬：“啊，川中名将，久仰久仰，认识你很荣幸。”

刘伯承友好地把手伸了过去。

故事大王葛明铭点评：小故事员把故事讲得有声有色，语气、语调都有变化，讲演时声调也有高有低，还有恰当的动作辅助，充分表现了刘伯承勇敢的精神，同时医生、护士等不同人物也表现得不错。这是一个很有讲演潜力的小故事员。

其中有几句讲到护士来向医生报告说病人不肯用麻醉剂时，在表达上不够流畅，其他都很好。

另外值得注意的是，与一字不落地背诵课文不同，小故事员在拿到故事文本后，可以适当地做一些“功课”，进行文本上的补充和修改，帮助听众更快“入戏”。

（本栏目欢迎学生投稿故事讲演，来稿请以视频的形式发至：wenzhaiban@126.com，投稿时请标注“故事大课堂”字样。）

扫描二维码，看朱泰玥同学的讲演视频，“码”上体验云端故事会，讲演技巧等你来学！

第四堂：与作家一起散步。为你提供的是现代文阅读题。有几道考试真题，答对了吗？不要急，有请作家本人给你支招。

余香

@ 赵文辉

初中语文七年级下阅读组合训练

图：孙小片

有人要跳楼！

不，已经跳了，只是没摔下来，还挂在楼檐那儿。是老张家的二小子张亮，今年高考成绩不如意，想上个普通的高校，可家里又拿不出钱，就觉得没出路了，他一念之下……跳的时候他又后悔了，双手抓住一根楼檐上的膨胀螺丝。求生的欲望迫使张亮高喊："救命——"

楼下马上围满了人，楼长周大爷也来了。他用手扩成喇叭冲上面喊："张亮，你要坚持住，我们马上来救你——"张亮全身颤抖，声音也在颤抖："救……我……"颤巍巍的，揪住了楼下众人的心。

周大爷吩咐几个年轻人："你们上楼去救张亮，他快坚持不住了。"怕张亮摔下来，周大爷又采纳了一个楼友的建议："都回家抱被子，越多越好。"人群哗的一下便散了，楼道里响起了匆匆上楼的脚步声。周大爷虽然年纪大，却第一个抱来了家里的四条被子。接着一条，两条，三条……被子越聚越多，花花绿绿铺了一地，一会儿就有一人高了，众人这才松了口气。这时，上楼救张亮的几个小伙子也爬上了楼顶。就在他们快接近张亮抓住的那根膨胀螺丝时，张亮没了一点力气，手一松，一声尖叫……大伙都闭上了眼睛。

厚厚的被子如一座棉花垛，使一切有惊无险：张亮毫发未损，只是吓晕了。老张两口子赶来，冲那被子跪下来"嘭嘭"叩响头，又转过身冲

 民防小知识 2. 如在空旷地，应立即蹲下，双手抱膝，膝盖紧贴胸部，头尽量低下。

大伙叩头。周大爷劝住了他俩。“谢过被子就行了！”周大爷说着，开始让大伙往回拿被子。大家都夸周大爷指挥有方。周大爷说多亏大伙行动迅速……一扭头，却发现了一个异常情况。

是三楼刚结婚的小刘两口儿。原来刚才俩人回屋，看着结婚时买的几条真丝被子，怎么也舍不得往外抱，怕弄脏了。在他俩犹豫不决的时候，张亮已经摔下来了，俩人不出来也就没啥事了，偏偏好奇心强，又要出来看看，却没想到最后领被子这一环。结果俩人尴尬地站在那里，走也不是，不走也不是，脸上红一阵白一阵。周大爷明白了咋回事，默默叹一口气，却冲他俩喊 :“小刘，过来拿你家的被子！”小刘两口儿一愣，却见周大爷抱着一条八成新的被子朝他俩走过来。他俩还没愣过神儿，周大爷就已把被子搭在小刘身上，说 :“没错吧。”还冲小刘挤挤眼睛。小刘两口儿明白了是怎么回事，脸红红的，抱着被子悄悄上楼去了。没有人注意他们，要是他们空手回去可就不一样了。

几日后，楼上楼下开始为张亮上大学捐款，发起人竟是小刘两口儿。他俩带头捐了三千块，惊了一楼人。小刘两口儿又把被子里里外外拆洗得干干净净，还给了周大爷，被子里还夹了一束康乃馨。周大爷用鼻子闻闻，一个劲地称赞，然后把康乃馨插在茶几上的花瓶里。好长好长时间，屋里的香气都不散。

1. 选文的故事情节一波三折。根据第一至第七段的内容填空，完成故事情节的梳理概括。（4 分）

张亮跳楼遇险，周大爷指挥施救 __________ 大家拿回被子，小刘夫妇遭遇“未拿出被子的尴尬” __________ 小刘夫妇被感化，发起为张亮捐款的活动。

2. 作者以“有人要跳楼”开头，好在哪里？请做简要分析。（4 分）

3. 感知全文，说说文章题目“余香”的含义。（4 分）

4. 结合语境，研读第六段，想象小刘两口子此时的心理活动，以第一人称将其描述出来。（100 字左右）（4 分）

扫码进入真题实战，看一看作者的解题方法和写作思路。

故事大课堂

第五堂：经典悦读。经典文学作品需要经常阅读、反复揣摩。我们为你提供经典作品中的经典片段，几分钟的阅读体验带你领略文学的魅力。

《尘埃落定》节选

@阿　来

《尘埃落定》以第一人称视角描写了一个声势显赫的康巴藏族土司的傻瓜儿子，成为土司制度兴衰的见证人。节选段落通过“我”成功指挥围剿野画眉的战斗，展现了独特的藏族风情及土司制度的不平等。

刚走到楼下，几个家奴的孩子就把我围了起来。父母亲经常对我说，瞧瞧吧，他们都是你的牲口。我的双脚刚踏上天井里铺地的石板，这些将来的牲口们就围了过来。他们都站在那里等我发出命令呢。我的命令是：“我们去逮画眉。”

我一挥手，喊一嗓子什么，就带着一群下人的崽子，一群小家奴冲出了寨门。好大的雪！外面的天地又亮堂又宽广。我的奴隶们也兴奋地大声鼓噪。他们用赤脚踢开积雪，捡些冻得硬邦邦的石头揣在怀里。而画眉们正翘着暗黄色的尾羽蹦来蹦去，顺着墙根一带没有积雪的地方寻找食物。

我只喊一声：“开始！”就和我的小奴隶们扑向了那些画眉。画眉们无路可逃，纷纷被石头击中。身子一歪，脑袋就扎进蓬松的积雪中去了。那些侥幸活着的只好顾头不顾腚，把小小的脑袋钻进石缝和树根中间，最后落入了我们手中。

这是我在少年时代指挥的战斗，这样地成功而且完美。

我又分派手下人有的回寨子取火，有的上苹果树和梨树去折干枯的枝条，最机灵最胆大的就到厨房里偷盐。其他人留下来在冬天的果园中清扫积雪，我们必须要有一块生一堆野火和十来个人围火而坐的地方。当索郎泽郎故意把雪踢到我脸上，我也不怪罪他。即使是奴隶，有人也有权更被宠爱一点。对于一个统治者，这可以算是一条真理。正是因为这个，我才容忍了眼下这种犯上的行为，被钻进脖子的雪弄得咯咯地笑了起来。

摘自《尘埃落定》人民文学出版社

《查理和巧克力工厂》节选

@[英国]罗尔德·达尔 任溶溶 译

《查理和巧克力工厂》讲述了小查理在其小镇全世界最大的巧克力工厂上奇遇的故事。节选段落中旺卡先生介绍的奥姆帕—洛姆帕人神秘而有趣，但有些孩子却只顾自己的需求，毫不尊重这些可怜又可爱的小人，接下来，作者将用生动的语言告诉家长该如何教育孩子。

突然，韦鲁卡·索尔特疯狂地指着河对岸叫着："瞧！那是个小人！就在那道瀑布下面！"所有的人异口同声地喊起来。"天哪,是有两个！""不止两个！那儿有一、二、三,四,五个！"这些小人儿——他们比中等的玩具娃娃还小——停下手中的活，也瞧着河这边的参观者。

旺卡先生说道："他们是奥姆帕—洛姆帕人，是直接从洛姆帕国引进的。那是个多么可怕的国家啊！那儿有长角的野兽，巨鼻怪兽和可怕又邪恶的厚皮怪兽；一只厚皮怪兽一顿早餐就要吃掉十个奥姆帕—洛姆帕人。可怜的小奥姆帕—洛姆帕人！他们最爱吃的东西是可可豆，但是却无法得到。"旺卡先生继续说道，"于是，我就爬上树到了他们的树屋村落，我把头从这个部落头领的树屋门里伸进去。他正坐在那儿，硬着头皮在吃一盆捣烂的绿毛虫。'喂，'我说，'听着，如果你能和你的人民一起到我的国家，住到我的工厂里，那你们要吃多少可可豆就能吃多少！''你的话当真？'这个小人儿高兴得大叫起来，'就这样定了！'于是我用船把他们全装运来了。这些奥姆帕—洛姆帕人真是出色的工人，而且现在都能讲英语了……"

"爹爹！"韦鲁卡·索尔特大叫起来，"我要一个奥姆帕—洛姆帕人！我马上就要一个！我要把他带回家！""好了，好了，我的宝贝！"她父亲劝她说，"我们不该打断旺卡先生。""我要一个奥姆帕—洛姆帕人嘛！"韦鲁卡哭闹起来。"好，韦鲁卡，好吧。耐心一点，等参观结束我想你会有一个的。"

摘自《查理和巧克力工厂》明天出版社

故事大课堂

第六堂：给你一双慧眼。故事中有多处差错，你能找出来吗？比一比，看谁找得对、找得快。

小向导

@ 莫小米

1972 年，新疆侧绘大队进军昆仑山。

5 月 31 日天濛濛亮，一行五人，包括当地小向导，向尼雅河上游的雪峰冲刺——山顶上是一个地理控制点，高 6368 米。

两边是八九百米高的徒石山，一拄急流在深渊下隐约可见，峡谷的轰鸣声令人心惊，一人用冰镐在前面开路，其他人承负仪器、脚架、给养（罐头、汽油炉等），艰难前行，到达云层中的山峰下，已是傍晚，组长目侧山峰还很远，决定先返回营地，第二天登顶。

没想到在返回的路上，遇到了一座八米多高的冰徒崖，副组长抢在前面，一落滑下数百米，紧接着，又一位堕下……

组长观察了地形后，带人寻路下崖施救，而小向导背着脚架从另一条道下崖，至此向导失踪。

副组长滑下时，造成严重骨伤，靠拄棍不便野外作业，当年复员。第二位堕下的队员被战友用简易担架抬着走了两天，遇到了接应部队，在徒峭的山崖上，他被几位民兵轮流背下了山。

组长带领侧绘组再次登上山巅，完成了定点侧量任务，却没有找到失踪的向导，成了他此生最大的遗憾。

小向导是在三年后才被发现的，他卷缩在一个冰窟窿里，冰封雪冻还原了他最后的资态——紧抱着仪器脚架，绿帆布军用挎包里还有两合军用罐头和几个包谷面囊。没有人听到他的求救声，昆仑山是生命禁区。

这是一户老实巴交的农民家庭，一家人非常善良，没有向部队提一点条件。向导的弟弟妹妹们挤在窄小的房间里低着头，悄悄地盯着前来慰问的解放军叔叔，向导的父亲紧张地问，儿子丢掉了，把公家的东西也丢掉了，要不要赔……

今天说起，还让人泪崩。

离萧天摘自《今晚报》

扫码看答案，和同学比比，谁的得分高？

民防小知识 4. 尽量避免接打手机，尤其是身处空旷地带的游客，必须关闭手机。

第七堂：我的第一个笔记本。在平时的阅读活动中，你是不是常常被那些美妙的语言所打动？它们可能是金句、格言，也可能是好的开头、结尾，还可能是精彩的题记……现在我们整理了一部分内容，希望能充实、丰富你的笔记本。倘若你也有好句子，不要忘了与大家一起分享哦。

这些被人反复引用的句子，原来出自这些名著

1. 努力想得到什么东西，其实只要沉着镇静、实事求是，就可以轻易地、神不知鬼不觉地达到目的。而如果过于使劲，闹得太凶，太幼稚，太没有经验，就哭啊，抓啊，拉啊，像一个小孩扯桌布，结果却是一无所获，只不过把桌上的好东西都扯到地上，永远也得不到了。

——卡夫卡《城堡》

2. 很不幸的是，任何一种负面的生活都能产生很多烂七八糟的细节，使它变得蛮有趣的，人就是在这种有趣中沉沦下去，从根本上忘记了这种生活需要改进。

——王小波《一只特立独行的猪》

3. 生活不可能像你想象得那么好，但也不会像你想象得那么糟。我觉得人的脆弱和坚强都超乎自己的想象。有时，我可能脆弱得一句话就泪流满面；有时，也发现自己咬着牙走了很长的路。

——莫泊桑《一生》

4. 我们很少信任比我们好的人，宁肯避免与他们来往。相反，我们常对与我们相似、和我们有着共同弱点的人吐露心迹。我们并不希望改掉弱点，只希望受到怜悯与鼓励。

——加缪《局外人》

5. 那时，我还没有懂得人性是如何的矛盾，我不知道真诚中有多少做作，高贵中有多少卑鄙，或者，邪恶中有多少善良。如今我是充分懂得了，小气与大方、怨怼与仁慈、憎恨与热爱，是可以并存于同一颗心中的。

—— 毛姆《月亮与六便士》

6. 楼下一个男人病得要死，那间壁的一家唱着留声机；对面是弄孩子。楼上有两人狂笑；还有打牌声。河中的船上有女人哭着她死去的母亲。人类的悲欢并不相通，我只觉得他们吵闹。

——鲁迅《小杂感》

■ **春风：** 春天里的风人们叫它春风，经过一冬天和冰雪共舞的风，虽然疲惫不堪，它还是轻轻来了，和春天同步。

■ **春雨：** 春雨蒙蒙，绿油油的竹山，翠生生的竹林，像一幅烟雾迷蒙的水墨画。雨雾纷扬，洒在竹叶上，沙沙沙沙，像少女轻抚琴弦，像春蚕吞食桑叶。

■ **生灵：** 在树林里，许多的小鸟在自由自在欢乐地飞翔着，高兴起来，便唱出清脆悦耳的曲子，和煦的春光吹拂着小河，河水忽然被一阵悦耳、动听的笛声所牵动，放眼望去，一群顽皮的小孩子正用垂柳的茎做柳笛呢！

■ **春花：** 春姑娘来到了人间，山上开满了各种各样的花儿，桃树，梨树，你不让我，我不让你，都尽情地绽放着自己的美丽和浓香。红的像火，粉的似霞，白的如雪。

■ **田野：** 大田里的麦苗像一片海，星罗棋布的村庄是不沉的舟，纵横交错的弯弯曲曲的河道，河边的柳枝吐了嫩芽，芦苇边钻出来放时透青了。

■ **太阳：** 太阳携着春风向我们微笑，向我们走来，那么万物就会复苏，希望就会发芽；它能让山河重新焕发盎然的生机，让人心重新布满无穷的希望。

胡 捷
故事会校园版编辑
Hu Jie Stories Editor

改变她一生的防空演习课

因曾患小儿麻痹症，她只能拄着拐杖上学。不能像别的同学那样奔跑跳跃，这让她备感苦闷，直到她上了一场特别的防空演习课。

那堂课上，同学们按照防空演习的需要，有的掩护，有的撤离，来回奔忙。唯有她，拄着双拐，站在那里茫然着。正当她伤心于自己的无用时，老师来到了她的身边。“这位同学，我们还差一个神圣的角色没有人来扮演，那就是伤病员，你来扮演这个角色好吗？”仿佛一阵暖流滋润心田，老师这一特别的安排，让她觉得，原来自己也有一个“位置”，能够“一展所长”。这一堂防空演习课，她上得又开心，又满足。

从此以后，她变了。在她的生活中，她能参与、愿意参与的事情越来越多，人也越来越开朗、自信。

从那以后，她投身教育工作，以自身为例，关爱他人、帮助他人、鼓励他人。

这是我偶然读到的一个故事，5 月 12 日，适逢第 14 个全国防灾减灾日，也将这个故事分享给广大读者。防空演习课不仅能教会人们防空知识，保护人们的生命和财产安全，同时也能够带来关爱，带来自信。

灾难概率虽小，但自我保护意识应人人具备、时时紧绷，为生命多添一道屏障。本期锐话题，让我们关注身边的安全，学习防灾减灾知识，科学面对突发情况。

093 故事会® 2022
CONTENTS —STORIES— STORIES DIGEST
5月 校园版

故事中国网：www.storychina.cn 邮发代号：4-900 国外代号：MO9178 定价：6.00元

开卷故事

笑话与幽默

锐话题：你身边的安全

画里有话

外面的世界

心理故事

十万个冷知识

故事会公众号　故事会 App 下载二维码

故事会》微博：@ 故事会　《故事会》微信：story63

故事会校园版欢迎投稿

稿件要求：来自最新的报刊、图书或网络，故事性强，文字明快，主题健康，视野开放，纪实或虚构均可，体现“新、知、情、巧、趣、智”的特点，同时欢迎第一手的翻译作品。推荐作品须注明原文出处、原作者姓名，确保转载不存在侵害版权的行为，并请留下推荐者真实姓名及通信地址。作品一经采用，即致推荐者 50 至 200 元推荐费，并向作品著作权人支付稿酬。

故事会 校园版 投稿信箱

wenzhaiban@126.com

故事中国网：www.storychina.cn

丸子的朋友圈

郭美眉

中午在商场门口见证了一场“决战紫禁之巅”。一个“游泳健身了解一下”的“健身男”拉住一个身穿衬衣西裤的“正装男”让他办健身卡，经过一番刀光剑影的说服，“健身男”买了“正装男”的理财产品。

大老板张富贵：哪个商场？报下名字，我让小刘他们下班去观摩学习一下！
郭美眉回复大老板张富贵：那你可能要做好报销健身费用的准备。

丸子

假如牛顿当时不是坐在苹果树下，而是坐在西瓜树下，现代物理学会产生怎样的变化？

哲学系二师兄：现代物理学怎么变我不知道，单单这棵“西瓜树”，现代生物学就已经崩塌了。

王大脸真的不是女汉子

我种了很多年昙花，你们知道昙花都是半夜几点开吗？都是半夜十点左右，开花之后，我都很小心地采摘下来……

丸子：好浪漫啊！
王大脸真的不是女汉子：然后爆香蒜末，和肉丝同炒……那是真的香！

快递员小马

刚被同事拉进了一个拼单群，管理员起哄说要照片，我就随手发了几张过去，突然看到有人说：“已存！”我点开资料一看，哎呀是我们财务的美女！她是不是对我有意思啊！

金融小王子刘思聪：你@她问问：不怕被你男朋友发现吗？
快递员小马回复金融小王子刘思聪：……她说，这是照片啊？她还以为是表情包呢。
丸子：独乐乐不如众乐乐，干脆把“表情包”分享一下吧，哈哈！

金融小王子刘思聪

我爸曾经跟我说：把你最讨厌的事情放在每天起床后第一个解决，这样子这个事情就不会再烦你了。人生哲理啊！

哲学系二师兄：起床的第一件事是“睁眼”，看不出来，你小子还很励志。
大老板张富贵：这就是你早上6点打电话给我汇报工作的原因？
金融小王子刘思聪回复大老板张富贵：老板，我不是，我没有！

哲学系二师兄

今天要跟导师和他的同事一起吃饭，突然有点紧张，我该说些什么才能不露怯，显得我的学术很有水平？在线等，急！

金融小王子刘思聪：别怕，我教你。你只需要提出一个他们擅长的话题，剩下的他们自己会发挥。
王大脸真的不是女汉子：然后你就会发现，桌上的菜都是你的了。

大老板张富贵

成年人的生活，哪有容易二字？

王大脸真的不是女汉子：有的，容易胖。
郭美眉回复王大脸真的不是女汉子：人家是心宽体胖，你那叫过劳肥，算工伤。

郭美眉

现在的衣服怎么都那么贵，随便一条裤子都要几百块，都买不起新衣服了。

丸子：那你可以试试复古风。
郭美眉回复丸子：什么意思？
丸子回复郭美眉：穿去年的。

牛大姐家乐事多

主要人物：牛大姐（妈妈） 牛大哥（爸爸） 牛小美（女儿） 牛小宝（儿子）
钱多多（牛小美的男朋友） 刘姥姥（牛小美的外婆）

※ 牛大姐在家辅导牛小宝做作业，因为牛小宝不专心，生气发火了："你解释一下，什么叫醉翁之意不在酒？错了没收你的电话手表！"

牛小宝委屈地说："表面上你要我解释，其实你就是想没收我的电话手表。"

※ 周末，牛大哥赖床，看到牛大姐在一边乐滋滋地化妆，就问媳妇为什么这么开心。

牛大姐答曰："瘦了，牛仔裤穿上去很轻松了！"

过了一会儿，牛大哥也起床了，打开衣柜一看，他跟牛大姐一起买的情侣款牛仔裤不见了。

※ 牛大姐："老公，今天看到闺密买的一件衣服，特漂亮，我也想买一件。"

牛大哥："她穿的，你能穿？"

牛大姐："这是均码的！"

牛大哥："均码？衣服是均码，可是……"

牛大姐："可是啥？"

 就是爱历史（五月篇）2.1995年5月1日，"亚洲第一塔"——上海东方明珠广播电视塔落成。

牛大哥："我就想你的肉也能和她均吗？"

牛大姐："滚……"

※ 牛小宝都上小学了，还缠着牛大姐给他讲睡前故事。于是牛大姐决定讲一个妈妈带儿子去上学的故事："妈妈出门之前戴帽子、穿外套、戴围巾、戴手套、穿鞋子、拿包包；包包里装手机、带钱包、带公交卡、带钥匙、带护手霜、带润唇膏、带眼镜盒、带笔、带笔记本……小宝？我带的东西还没说完呢，还没出门你怎么就睡着了？"

※ 牛大姐带牛小宝去打预防针。回家后牛大姐跟刘姥姥描述："你不知道小宝打针的时候有多好笑，眼泪跟小金豆不要钱一样哗哗往外蹦，哈哈。"刘姥姥也乐了："你小时候打针哭得更好玩，别人哭是两只眼睛两行泪，你那脸宽啊，一哭四行泪，哈哈哈！"

※ 牛小美和钱多多吵架，钱多多忍无可忍地说："你这么牛，咋不上天呢？"

牛小美冷笑道："傻呀我？我好不容易才求母后让我下凡，怎么能说回去就回去！"

钱多多："莫非你是牛魔王下凡？"

※ 这天，牛小宝很坚定地对牛大哥说："以后放学能不能别接我了，让我自己回来行不？"

牛大哥觉得很奇怪："为什么？天天接你不是让你轻松一点吗？"

只见牛小宝从书包里掏出一大把零用钱，说："天天直接把我带回家，给我零用钱干什么？让我看着玩吗？"

牛大哥一把将牛小宝的零用钱接过，说："怎么能让我儿子看着玩呢？没事，爸爸帮你花出去。"

路过的牛小美十分震惊："小宝看到了第二层，以为你在第一层，而实际上，你在大气层……"

※ 牛小美、钱多多带牛小宝去游乐园玩。牛小宝要玩网红过山车，牛小美嫌排队的人多，钱多多说："没关系，我陪小宝排。"牛小美夸钱多多："你对小孩可真有耐心。"钱多多偷偷说："这么长的队伍可以耗不少时间，能省不少钱呢！省下来的钱我们俩去吃大餐！"

当防空警报响起

@ 彭复旦

1944年，我6岁，家住重庆市。这座山城被定为陪都后，遭到了日军极为疯狂的轰炸。那时防空警报刚结束，敌机就窜入上空，或三三两两侦察，或成行成队盘旋，紧接着投弹之声轰然大作，吓得市民惊魂不定，纷纷扶老携幼钻入防空洞。这种现象当时被称为“跑警报”。

我家百米之外有幢陈宅，其中有位50岁开外的饱学之士却与众不同。每当警报之声响起，家人惊慌失措之时，他却正襟危坐于厅堂中的太师椅上厉声高喊：“镇定，镇定！你们呀，风声鹤唳，草木皆兵。”家人劝他去防空洞躲

避，他却大讲东晋谢安在淝水之战期间镇定自若的故事，惹得家人哭笑不得，只好连哄带拖将他裹挟起来送进防空洞。后来每逢这危急的节骨眼上，谁去劝他跑警报，不是挨骂就是遭打，家人无奈，只得任其留守。于是“陈留守”这个绰号就在无形中流传开来。

就这样，我行我素的“陈留守”安然无恙地度过了半年。有人借此种平常事曲意逢迎他命大福大，他竟如饮佳酿，精神倍增，双手击节，欣然歌曰：大丈夫兮定力强，定力强兮戒奔忙，戒奔忙兮享逸乐，享逸乐兮得永康。

“陈留守”因此在当地无人不晓，备受争议。我父亲赞他有主见，母亲却不以为然。她说，连动物都知道珍惜自己的生命，人为万物之灵，更应避免无谓的牺牲。还有人认为，“陈留守”的幸存是运气，其言行找不到半点高尚的精神密码，与古圣贤的大义大勇毫不沾边。

与“陈留守”相反，我们全家人一听到警报声，就如同与时间赛跑似的奔向掩体。经年累月饱尝“苦其心志，劳其筋骨，饿其体肤”的滋味，有时还得进行出生入死的拼搏。

中秋节前一天，母亲刚做好午餐，阵阵警报催命一样长鸣。当时父亲上班去了，母亲撇下香喷喷的饭菜，抱着弟弟牵着我锁好门，撒腿就往一里外的防空洞跑。一路之上，母亲气喘吁吁，我又哭又嚷。到达目的地一看，傻眼了。洞前人头攒动，而四面八方朝此集中的人流还源源不断。母亲到达洞口踮脚朝洞内一望，双眉紧皱说声“不好”想退出去，但我们已陷入踊跃向前的人群之中无法突围。就在这犯难的瞬间，我们被推进洞口。

一入洞便要沿着一条长长的石台阶下坡，人人身不由己。洞口的人汹涌地盖下来，一层挤压一层，妇孺的哭叫声此起彼伏。谁都感到压力山大，谁都感到憋闷难受。

我的双脚根本站不稳，幸亏母亲是武术学校的毕业生，体力过人。她左手扶着弟弟坐在自己的左肩上，右手攥紧我的手臂，我一被人潮淹没，她就使劲将我提出来，如此沉浮多次，险些被挤倒被踩死。防空洞的进深有 200 多米，我们三人在其中被蹂躏得九死一生，加之空气污浊、

饥渴难耐，待到警报解除时，我们三人都瘫倒在地上。

父亲下班后闻讯赶来，请人用担架将我们送往医院。经检查，弟弟伤得最轻，我身上有七处伤痕，母亲昏厥不省人事。我心中惴惴不安，多次恳求医生救治母亲。

三天后，母亲渐渐恢复神智，对父亲说：“回顾那天在防空洞中挣扎，好似一场噩梦，至今令人心悸——这种防空洞中的事故，令我的思想产生了一些微妙变化，对‘陈留守’心生几分理解几分肯定，真是情随事迁。”

“你还提他！”父亲话中有话，停顿一下接着说，“他的住宅这次被敌机炸毁，待到家人将他从废墟中救出，已是全身血肉模糊，双腿骨碎筋断。现在双腿自膝盖以下全被医生截掉。他后悔莫及，泣涕涟涟。”

母亲听闻叹息一声，两人都默默不语。我强忍着几处伤痛趁机插一疑问：“今后防空警报响了，我们是跑呢，还是不跑呢？”

摘自《文史博览·文史》

图：陈明贵

扫描二维码，

更多人民防空相关知识等你看。

险象环生的室外野泳

@多说先生

读完这篇文章，或许你会明白为何要禁止野泳。

20世纪80年代末90年代初，上海游泳池并没有那么普及，如果注意当年新闻的话，会发现每年都有人淹死。

湖河游最大的危险来自深度，很多野湖深度不够深，这就导致了太阳光能更多射入底部，底部植物生长就茂盛。游野湖最怕脚被底部的植物缠住。我家老头子教我的处理方式是先别慌，往河面上游，看看脑袋能不能露出水面透气。如果不能透气，趁这口气还憋得住，先想办法去解开绑在脚上的水草。如果解不开又挣不断，那么扎下去找草根，找的时候尽量幅度小一点，避免手脚再给其他的缠住，然后慢慢拔泥土，再拔根。

淡水水底情况非常复杂，除了植物外，还有乱石，以及淤泥。淤泥的黏性很高，要比陆地上泥土黏性高得多，水还有吸附力。小时候游泳，我家老头子要耍宝，从岸上一个猛子扎下去，却没马上浮起来，原来是头给埋淤泥里了，最后用手把淤泥慢慢扒开人才上来，光扒开这点淤泥就花了不少时间。

那游海泳最危险的是什么呢？

20世纪90年代初，老头子厂里组织旅游去嵊

钟就歇菜了，这个如果漏气，能扛好一会儿。

有句话叫作望山跑死马，这个我没经历过，但望礁游死人我这次经历了。就看这个暗礁在眼前，但打死都游不到。看来看去暗礁还是那个大小，好像没游近多少，但再回头看岸边，岸边人已经很小了。这个时候太阳快下山了，当年也没什么潜水表，下海了就不知道时间。

老头子做了一个英明的决定，撤！

但往回游又碰到一个更严重的问题，退潮了。游了不知道多久，好像离岸边没

泗岛，一班人水性好的不少，但海里游泳都没什么经验。

下午三四点下海，就看到海的那边有个小礁，仿佛上面还有一个人垂钓。在岸边看看这个暗礁也不是很远，老头子就给几个伙伴定了一个小目标，游上礁石，再游回来。我也跟着去了。

我当时水性一般，在河里淹不死的水平。为了保证我的安全，也为了保证大家的安全，带了两个卡车的内胎，巨大。往深海里游，一般的游泳圈万一漏气，没半分

近多少。这时候老头子和他同事体力有点不支了。

几个人扒在两个内胎上休息了会儿，一个车胎上扒几个人浮力还足够。

休息的时候大家商量怎么游回去，因为我早就游不动了，要保证把我也顺利带到岸边，而且还要节约体力，就不能盯着岸边的目标游，要相对顺着点潮水游。

开始他们始终对着下水的这个位置游，那里还有很多同事在招手，但退潮的时候潮水一直往

旁边走，所以要保证游这条路线就得不停修正游泳角度，很累。

最后上岸的地点离下水的地点差了有一千米左右，上岸后天已经黑了，但没完全黑，大概还能模糊地看到人影。

在湖河里也是这个问题，看起来湖面不宽，感觉自己分分钟能拿下，但实际下水游到体力不支了才发现距离比自己想象的远，这个时候就是进退两难，体力不支再碰到一点腿抽筋之类的问题，那大概率是要出事的。

还有一个问题就是温度。在室外游泳，很多时候相邻的两块水域水温变化巨大，这一块的水温可能和旁边一块的水温截然不同，如果事先运动不充分，很容易腿抽筋，这在游泳里也是大忌。

老头子说，在水里碰到抽筋了，就得想办法吸口气然后沉下去硬掰，不把腿掰直了，人基本也就交代了。

现如今，我和老头子再看到大海是什么感觉？

意思意思站沙滩上看看得了，海水湿脚面就代表下过海了。

老头子是年纪大了，游不动了。我是惜命了，孩时无所谓，两个肩膀扛个脑袋什么都没有，现在不能为自己一个人活了。

摘自微信公众号知乎日报　图：佐夫

接警电话

@ 周海亮

喂，您好。

快帮帮我……我很害怕……

……你好像是个小男孩，是吧？……发生了什么事？

起火了……我家起火了！……爸爸妈妈的卧室，门缝，正往外冒烟。……我摸门，门很烫……我不敢进去看……好像起火了……我很害怕。

家里就你一个人？……怎么不快跑出去？

爸爸妈妈上班去了。门从外面锁上了……打不开。……我敲门，外面没有人。我很害怕……

你今年几岁？……火很大吗？千万不要打开爸爸妈妈卧室的门啊！……别动那个门……你家住在哪里？能告诉我吗？

我六岁。我不知道火大不大。……爸爸妈妈的卧室，门缝，在往外冒烟。门很烫。家里就我自己。……好，我不动那门。……我不知道我家住在哪里……

……听着孩子，现在只有你能救得了自己。你是用手机打电话吗？不要放下电话，照我说的话做……

……爸爸的手机……在充电……我很害怕……

……听着孩子，你的小卧

室在哪里？……在爸爸妈妈卧室的对面？很好！现在你把床单和枕巾取下来，跑到洗手间，浸透水，尽量把爸爸妈妈卧室的门缝堵住。……还有你的鼻子也要捂住……我知道你可以的……

……好了吗？你做得很好。你再想一下，你家住在哪里？不知道吗？听我说，你找找客厅里有没有信件，你翻翻抽屉。要快！……找到了？信封上面的字你都认识吗？……太好了！快念给我听……很好，再念一遍……很好！等我半分钟，别挂电话……

……你还在吗？很好。你的小卧室，有窗户吗？……六楼是吧？……听着，马上跑到你的小卧室，快找些床单衣服枕套什么的，再去洗手间用水浸透，然后你就待在小卧室里，把门关紧，用这些东西把门缝堵住。……现在你打开窗子，守在窗口。……千万不要挂电话，听明白了吗？……你可以的，孩子……

……现在你守在窗口吗？你做得很好。听着，快打开窗子。你能闻到烟的气味吗？……没有？很好！你不用怕，一会儿就会有人救你出来。……屋子里热吗？……一点点？不用怕。……一会儿，你看到有消防车停在楼下，你就朝他们喊，手里要拿一件鲜艳的东西朝他们晃……你的衣服是什么颜色的？红色的吗？太好了！现在脱掉你的衣服……

……现在你能闻到烟的气味吗？……一点点？听着孩子，脸朝着窗外，捂着鼻子和嘴……没关系，我能听清你说话……现在屋子里热吗？……不要怕，马上就会有人救你出来。……不要害怕，不要开门……千万不要……

……现在你看见消防车了吗？……看见了是吧。你把头探出去，朝他们喊……你把衣服朝着那辆车晃，使劲晃，别停下。他们发现你了？！他们架起了云梯？！太好了！你做得真棒！

……不要挂断电话。听我说，孩子，你做得很好，现在你是男子汉了。他们马上救你出来……你六岁是吧？……你看见一位叔叔？……他在向你靠近？……他要抓住你了？！你小心点，小心点，不要急。……您好！请问您是消防队员吗？请问你们现在安全了吗？您，还有小男孩，都安全了吗？太好了。谢谢您……哦

对了，还有，您告诉那个小男孩，以后万一再碰上这种事，让他拨119，不要随便拨个号码。

她放下电话，长舒一口气。她合上一本书，那是本《火灾现场自救》，是刚才从书架上找出来的。她揉着跌破的膝盖，咧开嘴笑。翻找那本书时，她不小心踩翻了椅子。

16岁的她，在那一刻，突然感觉自己长大了。

离萧天摘自微信公众号周海亮有故事

图：豆薇

午夜惊魂：我与死神的亲密接触

@ 南蛮小狐

五一前一天，我去了姑姑家，准备坐姑姑的车一起回老家。

因为堵车，到姑姑家已经是深夜十二点多，姑姑说她已经睡了好几觉，倒是姑丈看起来更有精神。

一开始是姑丈开车，我坐在后座眯眼睡觉，姑姑一下叫我拿被子，一下要我拿饮料，好不容易消停了，我已经困得不行，沉沉睡去。

迷迷糊糊中感觉车停了，车门被打开，又被关上，我微张开眼，蒙眬地看见姑丈和姑姑换了位置，想到姑姑把新车开回来第一天前保险杠就被撞掉了，平时性格也是咋咋呼呼的，我的心脏没来由地骤缩了下……但我实在是太困了，没再想就又睡了过去。

梦里，我迷失在一片混沌中，不安地寻找着出口。忽然天边传来姑姑充满恐惧的尖叫，一双无形的手猛地将我拉出梦外，只听“嘭”的一声，车身撞上了某个物体，我被前座椅重重地弹了回来。

还没来得及反应，姑姑再次尖叫，我感觉自己整个人就像是坐摩天轮一样失去了重心。

恐惧、惊骇包裹着我的身体，心脏好像快要从喉咙飞出来，我下意识地抱紧了头，而后身体向着左边车门飞了过去。

紧接着又是“嘭”的一声，车子终于停了下来。

我挣扎着起身，感觉视线有些模糊，事情发生得太突然，心脏突突地跳动着，有种不真实的感觉。

“喂，110 吗？我们这里发生了车祸。我们的位置是……”

“里面的人怎么样了？快出来！”

车外路人的声音轻轻掠过我的耳边，有些不真切。

路灯灯光照进车内，不是很亮，这时我好像听到一阵气体冲破阀门的声音，眼前似乎有团迷雾。

直到刺鼻的气味闯进我的鼻子我才猛地清醒过来，看到驾驶座那正在冒烟。

我想到电视里发生车祸后车子一冒烟就爆炸的场景，顿时惊惧大叫："车子冒烟了，你们闻到烟味了吗？"

车内顿时一片混乱。

我听到摇车窗的声音，姑丈叫姑姑出去，然后又对我大叫："赶紧出去！"

出去？路在哪？门在哪？我在哪？刺鼻的烟味不停地往我鼻子钻，恐惧感席卷全身，我想说话却发不出任何声音，一时不知所措。

这时我又听到车窗外有人大叫："里面还有人吗？快出来！"

我的心扑通扑通地快要飞出来，慌乱地寻找手机，万一发生不测，这是唯一能给家人报平安的工具，可是我摸遍了全身上下都没有。

"我的手机不见了。"我颤声叫道。

"别管手机了，快出去！"姑丈大吼。

我咬咬牙，跟随姑丈的指示爬到副驾驶窗口，往外一看，发现自己此刻离地竟有两米多高，在路人的帮助下，我顺利离开车子。

幸好大家都没事，只是姑姑有些轻微擦伤。

看到车况，方知刚才有多惊险。

车子左边两个轮胎卡在沟里，右边两个轮胎腾空，车身以45度角侧翻，下面卡了一块水泥礅维持了车身平衡。

车头已经惨不忍睹，大灯爆裂，保险杠翻折高高翘起，车底还在不停地漏着不知名的液体。

出来后姑丈嘴里不停念叨："就给你开了一下，不到一个小时，就出了这事，你说你这个人，这条路上根本没车，你也能撞上，你说你是怎么回事？"

姑姑像个做错事的孩子，一脸后怕地说她就闭了一下眼，就一下。

"我真的是服了你了，开车居然敢睡觉！"

事情发生时是凌晨四点，天亮后才看清石头坑离车足有三米远，为什么最后石头恰好卡在车下？

好心人说车撞上水泥礅后和石头一起飞了出去，然后石头落地，车子掉下来刚好砸在石头上侧翻，否则就会直撞前面的电线杆或者旁边的围墙，那可就危险了。

那块水泥礅也不是路边的无名石块，而是指示牌的固定石，属国家物资。

等吊车拖车将车拉走，又去交通局市政局处理罚款，足足耽误了十个小时，一直到下午两点多，我们才重新启程回家。

车身严重受损，最后维修费报价 40000 多元，叫吊车拖车又花费了 1800 元，保险 900 元，自付 900 元。

回家路上，姑丈问我坐车累不累，我随口说了声只想早点到家，姑姑立马惊慌地说："开车不能催，催不得！"

是啊，开车不能催，更不能疲劳驾驶！我在心里说道。

摘自南瓜屋故事　图：佐夫

【编者的话】今年 5 月 12 日，是我国第 14 个国家防灾减灾日。本期锐话题聚焦人防民防，四篇小故事从不同角度讲述了和防灾减灾有关的话题。

民防是政府动员和组织群众采取防空袭、抗灾救灾措施，实施救援行动，防范与减轻灾害危害的活动。面对紧急情况，学习人民防空的知识和技能，采取正确的自救互救措施，才能有效地减少伤亡。当你听到防空警报时，可知道该如何行动？火情紧急，你是否知道火警电话与正确的自救方法？暑期野泳，你是否清楚暗藏水下的巨大危险？疲劳驾驶，你是否谨记交通事故的惨痛教训？

灾难概率虽小，但防灾减灾知识应人人具备，自我保护意识要时刻绷紧，为生命多增一道屏障。

更多民防知识，请扫二维码观看。

本期栏目由上海市民防宣传教育中心提供专业支持。

心腹等二则

@ 草木虫

心腹

悟空的发际线

小祺摘自微信公众号草木虫

隔离点里妈妈的味道

@笑笑鱼

疫情反复，牵动着每一个人的目光，但无论有多少苦与泪，那些温情与关爱，都将温暖你的心。你我共勉，共克时艰。

春妮的虎年春节是在隔离点过的。她工作地城市所在的区已经成了高风险区。这意味着，她需要集中隔离。

到了隔离点，她故作轻松地和妈视频，故意不去看妈眼里的失落和难过，想着不能吃到妈妈亲手做的饭菜，心里还是挺难受的。

接到隔离点负责人的电话时，阿蓉正和老公老王贴春联。饭馆放假了，厨师回老家了，她也准备贴好春联就回家。

夏天那一波疫情防控期间，她家饭馆给隔离点送过饭，反响不错。负责人说，你帮帮忙吧。她一个心软，就答应了。

通话结束，她就后悔了。厨师放假了，按照惯例，春节加班三倍工资，而隔离点给她的仍然是平常的价格。而且，这次餐量也少，就算厨师同意回来，每天的营业额都不够给人家的。

老王看她着急上火的样子，也不忍抱怨了，做了一个捋袖子的动作，不就八九个人嘛，不用大厨出马，我就招待了！

老王有一手好厨艺，厨师有事他顶过班，熟客们都夸别有风味。

做准备时，老王建议："反正我不是专业厨师，又是过年，干脆，咱们就来家常风味吧，让回到老家却不能回家的老乡们尽量吃到地道的家乡菜。"

第一顿饭，因为电话打来得

晚，来不及准备，老王就切了萝卜条、肉丝，又买来刚轧好的湿面条，她烧起柴火灶，他颠起大铁铲，很快，喷香油滑的蒸面条出了锅。

那天中午，春妮兴奋地和妈视频，让她看油光水滑的蒸面条，说真香，真地道，又说，当然了，和妈做的还是差了那么一丢丢味儿。

这一天，是腊月二十七。阿蓉和老王用他们独特的方式慰藉了回乡游子的心。从隔离点的窗外望去，外面正在下雪，雪花斜斜地随风飘逸，落在绿化带的树枝上，很安静。房间里很暖和。春妮看了会儿手机，想着妈一个人在家，这时或许也依在窗边看外面的雪，想着她呢。她眼睛湿湿的。

腊月二十九的午后，老王和阿蓉商量："年夜饭咱们就不弄盒饭了吧，过年就要有过年的样子，就当我们来客了，该咋招待就咋招待。"老板娘一拍手中的刀："老王，要不咋说不是一家人不进一家门呢，我也这么想的！"

正说得热闹，有人在敲门，老王边说"是不是他姑送炸馍来了"，边放下盘子去开门……

春妮拿到年夜饭时，吃了一惊，饭盒里都是她爱吃的菜，凉拌猪肝、油炸藕夹、糖醋排骨……她第一反应是，这老板行啊，咋知道我爱这几口？标准提高了吗？房间里空调暖气十足，她脱了外套，准备好好干饭。第一筷子入口，她有点呆，三筷子下去，她想到了妈。这分明就是妈妈的味道啊！心有灵犀似的，她两步奔到窗口。

是的。她看到路边停了一辆黑色的车，她知道那是送饭的车，车头前站着的，是她妈！虽然隔着窗户，隔着口罩，她还是一眼就认了出来，那是她妈，她叫了近三十年的妈妈。

是的。你没猜错，下午敲开饭馆门的是春妮的妈。这个执着的乡下母亲，从前一天就开始忙活，除夕上午就骑上摩托车，吹了好几十里路的寒风，从偏远的乡下小村进了城，摩托车尾箱里装的都是她女儿喜欢吃的东西：凉拌猪肝、油炸藕夹、糖醋排骨……早在春妮回来的第一天，她就打听到了隔离旅馆的名字。她找到隔离点，又找到了饭馆。老母亲只有一个心愿和请求：让心爱的女儿吃上她亲手做的年夜饭。

海城楼摘自《北京青年报》 图：陈明贵

金色虎影

@胡冬林

陈龙13岁那年，跟爷爷在松花江下挂网捕鱼。至今他仍记得很清楚，那是个初秋的黄昏，下完网跟爷爷划船回家。挂网要在江里下一夜，夜里鱼游动时撞进网眼，挂住鱼鳃不得脱逃，第二天早上再来收网摘鱼。他们的小船顺流而下，他正喝喝咧咧地唱："小小竹排江中游，巍巍群山两岸走……"

突然，爷爷猛扑上来，一把狠狠掐住他后脖颈，同时脚下使个绊，将他绊倒在船舱里。爷爷一边惊恐地望向江边，一边用力摁住他，急迫而紧张地低声警告："别起来呀，老虎，江边有个老虎！"

爷爷压在他身上的身体一直在发抖。不知为什么，淘小子陈龙心里却一点不害怕，非要瞧一眼那威名赫赫的老虎不可。船缓缓顺水漂荡，他假装听话，趴着不动，小脑袋却拱呀拱，从爷爷的胳膊弯里拱出来，偷偷往江边张望。

啊，在江岸大片的酱褐色淤泥滩上，燃烧着一堆旺旺的篝火。不，它的形状似乎不太像篝火，再一看，哎呀！那是一头

 就是爱历史（五月篇）11.1884年5月8日，《点石斋画报》在上海创刊。

老虎，一头在橙红色火烧云映照下闪耀着灿灿光华的斑斓猛虎。它静静地站在齐膝深的淤泥里，嘴边叼着一嘟噜蛇一样的黑东西。它似乎发现小船上有人偷看，双眼一直盯着这条船，盯着这个13岁的小男孩……

“你找死啊！”爷爷一把将他的头摁进船舱。

那一夜，男孩久久难眠，总有一团与夕阳相映的灿烂虎影在眼前晃动。他隐约觉得有什么不对劲，它为什么要下到淤泥滩里到江边喝水？为什么不绕过去……

第二天清晨，他跟爷爷驾船下江起网摘鱼，又经过那片淤泥滩。天刚破晓，远远地，爷孙俩望见那头虎黑黝黝的影子，它仍旧站在原地。

糟糕，出事了，男孩的心里一沉。

爷爷驾船在江中兜了个大圈子，长时间地观察它，昨天在夕阳中燃烧的火光早已静悄悄熄灭。在淡青色的熹微晨光中，它全身光彩褪尽，呈现毫无生气的暗灰，身上的黑色条纹像画上去的，黑得很不真实。站立姿势和昨天看见的一个样，没有一点活动过的迹象。

它死了。昨天黄昏里看到的绚烂光彩，只是它生命最后时刻与夕阳相映的回光返照。

老人把船靠近去，原来他们认为它嘴里叼着的东西，是死死勒进它脖颈根部的钢丝套索。不知它经过怎样的痛苦挣扎，才挣断了套索的拉绳，但它的喉咙也因此被勒断。断索的一端从腮后垂下，从伤口淌出的淤血凝结成紫黑色的血块，一嘟噜一嘟噜粘在钢索上……

从那天起，那个和天边夕阳同样灿烂的虎影，永远烙印在13岁少年的心底。

那可能是生活在松花江边的最后一头东北虎。

枫林晚摘自《山林》河南人民出版社

图：恒兰

电子邮箱

编辑部 wenzhaiban@126.com

蔡美凤 836361585@qq.com

胡 捷 gxy1987@foxmail.com

吴 艳 976248344@qq.com

杨怡君 499081339@qq.com

养猫的男人

@海宁

几年前刚搬过来时，以为年轻的男邻居正在热恋。好像楼房的隔音效果不太好，我偶尔会在夜深人静时，听到他亲昵地叫着“胖妞”，与其聊天。

要么让“胖妞”多吃点，不许挑食，要么说“我干会儿活，你乖乖的，别捣乱”。有时会突然提高分贝喊一声“胖妞！”应该是制止“胖妞”做什么事情吧？

虽然没有跟邻居碰过面，只是凭声音判断——那声音很清澈，应该是一位年轻男子。

这样的时候我会忍不住笑笑，确定他热恋无疑了。年轻时我也恋爱过，知道只有热恋中的男子才会有这样好的耐心和口吻。

我想象“胖妞”是个略显珠圆玉润的女孩子，但也不会太胖。若真的胖，他反倒不能大张旗鼓地唤她“胖妞”了。只有不是真的胖，这样唤起来，才是昵称，才算宠爱。

可一段时间下来，从没听到过“胖妞”的回应，又想，“胖妞”也许是个温柔的女孩子，声音轻柔缓和，穿不透墙壁。被动“听”了半个月后，一个周日下午，我出去拿快递，等电梯时，刚好邻居也出来走到电梯门前。

的确是个年轻男子，二十六七岁的样子，不算高，清瘦的身材，

 就是爱历史（五月篇）12.1983年5月9日，我国加入《南极条约》。

脸上架一副黑框眼镜。我一眼就看到他怀里窝着毛茸茸的一个小灰团——是一只小小的英短！猫咪突然叫了一声，在他怀里不安地动了动。他立刻抚摸它的脊背，轻轻唤了一声“胖妞”。

恍然大悟。原来，我以为的“女朋友”，竟然是一只猫咪。他的宠爱和亲昵，都给了这只不过几个月大的英短。见我笑，他有些不好意思，脸微微红了，礼貌地朝我点了点头。同乘电梯下降，他也没有一句话，只是低头轻抚猫咪的脊背，目光也一直柔软地停留在猫咪身上。

我们就算是认识了，但也仅限于此。一次去交物业费，有个工作人员说起来，才知道他姓崔。那人说他每次交物业费都是微信支付，从不过去拿收据。

后来，又碰到过几次小崔带着他的“胖妞”在小区的草坪玩耍，确实很宠它的样子。

第二年入秋时节，开始有个小巧的女孩经常出入小崔家，应该是他谈的女朋友。两人一个清秀，一个可爱，看上去挺般配。但有天晚上，不知为了什么两个人吵了起来，声音越来越大，我坐在隔着卧室的客厅里，声音还是一句一句地传了过来。

我大概听清楚了，是为了“胖妞”。好像那女孩不喜欢猫猫狗狗，希望小崔把它送出去，还下了最后通牒，在她和“胖妞”中选一个。接着，一声沉重的摔门声伴着高跟鞋“踏踏”的声响传进耳朵——应该是小崔选了“胖妞”。

那晚之后，女孩再没有出现，小崔和“胖妞”的日子也回到了从前。他们继续着每晚的絮絮叨叨，阳光晴好的周末仍一起外出玩耍。

我和小崔的邻居关系，始终停留在最初见面的点头之交。之后又见他谈过两个女孩，却都没能修成正果。几年后的一天，小崔曾谈过恋爱的第一个女孩，竟然跳槽到了我们公司，和我做了同事，于是我们慢慢熟悉起来。

她已经结婚并做了母亲，曾经的小巧玲珑也转为如今的珠圆玉润。知道我和小崔是邻居后，她笑起来，然后叹口气，说小崔其实不错，真诚简单，工作、家境也都好。她略带一些惋惜。

我问她：“真就为了一只猫吗？”

她想了想，摇摇头，说：“也不尽然。小崔有些自闭，不爱与人交流，也没有朋友，总是缺乏安全感。那时候，我挺想逼他改变一下，但是很难。”她又轻轻叹口气，问，“他还是一个人吗？”

我顿了顿，想起每次和小崔碰面时他的沉默和略带羞涩的眼神，想起他每晚和“胖妞”的絮絮叨叨，想起他在女朋友和猫咪之间做出的选择……“是啊，他还是一个人。”我点点头。

“他的性格……挺可惜的。”她说。

我又想起“胖妞”窝在他怀里的样子，想起他注视它时满足的眼神。我们真的不知道别人经历过什么，所以也不能随意去评判对错。

也许对小崔来说，一只猫的陪伴已经足够——那是他的人生，在法律和道德范围内，不妨碍任何人。他喜欢，就好。

王传生摘自《品读》 图：孙小片

听听心理咨询师怎么说

20 世纪 90 年代左右出生的孩子们，很多都养宠物。独生子女比较集中的时代特征是：孤独、寂寞、被严格控制在学习里，很多孩子都有抑郁倾向。

宠物对于这代人而言，是陪伴、是孩子、是朋友，甚至是父母。

养宠物可以缓解压力。这个男孩子对宠物的依赖，已然超越了人，甚至是伴侣。作为家长，要接受和承认宠物的不可替代性。作为女朋友，要接受宠物是家庭的一员，因为宠物做到了人甚至是父母没有做到的事情。

宠物永远不会嫌弃主人，不会要求主人做这做那；不会把自己的主人和别人家的比较，宠物会让主人就是主人自己的样子；宠物从来不会威胁、吓唬主人，宠物会围着主人各种讨好索爱，让主人很有尊严和价值感。

养宠物的人，一般来说都比较孤独、内敛。

针对这样的人，建议在好好养宠物的同时，试着带着宠物多去到大自然中，和大自然亲近是最好的疗愈。

可以和养宠物的人多沟通、交流养宠物的经验和乐趣，这样经由宠物，走到人群中，不断地扩大生命的情感圈层，让那颗孤独的心有人一起疗愈和欢笑。

谈对象的年轻人，可以试着让自己的宠物和对方建立感情，甚至可以建议对方也养宠物。这样就有了共同的爱好和话题。

现今年代，随着各种压力的不断升级，养宠物的会越来越多，正确地处理和宠物的关系势在必行。

心理咨询师：刘敏

就是爱历史（五月篇）13.1981 年 5 月 10 日，密特朗成为法国第一个社会党人总统。

桑格格当官记

@ 桑格格

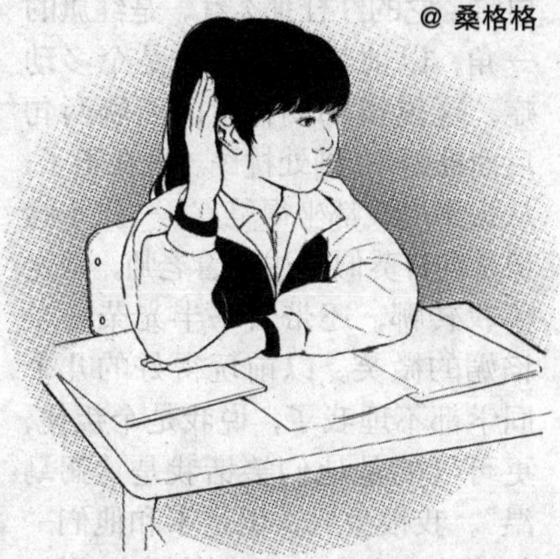

我当过最大的官，是劳动委员。

小学三年级第一学期刚开学，老师居然一改指定班干部的规定，宣布这一次可以由同学们自荐。我是这样想的：首先我学习一般，而且很调皮，如果去觊觎太高的位置不现实；其次我在班上没什么背景，人缘也不算好，争夺热门职位也会引发众怒。而“劳动委员”，是中队长级别的官员，不低；但是在整个中级职称中，“劳动委员”是个苦活累活，成绩好的优等生不屑这样的差事。老师虽然说了“可以大胆并且踊跃地自我推荐”，但是大人们说话能真信吗？类似于“班长”“学习委员”这样的重任她心里恐怕早就有了人选。

果然，在正式“自我推荐”这堂课上，几个从没有当过官的同学沉不住气，争先恐后地自我推荐了“班长”“副班长”，老师都微笑着摇摇头说，某某，你坐下吧，你看看你平时的表现，以后再说。——丢人，你说说这不是丢人是什么？老师拒绝他们的同时，态度温柔坚定地指定了上学期就当官的几个同学，只不过，上学期的“学习委员”这次当了“组织委员”，上学期的“班长”换成了“副班长”……

然后，在推举“劳动委员”的时候，我举手了。老师说：“这是个苦差事哟？”我说：“我不怕。”

多年之后，我仍然觉得这是我一生中难以超越的荣耀时刻。我觉得自己伟大、坚韧、崇高。就这样，经过精密考量，我成了劳动委员。

戴上“两道杠”的时候，我差点哭了。晚上在被窝里把这个臂章亲了又亲，而且我还耍了个心眼：我跟我妈说的可不是劳动委员，而是文娱委员。我妈高兴坏了，她认为她一直没有得到发挥的艺术细胞果然成功遗传给了我，在单位嘚瑟了好几天。

我没有一天不戴着这个臂章去上课的。它的白底那么白，像是白雪；它的红杠那么红，是红旗的一角。以前我上课就像是个多动症，这摸摸那搞搞，前面聊两句后面扯两下，到处扰民。现在不了，从头到尾我都坐得笔直！一张小脸像是向日葵似的注视着老师，她走哪我转哪，还带着一半光荣一半谄媚的微笑。以前玩得好的几个同学都不理我了，说我是个叛徒，更可气的是他们笑话我是“弼马温”。我很生气，但是不和他们一般计较。我是官，他们是小老百姓，群众有点意见是正常的。

我去学校门口买大头菜赊账，都按时归还了。因为那卖大头菜的老太太笑眯眯地对我说：“没事，我相信你，你是个中队长！”我还红着脸解释：“不是啦，班长才是中队长，我、我只是中队委……”

这是积极的一面，还有一面可就不这么好玩了。以前的劳动委员都是每天放学前在黑板角落里写上该哪个小组打扫，第二天早上来检查把结果报告给老师就可以。我呢，以身作则，一起打扫，谁都不许偷懒，检查完每一个细节才能走。那些想偷懒的有多么恨我我知道，但是我不在乎！这是我的职责。每次我都是最后一个走的。但是有一次，几个捣蛋的人商量好全跑了，只剩我一个人。那天，我一个人扫了整个教室，把所有的桌椅板凳都拖到教室后面，扫一截往前拖一截，最后再统一调整一次。我妈在家着急等我吃饭，她不知道她的女儿在外面当官当得多累。

整个学期，老师并没有对我的工作提出表扬。我有点灰心，但也在坚持，为官一任就要尽力做好，不管人家怎么说。

暑假之后，新的学期来临，还有几个同学也要自荐当“劳动委员”！真是不在其位不知其苦哇！他们把手举得老高，没想到老师居然说：“这一学期我们不自我推荐了，这种方法并不是很好，这一学期还是由老师来指定吧。”

我哼哼冷笑了两声，默默把臂章取了下来。虽然我早就给自己做了“没啥了不起”的心理辅导，但把臂章交给老师的时候，突然眼泪就流下来了。老师看见我哭了，温柔地说：“不用了，有新的，这个你留着做个纪念吧。”

夏荷摘自《不留心，看不见》

广西师范大学出版社　图：小柯

就是爱历史（五月篇）14.1987 年 5 月 11 日，世界上活得最长的换心者去世。

对待人贩子，他们都是狠角色

@国 馆

汉文帝时，有个侯爵叫陈何，是著名谋士陈平的孙子。

陈何品行不端，在地方作威作福，最终因为拐卖人妻，在菜市场当众斩首，爵位和封地都被除了。百姓纷纷叫好。这是记录在《史记·陈丞相世家》中的真实案例。

在汉朝，拐卖妇女罪和杀害，伤害他人罪一样。一旦查实，废话少说，当场磔刑伺候。

秦汉时期，对待拐卖妇女的人贩子皆处以极刑。知情而买的人"与同罪"。不知情收买及转卖的，毁容后男犯从事筑城、女犯从事舂米苦役。

俗话说，胆大能包天。这些人贩子，甚至敢贩卖皇家人。

东晋时，一个自称是清河公主的乞丐女子恳请面见皇帝，说自己是他的侄女。一番调查后，没承想真是自己的侄女。

永嘉之乱时，清河公主混在逃难人群中四处漂泊，被人贩子盯上，多次被卖，最后卖到一户叫钱温的富户家里为女婢。生逢乱世，即使是公主也活不如狗，动辄被鞭打臭骂，甚至不给吃的，关小黑屋。一次，钱小姐派她出外买胭脂粉，清河公主抓住机会逃脱，历经艰辛赶赴建康，才见到了晋元帝。

盛怒之下，皇帝下令将钱温一家全部打入死牢，秋后问斩。

唐朝法律《唐律疏议》规定：贩卖人口的主犯，无论多少，处以绞刑，当众吊死；知情不报者，流放三千里；就连邻居也会被处以一百杖刑！将连坐进行到底，一人犯罪，全家株连。

邻居为什么也会受牵连？要知道，如果隔壁邻居家突然冒出个从未见过的孩子，谁都明白是怎么回事，所以知情不报的也要受罚。

唐代律法在拐卖人口这件事上，对熟人作案的处置更加严苛。如果是认识的人动了坏心思，想拐卖人口要罪加一等。

被判流放三千里的人贩子，看似惩罚较轻。等他们踏上流放之路的话，就知道厉害。在上千里的路程中，他们会受到监管人员的各种虐待，最后很可能会死在路上，即便到了流放之地，估计也被折腾得只剩半条命。

虽然宋朝皇帝在人们眼里都文绉绉的，但对人贩子，那也是毫不手软。

宋理宗年间，瑞州有一位赵司户,前往京城途中妻子离奇失踪。

直到十年后，赵司户妻子的弟弟偶然抵达江陵，恰好撞见有一位将军新到任，排场浩荡，光是乘坐的轿子就有一百多乘。

弟弟亲眼看见第十座轿子里端坐的人，正是自己消失十年之久的姐姐。此时轿子里的女子也发现了他，姐弟二人两两相顾，却并没有相认。只见轿中遗留下一张纸在地上，弟弟捡起来一看——上面写着：这个将军其实是个水盗头子,家中五百口下人都是盗贼，他的众多妻妾也都是通过各种方式掳来的官宦人家的妻女。弟弟拿着这张纸，赶紧去报了官。

朝廷听闻此事，马上立案。

后来经过调查才得知，原来的将军遭水盗劫杀，被抛尸江中，水盗得到了任命的诰敕后自行修改，冒名赴任。该水贼的百余名妻妾都是劫来的！

按照《宋刑统》规定，“略卖人为女婢者，绞刑”。朝廷依法将人全部缉拿狱中，处以绞刑。该案件被记载在法学著作《疑狱集》中。

值得一提的是，宋代还到处张贴告示，使人知晓拐卖妇女是严重的犯罪行为。这在一定程度上达到了规劝犯罪的预防效果。

明朝有著名的短篇小说集“三言”“二拍”。

“三言”“二拍”中写到贩卖妇女的篇目高达三四十篇，占到总篇目的1/5。小说折射的是社会现实，可见明朝人口贩卖之猖狂。

不过，明朝朱元璋对人口贩卖格外痛恨。他规定首犯斩首，从犯屡教不改者，再次发配那就是无期。人贩子如果在边地死了，有儿子的，有孙子的，还要让子孙来赎罪。这真是“一人贩人，全家被贩”。

这比砍头来得狠。

朱元璋是个狠角色，“父债子还”，在明朝身为人贩子的子孙，真是祖上做了大孽了。

看到这，有没有一股想把拐卖妇女的人贩子，送回明朝去见朱元璋的冲动？

慕吉摘自微信公众号国馆

 就是爱历史（五月篇）15.1949年5月12日，柏林封锁解除。

界碑

@余显斌

这座哨所很小很小，就建在高高的雪山上，面对着边界。

哨所中，只有我们两个人。山上，没有电话，没有网络信号，很难和连队取得联系，因此，我必须下山，必须将最近这儿发生的情况汇报给连长，让部队做好准备，以备突然事件的发生。

可是，我又有点不放心他，他毕竟是一个才入伍不久的新战士，毕竟才二十岁，太年轻了，如果发生什么突然事件，他一个新兵，该如何应付啊？

可是，让他下山去，又怕这儿的情况他表述不清，耽搁了事情。

他看出了我的担心，就笑着说："放心吧班长，我行的。"

我仍不放心，命令道："将我的规定再复述一遍。"

他将我的话又复述一遍：一定要时时谨慎小心，按时巡逻，防止突然事件的发生。他说完，还双腿一并，行了一个军礼道："班长，放心吧，我就是祖国的界碑，矗立在这儿，绝不允许对方侵占脚下一寸土地。"

我笑着点点头，拍拍他的肩膀，转身走了。走了好远，我回过头，仍看见他站在阳光下，对我挥动着胳膊，声音远远传开来："班长，放心吧，有我守着，我就

是界碑。"那声音很清脆，在雪山阳光下回旋着，一直飞向远处去了。

我回过身，对他也挥挥手。

我们班所巡逻的地方不小，因此，这座哨所就只能安排两个人驻守。我特意规定，两人一组，轮流坚守，时间为半个月。这次，是我和他。这个小战士，听说坚守哨所，很是高兴，学着其他战士的样子，当即举手，对着国旗宣誓："我就是界碑，就是国家的长城，绝不容许神圣的领土受到侵犯。"

我们每天沿着边界巡逻着，一前一后，走在高原上，走在荒无人烟的地方。

现在，他得一人巡逻了，我真的不放心。

我越走越远，回过头来，再也看不见雪山上的哨所了，更看不见他的人影，心里不知怎么的，竟然有些沉甸甸的。

到了连队，我将情况反映了，连长听了很重视。

外面，天已经黑了，夜色很浓重。为了安全，连长让我明天回去。

这样的夜晚，也不能回去，路途有多处陡峭壁立的地方，稍不小心，就有摔下去的可能。

可是，雪域高原的冬季，天气没个定准，说变就变，一夜寒风，呼呼地刮着，如孤狼在咆哮一样，旋搅着漫天的大雪，如棉絮鹅毛一样飘飘洒洒下来。人睡在床上，感到很冷，也很着急。第二天一早，我就爬起来，穿好衣服走出营房，顿时傻眼了，天地一片苍茫，无边无际。我走出去，雪深齐大腿，很难行走。

> "班长，放心吧，我就是祖国的界碑，矗立在这儿，绝不允许对方侵占脚下一寸土地。

我急了，我要回去。这样的大雪天，哨所那边情况险恶，他一个半大不小的孩子，该如何应付啊？

面对皑皑的白雪，连长长叹一口气，派出一队战士，送我回去。我们相互腰上用绳子拴着，一边铲除路途积雪，一边艰难地前进着。我们距离哨所的直线路程不是太远，可是，愣是走了两天，一个个精疲力竭的。

两天，天气很冷，滴水成冰。

两天，我们一个个心如油煎，

十分焦急。

终于，我们到了哨所。哨所被大雪掩埋着，只是显现出一座小小的雪丘，矗立在眼前。我急了，大喊着他的名字："张昭，张昭。"我的声音远远传开，被冷风吸纳了，没一丝回声。我颤抖着声音说："快铲雪，快救人。"大家听了，手里的铲子都忙碌起来，此起彼落，积雪很快被铲开，哨所露出来，仍静静的，里面没有丝毫声音。我的心简直结了冰，使劲一脚踹开门冲进去，大家也跟着冲进去，四处寻找着，哨所内空荡荡的，并没有张昭。我轻轻吁了一口气，看来这小子去巡逻了，让人虚惊一场。

这个张昭，这样的天气，咋不在哨所待着啊？

我们忙出去，在我的带领下，走向边界。

雪仍在飞旋着飘落着，漫天漫地地下着，如棉团一样，落在雪地里，发出"噗噗"的声音，不一会儿，我们都变成了雪人。

在边界，一个人站在那儿，一身的积雪，可是大概的轮廓还能看得清，是张昭，他直直地站在界碑旁边，一动不动，望着对面。他的枪挎在身上，也盖着白雪。

我大喊一声道："张昭。"

他站在那儿，好像没有听到，一动不动，也不答应，仍直直地望着前面。

我愣了愣，带着大家连爬带滚来到他的面前。他已经成为一个雪人，眉毛上都是雪，脸上都是雪。我吁口气，笑着伸出手道："张昭，辛苦了。"可是，他仍一动不动，并没有伸出手，就那样直直地站着，望着远处，双眼大大地睁着，嘴紧紧地抿着。

我一惊，忙伸手探探他的鼻息，他早已停止了呼吸。

他已经牺牲了，变成了一尊冰雕，矗立在那儿。

我的泪唰地一下流了出来。战士们的泪，也都流了出来，有的甚至呜咽起来。我们将他埋在了雪域高原，埋在界碑旁。因为，他就是一尊冰雕的界碑。

离萧天摘自《华文小小说》

图：佐夫

"红色故事"专栏长期征稿，欢迎投寄反映中华民族恢宏历史进程中，每个时代节点动人的历史瞬间、典型人物、难忘故事。投稿邮箱 wenzhaiban@126.com，投稿时请标注"红色故事"字样。

每一件“垃圾”背后都有一个让人“泪湿衣襟”的故事

@ 菟丝花

作为一个男孩的母亲，每次翻看儿子的书包，都忍不住要感慨自己是不是养了一只哈士奇。

看看那些卷边的、缺页的、掉了封皮的书和本子，个个面目全非断壁残垣，仿佛都是上世纪穿越来的折翼天使。

干啥啥不行，拆书第一名。忍不住痛心疾首灵魂拷问孩子：“咱就是说，书本烂成这样，你是‘稀巴烂’少爷吗？还是‘二哈’转世？颜值即是正义，不知道书本的面子工程也要注意一下吗？”面对我的终极天问，孩子总是一脸无辜的表情相：“我也不知道啊？装进书包时它们还好好的呀……”

好吧好吧，敢情这些书和本子躲在书包里聚会起冲突，是它们自己撕破脸皮的。

孩子的书包里除了各种零食的包装、垃圾、矿泉水瓶、小石头、小铁片外，还有很多“骨骼”清奇的树枝。看我虬结不展的眉头，他开始向我展示其中的一根树枝。只见那截弯曲成一个不太标准的“S”状的树枝，具备竹节的样貌，也状似人体的脊椎骨。而且，经了孩子一路的摩挲，已经被盘出了“包浆”。

当然，他的谜之创造包括但又不仅限于这些。他还像个松鼠人一样“囤”过头皮屑、橡皮屑等恶心又让人不明所以的垃圾。

张爱玲有“人生三恨”——海棠无香、鲫鱼多刺、红楼未完，而我恨的是——孩子的书包为什么这么乱？作为一个有强烈洁癖、终生追求秩序感的妈咪，我把愁思跟朋友诉说，朋友笑着开解我：“那些你认为的垃圾，在孩子眼里却是可以传家的宝贝。而且你绝对不能不打招呼地就扔了，不然你就是摧残童年梦想、耽误祖国花朵成长的罪人。”

朋友还以过来人的姿态告诉我，翻孩子书包，乱不是最怕的，最怕的是受到惊吓。

作为一个也喜欢翻孩子书包的妈妈，某天她在孩子的书包里有了意外发现。在书包的底层，朋友翻出了一个像方便面调料包样的小袋子，朋友疑惑孩子中午在学校吃方便面了？然而，等她把那个小包装袋拿在手里定睛一瞧后，浑身冒冷汗，整个人都不好了。因为那是一个让人脸红不方便细说的凝胶状物的成人用品袋……

怎么办？我看到了什么？谁给孩子的？孩子要干什么？他还是一个未成年的孩子啊？难道有坏人引诱？一向纯真开朗的孩子是不是有了什么不可告人的秘密……在那一刹，朋友五雷轰顶，如坐针毡，她不知道什么样的举动才是正确的。如果贸然质问孩子，会不会打草惊蛇甚至对孩子引起不必要的“冒犯”？

这边愁肠百结，那边突然想到那个背包本来是孩子爸背着出差用的，只是最近才被孩子拿来做书包。那么，这个物品到底属于谁呢？手心手背都是肉，关于这件物品的归属，让朋友有了 A 面 B 面都不愿面对的状况。

真是让人心情复杂啊。先按捺情绪询问了娃爸，娃爸发誓说那玩意儿不是他的，然后又说他找机会问一下孩子。结果怎样？原来是场乌龙，孩子跟爸爸坦陈说那个东西是他上学路上在一家宾馆的后门处捡的，开始以为是包小零食或者是小玩具，后来读了上面的字发现都不是，但因为在地铁上不方便扔，就随手扔进了书包……

真是一件醒目的垃圾！谁这么缺德冒烟啊，把这么一件极具迷惑性的“垃圾”随便扔在那么明显的路上……朋友释然后忍不住调侃。不过，借助这次的虚惊一场，朋友说对孩子进行了一次青春期的启蒙教育，事情暂告一段落，母子也两下坦然。

看来，每一件“垃圾”背后都有一个让人“泪湿衣襟”的故事。

王传生摘自《北京青年报》 图：小黑孩

谁偷走了外婆的南瓜派

@［美国］迈拉·桑德曼 王世跃 译

我外婆是世界上最擅长烘烤派的人。所以当她打电话给我——她所认识的最出色的侦探——说她有一块派失踪了，我知道事态很严重。

我赶忙来到外婆家寻找线索。当我以一个拥抱来向外婆表示问候的时候，我意识到我已好久没来看她了。

“从头开始吧。”我说。我拉一张凳子到洗碗池跟前，外婆正在那儿洗碗碟。“我直接把这个铁盘里的派切成六小块儿。”她说着，给我看那个铁盘。现在只剩下一些渣子了。

“派肯定失踪了。”我说着，捏起渣子往嘴里塞。外婆用鼻子吸了吸气：“萨米，是南瓜的。”

“一块南瓜派！”我喊道，差点儿从凳子上跳下来，“我最喜欢的派。这比我想的严重多了。”

我从衣袋里掏出小本子和一支铅笔：“好了，您最后看见这块派是什么时间？”“派是我今天早上烤的，”外婆说，“然后门铃响了。是那个为我耙树叶的很不错的小伙子。”

“就像我怀疑的一样，”我一边说一边把“耙树叶的人”几个字写在笔记本里，“是他把派偷走了。”“噢，亲爱的，不，”外婆说，“他只是想告诉我他干完活儿了。他干得很漂亮，

 就是爱历史（五月篇）18.1953 年 5 月 14 日，我国第一个五年计划开始实施。

我给了他一小块儿派。”

“然后发生了什么，外婆？”

“当我端着给小伙子的那一小块儿派来到外边，邮递员正好赶到。她告诉我她从马路对面就能闻到那派的香味儿。”

“啊哈！”我一边说一边在我的小本子里写下“邮递员”的字样，“在您忙着招呼‘耙树叶的人’的时候，邮递员溜进屋内偷走了南瓜派，就跟我怀疑的一样。”外婆摇了摇头：“不，我自己给了她一小块儿南瓜派。她用不着偷。”

“接着讲。”我说。

“然后电话响了，是我的邻居格罗莉亚·凯彻姆。你认识吧，那位养猫的女士？”

我点点头，在我的小本子里写下这个名字的简写形式“G.K”。“她每天打电话给我，看我是否需要什么。于是，我邀请她过来和我一起喝茶、吃南瓜派。她女儿也来了。”

“外婆！”我说，“没有人偷南瓜派。它失踪了是因为您把所有的小块儿都送人了。”我举起一只手，掰着手指向她说明，“一小块儿给了耙树叶的人。另一小块儿给了邮递员。您和凯彻姆夫人各吃了一小块儿。她女儿吃的那小块儿是第五块儿。”

“总共有六小块儿的。”外婆提醒我。“嗯，”我说，“还有别人到门前来过吗？”“没有。”她说。“还有人打过电话吗？”她摇了摇头。

我得寻找更多的线索。我拉开冰箱的门。外婆把什么东西都往冰箱里放：饼干、薯片、面包、小甜饼。她说这样东西更保鲜。

“这块南瓜派是怎么回事？”我打开一个盒子问。外婆显得很惊讶。“这不是太蹊跷了吗？”她说着，从我手中接过南瓜派，好大的一块派，“就是它，好啦。”

外婆将它放进烤派用的铁盘，固定在烤箱中。“我就稍微加热一下。忙活了小半天侦探工作，你一定饿了。”

在南瓜派加热的时候，我琢磨这个案子。我认为真正的未解之谜是，外婆说南瓜派失踪了，是不是就为了让我来探望她一次？当我为此向她求证的时候，她给了我一个吻，说我是世界上最了不起的侦探。

这个我可以说是吧。我确实找到了南瓜派，并且它很好吃。

林一摘自《少年文艺》

图：豆薇

我的几位老师

@ 匿名用户

授之以学问者众，冶吾情濯吾性者寡，而能使终生效之者几人？

一记耳光

小学低年级的一堂数学课，老师让我们用手指在尺子上标示出1厘米，她下讲台一个个检查。走到我这儿，发现我没标示，当着全班同学面就甩了我一巴掌，扎扎实实的一巴掌。至于骂了啥我不记得了，只记得她的嘴巴张得大大的。

不知自己是被打蒙了还是年纪太小，当时压根没脸红，也没觉得伤心难过或者不好意思。只是这件事跟后来发生的事产生了化学反应，故而难忘。就在此事过去不久，有次数学大考，全班就我一个得了满分。老师在班上说了这样一番话："这次 ×× 拿了100分，棒极了！这才是我的孩子啊！你们说对不对！我最喜欢这样的孩子！你们都要向 ×× 学习知道吗？为 ×× 鼓掌！"话音刚落，老师的手就像钢刀运作一样为我鼓掌，那节奏、那力量，让我霎时间想起她甩我一巴掌的情景。她当时凶狠的表情，与今日她鼓掌的神态，并无二致。

 就是爱历史（五月篇）19.1998年5月15日，八国集团首脑会议开幕。

一个眼神

某年六一，是我小学最后一个儿童节。年级组织了很多活动和游戏，当中有个演讲比赛，要求演讲稿须是演讲者原创。

在赛前一个月，班主任已经安排好人选——W 君和我。W 君是自幼就以才艺闻名于全年级的优等生，我则逊色得多，不过在中小学联校征文比赛中成为学校所在小学组唯一一名获奖者而已。班主任让我们写好稿子，还要背下来，要求到时脱稿演讲。很不巧，我的稿子在比赛那周落在家了，我只能凭借记忆背诵，加之怯场，背到倒数第二段我忘词了。评委要求交稿子，我也没有，自然无法参评了。W 君事后将此事告诉了班主任，当时我一只脚已踏进了教室，班主任直直地盯着我良久，一言不发。

那个眼神，我一辈子都忘不了。

那真是我过得最糟糕的一个儿童节。

幸好，也是最后一个儿童节。

以后不必再过了。

只是，儿时的经历于一个孩童所造成的影响，大概是深远而持久的吧。

这事给我最大的阴影，是我再也不相信老师，害怕老师；同时也瞧不起老师，觉得作文里写的那些温暖慈爱的老师都是骗人的！就算世上真有这样的人存在，呵，也不会是这么倒霉的我能遇到的。

一叠学生证

上了高中，班主任是个市侩的女人。我只不过会写点诗词，能读懂古籍，她就老想着以后我会成为名人似的。

新的学生证下发，老师想让一个写字好看的学生帮她填写名字。其时我首先想到的是 Q 君。怎料班主任让我写，我问她：“Q 君字写得比我好，怎么不让他写呢？应该选他的。”班主任曰：“你写得更好。”等到我拿着一叠学生证回到座位上，班主任突然对着全班宣布：“那学生证我已经让 ×× 写了。你们可都要好好保管啊知道吗？将来我们班上出了个名人、大家，你们手中的学生证就是真迹，那就值钱啦！”听着真令人抓狂啊！当时只觉得好丢脸，好想找个地缝钻进去。

一封信

我带着倨傲的态度进入大学。

如果没有遇见恩师，我可能无法领悟到自己过去犯下的错误，我的轻慢、冷漠以及对老师极重的怀疑心就不会消融，我心里的这个缺口也永远无法填上。

恩师教授我们古典文学和写作，是一个平日里安安静静并不显眼的老师，讲起课来也不大有趣。

有一堂写作课，话题是“情诗”，我偷懒，把高中那会儿写的诗词当成作业，又刚好被恩师抽中当场朗诵。我不肯，恩师嘱咐我有空发到他邮箱。我遂趁给他发邮件的机会，附上一语：“我宁要严厉的批评，也不要甜腻的表扬。”恩师回复我，说我为人容易负气。我又与之辩驳数番，恩师没再回复了。

在下周的写作课，我困得不得了，一下课就趴在桌子上睡觉。睡眼惺忪之间，我抬起头见恩师递给我一张纸，那是一封信，是恩师写给我的信。

××：

你好！

……你的写作水平在同辈之中算出类拔萃的，但要想再上一层楼，除了多写外，一定要多读一些好作品。……阅读不仅包括阅读文字，更包括阅读人世，它包含以敏感、慈悲的心灵体察万物，以深邃、多元的思想解释我们所在的世界。我希望在四年当中，你要学会这个。

看得出你是个很有主见的女孩，这种素质很棒，我真心希望你能保持下去，虽然它有时会让你伤痕累累。一个有明确判断力、有坚持、有梦想的人，一定会在追求的路上有所得。……我相信一个简单但长期的坚持，一定会让我们收获许多。你对文字的热爱和焦灼是我欣赏的，希望你一定坚持这种热情，用文字展示你的全部，让文字因你而美丽。

读完，我给了自己一记耳光，孤坐在教室里良久……

从来没有一个老师像他这样，真真正正地关注我的内心，关注我对文学的执着与热忱。我们之间并无交情，他本不必如此待我。他大可将我视作一个轻狂傲慢之徒，无须苦口婆心和我细诉。

终于，那个沉重、阴暗的枷锁，被恩师的慈悲消解了。

张秋伟摘自《匿名区用户 +1》

江苏凤凰文艺出版社　图：小栗子

亲情指南

@ 李立泰

【作者寄语】小说是叙述的艺术，叙述就是语言。小说语言是抓住读者感动读者的关键。想象力丰富、洒脱、自由、随意，小说会好看。结尾出人意料，读者拍案叫绝为小说增色。微型小说比长小说好写，但写好不容易。

归心似箭的刘玉玺，恨不得一步迈进家门。腊月二十三了，连里批准了他回家探亲，其实是回家跟父母过年。

他在部队上工作四年，磨黑了皮肤炼红了心，苦练杀敌本领，牢记宗旨。口号是一不怕苦二不怕死。平时多流汗，战时少流血。各项训练名列前茅。第一年入党，第二年班长，第三年嘉奖，今年被评为“五好战士”。

这是他第一次回家探亲，越是节假日部队越忙，但他次次都把回家的机会让给战友。

今年他被评为“五好战士”，喜报政治部早已寄到村上。村主任把喜报送到家里。喜得他父母合不拢嘴，父亲把刘玉玺喜报镶到镜框里，挂在堂屋墙上。

排长说：玉玺啊，今年你回家过年，让父母高兴高兴，也尽尽当儿的孝心。

刘玉玺给排长“唰”一个敬礼：谢谢排长！

排长一笑：别跟我来“里根楞”，快准备去吧。

是！他又一个敬礼。

临来，刘玉玺给父亲买了深色的羽绒服，给母亲买了毛衣，给那个她买了围巾。还想把婚期往后推推，明年若转了合同再考虑结婚的事。

父母盼着他们快结婚，早抱孙子。看来要好好给父母商量这事。一路上坐汽车倒火车，叽里咣当地飞跑，没耽误他思忖这些事。

凌晨两点了，刘玉玺在一个

山区小站下了车。天寒地冻，冷风刀子样刮到脸上，星星都冻得瑟瑟发抖，光挤搭眼。只有几个旅客缩着脖或拉箱子或背行李出站。

他急切的样子吸引了出租车师傅，问他：兄弟，去哪儿，打车吗？

他说：去吕靳刘。

来，上车吧，师傅打开后备厢把行李放好。刘玉玺毫不犹豫地上了车。

师傅是位健谈的人，一聊，原来跟他是临边乡镇的。那就是真正的老乡了。老家的事知道的多了，陈年旧事他一说，刘玉玺略知一二，感情一下子拉近了。

车子如利剑劈开冬夜，在茫茫原野上悄悄地滑行。

刘玉玺落下车窗看着，他指着斜前方，那笼罩在朦胧月光里的幢幢房子，对师傅说：那就是我的小村。

师傅“哦”了一声。说：兄弟，咱做个游戏，规则是，从现在起你别说话，看看我能不能找到你家？

刘玉玺会心一笑：好哇，师傅，你来过俺村吗？

没来过。

那你黑更半夜的找不到。

咱做个游戏嘛！玩玩。

好，好，我听你的，不言语。

车子稳稳地围着村转了几个胡同，在当街宽绰处停住，“吱啦”的刹车声在冬夜飞好远。

刘玉玺没说啥，正纳闷间，此时他父母“咣当”开开大门出来了……他呼地拉开车门，下车，抱住了母亲。

师傅快上屋里喝碗热水，父亲让着师傅。谢谢您把玉玺送回家。

他松开母亲，问师傅：兄弟呀，你没来过我家，怎么知道这儿是我的家？他颇为惊讶。

这还奇怪吗？都凌晨三点了，只有这家院里还亮着灯，也不怕费电了？十指连心，爹娘等儿睡不着觉呀！

【作者简介】李立泰，山东聊城人，系中国作协会员，聊城市作协第二、第三届副主席，山东省小小说学会副会长兼秘书长。1977 年开始文学创作，发表作品 200 余万字，出版中短篇小说集十部。

首发 两个缝鞋匠

@ 李立泰

小区门右侧俩缝鞋匠，一老一少，但他俩不是爷俩，小本儿手艺，各人是各人的。

俩人的修鞋工具差不多，顾客们年纪大的拿鞋来给老头做；年轻人，特别是姑娘媳妇的拿鞋来就叫年少的鞋匠打理。

活是不均的，有多有少，挣的钱就多少不等。小区里出来修鞋的，俩缝鞋匠都眼巴巴地看着，那种巴结顾客的眼神看得人们心里发毛、难过。如果给了老师傅，小师傅就干瞪着。反之老师傅就袖手旁观。

有位腿脚不大好的小媳妇，隔三岔五的来修鞋啊钉鞋掌啥的，每次眼珠不转地盯着小师傅干活，完了还要走小师傅的脏衣服带回家去洗。起初小师傅不让她洗，后来经不起紧要，也就从修鞋费里减免。第二天小媳妇把折叠整齐的衣服捎给小师傅，其实是专门送来的，里边还包着热饭让小师傅吃。

小师傅说："可不行，使不得。"

小媳妇白他一眼，说："吃吧，趁热。没事的……"

小师傅犹豫着，小媳妇就把带来的瓶子水拧开，说："洗把手。"

小师傅伸出手来，小媳妇倒水，把手洗了。小媳妇说："吃吧，韭菜馅的包子。"

小师傅就吃了。俩人都觉察出相互间有了好感，就是没戳破这层窗户纸。

小区有好事者宣传，把这重要发现告诉了老师傅，盼着老师傅弄出点动静来。说小媳妇是单身，男人因在建筑工地脚手架摔下来没救活。老师傅心里明白，嘴上说，好啊！这是团结友爱的好事。

最近生意冷清，没有人来修

鞋。老少缝鞋匠都感觉出了不正常，这定有缘故。

老师傅有一天换了衣服，戴上口罩，来到另一个小区门口，悄悄观察。他们小区的人把鞋拿到这边来了，增加了人家的收入，自己那儿当然就冷清了。

老师傅把附近小区的鞋摊有咱小区的人去那儿修鞋的事，说给小师傅听。原因是咱俩，人家不好意思让你干还是叫我做，怕得罪人呀，索性去了别的地方修。老师傅说了，怎样扭转被动局面？咱俩隔日出摊，我单日你双日，你看看这样行吗？小师傅同意。就从明天开始执行新办法。

新办法的确使生意好起来，带出鞋来准备往另个小区摊去的，就在门口修了，不再舍近求远。隔日出摊虽然时间短但挣的钱不少。

那日小师傅出摊，老师傅来了，小师傅一惊，见老师傅空手没带工具，随即面色缓和过来。老师傅对他说："爷们儿，我想管个闲事儿。是这样，你看咱小区里那位腿有点跛的女同志怎样啊？"

小师傅一惊，脸腾地红了。

老师傅跑了两趟，就把小师傅跛女人他俩的结婚事宜说妥当，择个好日子就结婚一起过了。他俩请老师傅和亲戚好友喝了喜酒，答谢了老师傅。

小媳妇帮助小师傅出摊，小师傅除修鞋又增加了修自行车、电动车项目，从补胎开始，边干边学，收入多起来。小媳妇中午送饭来，热汤热水吃得熨帖。隔日老师傅出摊小媳妇也给送饭，时间过了两年，老师傅年龄越来越大，手上也不灵活，做的活不如从前规矩好看，生意嘛也逐渐稀拉。

忽然一日老师傅没来出摊，听说病了，脑血管堵，住了院。

小师傅对媳妇说："你看着摊，能做就做，我得马上去医院！"

媳妇说："对！快去医院，这里不算个事。"

严寒时节，又没儿没女，社区安排人照顾，老人远支的侄子来看望一下就不错了。

小师傅两口子放下修鞋，来到医院，主动护理起老师傅，无微不至地照顾，喂饭端水倒便盆。

病室病友说："谁说老头没儿女？！人家这儿孝顺没说的，儿媳妇待老人也一百分！"

社区主任夸奖他们："小师傅两口子，人不赖！思想不低。我不会让你们吃亏，让社区发补助。"

图：陈明贵

关于微型小说，他们这样说……

作为叙事文学之一，微型小说同样亦复以“故事核”为必要条件，新奇情巧趣智味“七要素”既是对故事核的限制与约束，也可视为故事核的独特性和超常性体现。

夏一鸣，在2021中国微型小说（小小说）理论研讨会上的发言

微型小说是一种短小精粹的新文种，王蒙说：“微型小说应该是小说中的警句。”而我却认为，不如把它当作小说中的“绝句”更合适些。因为微型小说具有诗一样的气质和品格，或者说它有着诗那样的美学追求，从叙事的凝练与腾挪、艺术的意蕴与容量角度看，它显现出一种诗化了的韵味。

凌焕新《华文微型小说的诗化韵味》，《常州工学院学报》（社科版），2005年第9期

微型小说通过大量的情节来吸引读者，但更重要的，故事背后要包含着文化的意蕴才能让其有更多解读的可能。这个意蕴可能并不特别彰显，而是若隐若现的，但故事背后一定包含着更多的东西。同样，因为过于注重情节，有些微型小说写得过于着急，但小说要写得静，唯有静，才能引思。

江腊生，在2021中国微型小说（小小说）理论研讨会上的发言

微型小说以小见大的审美功能主要是通过“留白”（即给读者留下巨大的再创造空间）来实现的。其途径有三：一是作品中用以反映生活的“点”或截面所具有的巨大的折射能力；二是材料和文字上的大面积“留白”；三是意外的结尾所造成的读者方面猝不及防的感觉失语。同时立意的新颖和精巧的结构也是微型小说最具特色的创作特征。

张学岚《“留白”的艺术与构思的精巧》，《中州学刊》2001年第1期

不要攀比

@漫画无聊的冰块

缺缺这次及格了，已经比上次有起步了哦。我们不要和他人比，要和过去的自己比！
哎，你有理……
以后不拿他和妹妹比……
嘻嘻~
次日……
为什么这月零花钱我比圆月少两块？还有为什么她有棒棒糖我没有？
咱们不要和妹妹比。
……

摘自作者新浪微博

雪夜寻忆

@[日本]井上香织 弭铁娟 译

朱丽和信已经交往三年了。

“今年的圣诞节，我们找一家稍好点儿的咖啡馆去吃圣诞晚餐吧。”一个月前，信提出了这么有情调的提议，可……朱丽想着，伸手去拿手机，约好的时间已经过去了三十多分钟。

“我早就到咖啡馆了。”朱丽给信发了条短信。可是，信息始终没有显示“已读”。她又打了两回电话，两回都通了却没人接。

一小时过去了，两小时过去了……朱丽离开咖啡馆，人行道上已经积了一层薄薄的白雪。

那天晚上，朱丽一夜没合眼。

朱丽接到信母亲的电话是在第二天早上。说是昨晚下了班，信就往约好的咖啡馆赶去，过天桥时滑了一跤，从过街天桥的台阶上摔下来，撞到了头部，脑震荡后遗症引起了记忆丧失——只丧失了数年的记忆，包括和朱丽交往的那三年。

朱丽把手机里的照片拿出来给信看，两个人的照片毫无疑问地记录着两个人交往的经历。“嗯，这个的确是我，可是对不起，我的头好痛……”信双手捂着头抱膝坐在床上。“没关系，是我该说对不起。”朱丽有些落寞地笑着说。

从此以后，朱丽每天一到下班时间就离开公司，直奔信的病房。对待朱丽，信总是很客气，就像对待陌生人，好几次朱丽感到心都碎了，唯一没让她绝望的是，信一直没有拒绝这个“没见过也不认识”的朱丽去看望他。

出院后的信没有回到以前住的公司宿舍，而是回到父母家去住了。不久，他又回到职场，听说在同事们的指导下，工作流程也渐渐回想起来了。

虽然不像以前那样频繁，但有时候信和朱丽也会在咖啡馆约会。他们也去了两个人认识的地方——一起打过工的那家咖啡馆，但信的记忆依然没有被唤醒。朱丽冷静地接受了现实。

夏去秋来，朱丽主动联系信的次数越来越少。

事故发生快一年了，信基本上能和过去一样生活了。他决定在过年之前搬回到以前居住的公司宿舍。信收拾房间的时候，在床下面发现了一个带手提的纸袋，那是出院的时候带回来的。

信小心翼翼地看了看袋子里面，首先映入眼帘的是一件毫无印象的黑色短款大衣。手伸进口袋时，信突然屏住了呼吸。

平安夜，朱丽久违地接到了信的邀约，信指定的见面地点，是离当初他们约好的咖啡馆不远的过街天桥。信正是在那里摔伤的。

朱丽沿着台阶走上天台，就看到信正站在天桥上，俯视着桥下。

发现朱丽来了，信一脸严肃地说："我们，好好地分手吧。"语气特别果断。朱丽无言以对，忍着不让眼泪掉下来，抬起头咬着嘴唇，挤出了一句："保重。"

做到这些已经让她拼尽全力，说完她就转过身，沿着天桥的台阶跑了下去。信很快追了过来，攥住朱丽的手："一直以来，真的非常感谢。虽然我的记忆还没有恢复，但是我知道，我非常喜欢你。朱丽，一看到你，不知怎么回事，这里就会觉得特别温暖。"信拿起朱丽的手，轻轻地按在了自己的左胸。

"如果你能接受我的话，我希望能够一直和你在一起。"信从大衣口袋里拿出一个深红色的丝绒小锦盒，那是一年前没来得及送给朱丽的东西。原来的锦盒已经被压瘪了，这是他向首饰店说明情况后人家给他重新包装的。

"这是去年的今天，我想交给你的，我把它放在了大衣口袋里。虽然晚了一年……你能接受吗？"朱丽还是没搞懂刚才信说的"分手"是什么意思。

"你不必再被过去那个已经丧失了记忆的我束缚着了，我希望你能跟过去那个我分手。从今往后，我希望我们能创造属于我俩的全新记忆。"朱丽把脸轻轻埋在信的怀里："比过去更重要的东西是未来。"

杨子江摘自《蓝色星球的小小事件》
中信出版社　图：孙小片

关于研究"讲师比教授幸福"的方法论

@ 杨二平

我是教授，老杨是讲师，我俩的年龄一般大。

外部舆论乃至老杨媳妇都普遍认为，我比老杨幸福。然而经过我和老杨长时间的喝酒比较，发现在某些场域及特定时间节点上，我没老杨幸福。

从现象上升到理论，从个案上升到整体，我大胆提出一个假设：如果能证明我没老杨幸福，则将有可能证明教授没有讲师幸福。以我"某山学者"的学术直觉，我敏锐地意识到：如果该假设成立，将颠覆职称越高越幸福的传统认识，一举填补该领域国内外的空白。

为更加客观严谨，我使用了多种研究方法，论证和结论如下：

精神分析法

邀请老杨喝酒，老李作陪，以弗洛伊德的相关理论为框架，老李记录如下：

我"于三两酒后达到实验状态，担心发不够论文三次，完不成科研任务两次，丢掉某人才帽子一次"，而老杨"于半斤酒后达到实验状态，自认为是知名教授很多次，自认为是某山学者两次，自认为是校长一次"。

酒后，老李送来了实验报告，并在结论处郑重签上了自己的名字，结论是：从精神分析的角度考虑，样本 A，也就是我，没有样本 B（老杨）幸福，但这次实验为啤酒，度数不高，建议结合临床。

影像分析法

取全院教职工大会录像一次，对我和老杨的表情进行影像分析，发现：

院长讲话时，我正襟危坐 90 分钟，其间表情严肃，尤其当院长讲到人才计划即将考核验收时。而老杨则正襟危坐 1 分钟，其后往左侧斜着坐 30 分钟，往右侧斜着坐 25 分钟，趴桌上 15 分钟，睡觉 10 分钟，抠脚 5 分钟，整场会议老杨冲院长傻笑 9 次，上厕所 1 次。

观看影像的老师一致认为：我没老杨幸福。

焦点小组访谈法

将我老婆和老杨老婆置于一处，稍加引导便进入主题。

开始老杨老婆占优，埋怨老杨职称低、工资少，而且一副穷得振振有词的模样。此时场面并不利于实验结果，但后来我老婆逐渐进入状态，占据了上风。她说本以为我评上教授和某人才帽子就可以歇一阵了，没想到科研任务更多了，不但闲不下来，反倒比以前更忙了。而“你家老杨是讲师，能够轻松完成科研任务”。

老杨老婆欲反驳，但不如我老婆有气场。我老婆说我虽然挣得多，但天天忙课题，忙论文，压力大，不顾家，自己是教授，却连孩子都管不了……

我老婆越说越生气，后来干脆骂上了，说我天天在书房的小床睡，一个星期也不去卧室一回……我见这败家娘们即将泄露隐私，违背科研伦理，赶紧终止了调研。

见我老婆就差上手了，围观的群众都说我没有老杨幸福。

内容分析法

邀请已经毕业学生回校座谈，其间引导非结构讨论，将谈话记录转录文字后做内容分析，发现学生对我的评价是学问很好，上课很少，进而得出印象是敬而远之。

学生对老杨的评价是：上课很多，开班主任会很多，带学生实习实践很多，指导学生参赛很

多，和学生喝酒很多，毕业收学生花很多，进而得出的印象是：酒量不大。

有学生提到以后也要经常找老杨喝酒，故爱喝酒的老李判定我没老杨幸福。

控制实验法

由老李邀请院长给我和老杨各自发500块钱红包作为奖励，老杨看后笑逐颜开，而我看后面无表情。院长特发文件证明老杨比我幸福。

常人方法论

取电动车两辆，观察我和老杨骑电动车上班时的情景。记录员老王描述道：我性格严谨，一言不发，速度适中，略有心事。而老杨则是唱了一路河南梆子，超了两辆校车，把电动车骑出了涡轮增压的感觉。

虽然最后老杨磕掉了半块脚镫子，但老王观察细节最终得出结论：我没老杨幸福。

综上所述，经过科学而严谨的调研，从个案角度可以证明我这个教授没有讲师老杨幸福，我连夜撰写调研报告。

论证到凌晨四点，我突然发现了一个硬伤：该研究缺乏对研究对象的直接接触，进而缺乏论证老杨比我幸福的第一手资料。

于是我列好访谈提纲，打算去老杨家进行一次深度访谈。凌晨五点半，我费了很大劲，终于敲开了老杨家的门，我拿出笔记本，对着睡眼蒙眬的老杨大声访谈道：

“老杨，你说，你是不是比我幸福？”

老杨说：“滚！”

慕吉摘自微信公众号学术志

图：小黑孩

真实桃花源，该有多狼狈

@岑嵘

晋太元中，武陵人捕鱼为业。缘溪行，忘路之远近。忽逢桃花林，夹岸数百步，中无杂树，芳草鲜美，落英缤纷……

《桃花源记》是中国文学史上最美的篇章之一，多少人为之向往。不过，当我们用经济学的视角来观察这个问题，得出的结论却令人沮丧。

我们先来大致确定一下桃花源的人口规模。根据“自云先世避秦时乱，率妻子邑人来此绝境，不复出焉”的说法，桃花源的人口并不会多，我们假设它在500人左右。而桃花源存在的时间应该从“避秦时乱”到“晋太元中”，大约为600年。

现在我们就来探讨一下，在这600年间会发生什么？

首先，桃花源所有的金属工具会消失，因为制造金属需要采矿，制作复杂的风箱，在上千摄氏度的炭火下冶炼矿石。当带入桃花源的金属工具在几百年消耗完毕以后，桃花源的人口规模决定他们将不再有能力生产这些工具，无论是犁锄还是刀剪。

工具的退化将使他们陷入粮食缺乏的恐慌中，越来越单一的热量来源使得一场植物病害就会带来

灭顶之灾。妇女也将加入采集食物的行业，男耕女织成为过去，织布业随着最后一台织布机的毁坏而停止，而陶瓷技术早已瓦解，制盐技术也岌岌可危。

“不复出焉，遂与外人间隔”的600年间，将使得这个世外桃源经历经济学所说的“技术倒退”。他们不可能“男女衣着，悉如外人”，纺织技术的消亡使得他们衣不蔽体。“余人各复延至其家，皆出酒食”也不可能，粮食无法多余，酿酒技术也早已失去。工具的缺乏使得“土地平旷，屋舍俨然”成为梦想，随着烧制砖瓦和伐木技术的终结，人们可能又退回到山洞……

发生这一切的关键是“与世隔绝”。桃花源本来可以用自己的“比较优势”发展生态农业，交换他们所需要的生活资料，然而“不复出焉，遂与外人间隔”使得他们彻底陷入绝境，人口规模过小，无法形成专业分工，所有手工业都将终结。

桃花源真实的例子发生在塔斯马尼亚。一万年前该岛和澳大利亚本土连在一起，随着海平面上升，五千多名土著人被阻隔在这座小岛上。打那以后，塔斯马尼亚人就与世隔绝了，他们渐渐开始丧失自己祖先曾经拥有过的技术和工具，比如针和钻、防寒的衣物、鱼钩、刺矛、渔网、投矛器……

> 土地平旷，屋舍俨然，有良田、美池、桑竹之属。阡陌交通，鸡犬相闻。

考古证据显示，这些工具是一步步被无情遗弃的。比如骨制工具先是越变越简单，到后来就完全被放弃了。没有骨制工具，就不可能把兽皮缝成衣物，最后，哪怕是在凛冽的严冬，塔斯马尼亚人也近乎赤裸，只在皮肤上涂些海豹油脂。

人类的文明是建立在“交换”和“专业分工”上的，专业分工形成技术，交换产生创新，两者孕育了人类文明。真实的桃花源是尴尬和狼狈的，封闭，会使人类走向荒蛮。

张秋伟摘自《深圳商报》

图：恒兰

扫描二维码，
走进“桃花源”！

铁道惊魂

@周　锐

一条体形不大的狗躺在铁轨上，被碾得血肉模糊。

女生们不忍走近，可那条狗的毙命处正当道口，来往必经。

孔伯定说："不知道是司机的责任，还是狗的责任？"

方果子另有想法："会不会是，司机看到狗了，但没有刹车，因为它是一条狗？"

"这怎么可以！"朱凌很气愤，因为她家也养狗，"它跟人一样，也是条生命呀。"

汤芸芸对朱凌说："也许这条狗没有主人，是条野狗。"

方果子说："如果家狗应该得到保护，野狗也该这样。"

"不一定，"博学多识的钟亦豪说，"事实上野狗无法与家狗获得相同的待遇。因为野狗很容易得病，最可怕的是狂犬病，所以野狗会跟得狂犬病的狗一同被处置。"

正在这时，有新的情况发生。

忽然又跑来一条狗。

它焦急地嗅着死狗，凄厉地呜咽着。

方果子警惕地说："此处不可久留啊。"

汤芸芸就向那悲伤的狗挥着手："快走，快走，你要殉葬吗？"

但那狗觉得汤芸芸干扰了它，它回过头怒吼一声，吓得汤芸芸倒退几步。

方果子问吴佳娜："还有多长时间会开来火车？"

吴佳娜说："能查到客车的时间表，货车的查不到。"

下一班这个方向的旅客列车7分钟后离站开出。

方果子的手机不能上网，但能打114。

他拨通了查号台，说："我没时间查号了，因为生死攸关，请您直接拨通火车站的站长室。"

查号员一听这么紧急，连忙照办。

站长室的电话老占线，但终于拨通了。

方果子问："您是站长吗？"

对方很客气："我是，有什么能为您服务的？"方果子说："火车还有7——不，应该还有5分钟就要开出了吧？"

"是的。"

"请您通知火车司机，一定要注意速度，准备刹车，因为这边东新桥道口有情况。"

"有人吗？"站长紧张起来。

"没有人，有两条狗。"

"对不起，我很忙，没时间开玩笑。"

"为什么狗就成了玩笑？事关一条命，人命是命，狗命也是命啊。"

站长觉得奇怪："你说一条命，不是两条狗吗？"

方果子说："一条狗命已经被上一班火车夺走了，千万不能让悲剧重演。"

"你的意思是，"站长说，"如果狗不跑开，我们的火车就得刹车停下？"

"谢谢站长，我替狗谢谢您。"

"不用谢，因为我还没答应你。但我可以帮你出个主意，你打110吧，警察很快会赶来把狗弄走，那就什么悲剧也不会发生了。"

"可是现在——"方果子看看时间，"只剩3分半钟了，我怕来不及。"

"那就没办法了。"站长觉得自己已仁至义尽，他耐心地向方果子做最后的解释，"我告诉你，我们铁路上正在进行试点，耽误旅客的时间就得赔偿，耽误得越长赔得越多。一趟车这么多旅客，我们为了这两条违反铁路规则的狗一下子要赔多少万，有必要吗？"

"可是——"

站长挂断了电话。

这时，道口的两根道杆已经放了下来，“当当”的警钟响起，车流和人流都被截断。

那条狗仍然守着同伴的尸骸不肯离开。

危急之际，更惊人的事情发生了。

一个胖胖的矮小女孩朝这里跑过来。

她的两只眼睛相距较远，一看就知道她是那种弱智孩子。

这个弱智女孩来到道口，毫不犹豫就从道杆下钻过去了。她在死狗身边蹲下，立刻哇哇大哭起来。

“太危险了！”行人们惊呼。

瓜哥奋不顾身也钻过道杆，伸手去拉弱智女孩。

可是那狗扑向瓜哥，把瓜哥逼了回去。

方果子再次拨通站长的电话。

站长听到方果子的声音有点不耐烦：“又是你啊。”

方果子说：“请问火车——”

“哦，刚刚出站。我告诉过你，火车不可能为狗停下。”

“可现在又加上一个人！”

“真的吗？”

“真的！真的！！真的！！！”方果子声嘶力竭地大喊，旁边的同学和行人帮他一起喊。

站长说：“好，我立刻联系。”

火车高速驶来。

但可以看出突然间它采取了紧急制动，铁轨发出刺耳的摩擦声。

车轮在惯性下依然滚动向前。

在弱智女孩不及时躲开的情况下，不能保证安全无虞。如果列车停不住，只要多前进半米……

“月亮！月亮！”

一个女人跑得披头散发。

听见喊声，女孩吃惊地站起来，朝着妈妈方向跨出铁轨。

铁轨内只剩一死一活两条狗。

但女孩像想起什么，她又转身跨入铁轨。

她迅速地抱起死狗走下铁道。

那条悲伤的狗也暂停悲伤，尾随主人离开。

火车转瞬即至，它驶过那摊血迹停了下来。

这时方果子的手机响了。

是那站长打来的电话，他问：“人没事吧？”

方果子纠正他：“你能不能加上几个字——‘人和狗都没事吧’？”

离萧天摘自《要不要买一个岛》现代出版社

图：佐夫

伤疤的秘密

@ 叶永烈

我跟我哥哥是双生子，想不到就因为我们哥儿俩长得一模一样，竟发生了一场悲剧。而这场悲剧的起因，就在怪老头——金伯伯那里。

怪老头家的院子里，放着好几个深绿色的蜂箱，就连窗前那棵槐树上，也有一个很大的蜂窝。我一不小心，把蜂窝捅到了地上，一大群蜜蜂向我发起进攻。我一边逃，一边喊哥哥。跑着跑着，只见那一大群蜜蜂竟向我哥哥袭去了。哥哥遭到这突然的袭击，踉踉跄跄地绊了一跤，头正好撞在水泥墙的墙角上，鲜血顿时喷涌而出。

怪老头听见叫喊声立刻跑了出来，3分钟之后，一辆漆着红十字的白色救护车把我和我哥哥送到了医院急诊室门口。

哥哥的伤势很严重——那尖尖的墙角把哥哥的额头戳出了一个硬币大的窟窿。怪老头好像懂点儿医学，他对医生们说最好用什么“糖”来修补……外科医生们经过反复讨论，都同意怪老头的方案。

哥哥出院以后，怪老头几乎天天到我家来看望。我们知道了他是冶金研究所的研究员。

哥哥伤好以后，额头上一点儿伤疤也没有留下！一个星期天，我和哥哥到金伯伯家做客，一方面表示谢意，另一方面想弄清楚那“糖”的秘密。

真没想到，金伯伯说：“那‘糖’，是从蜂蜜中提炼出来的。”

他从柜子里拿出一个玻璃瓶，让我和哥哥看。我和哥哥都大吃一惊：那里面装的，分明是银光闪闪的金属！

“怎么不是糖？这是什么金属？”我们俩异口同声地问。

“什么？你们听成是吃的糖了？”金伯伯恍然大悟，他指了指玻璃瓶上的标签。只见上面写着一个我们不认识的字——“钽”，看来是一种化学元素。

不过，这种古怪的金属补在哥哥的头骨上，万一生了锈烂了，那可怎么得了！

金伯伯做了一个小实验给我们看：他拿起一个瓶子，往两个杯子里都倒了一点儿水一样的液体，然后往一个杯子里放进一小块铁片。顿时，铁片在液体里发

生了反应，上下翻腾着，没一会儿就全部化掉了。他又把一小块钽片放进另一个杯子。钽片像浸在清水里一样，表面连一个气泡都没有，依然银光闪闪，一点儿也不受侵蚀。金伯伯告诉我们：钽是一种非常耐腐蚀的金属。那杯子里的液体是王水，它能够腐蚀号称“金属之王”的黄金，却不能腐蚀钽！

钽不仅不怕王水，而且连被火烧、被咸水煮都不怕。1802 年，一位瑞典化学家发现它的时候，用了古希腊神话中一位英雄的名字——坦塔罗斯来命名。

正是因为有这样的性质，钽在工农业生产和尖端科学技术应用方面，有着很重要的用途。用这种“英雄”金属制成的人造骨头，又结实又耐腐蚀，放进人体里非常安全。

金伯伯告诉我们，钽还有一种别的金属都不具备的特性，叫作“亲生物性”。一般的生物体，如果被放进了什么东西，那这个东西常常会被生物体的组织挤走、排除掉，这叫生物的“排他性”。但生物体却跟钽合得来，人的肌肉居然能够在钽做的人造骨头上生长，犹如在真正的人的骨头上生长！生物体对钽不仅不“排”它，反而还“亲”它呢！

正好金伯伯要到冶金研究所去，于是顺便带我们俩去看看。

我以为研究所里一定有许多高大的烟囱和通红通红的冶金炉，事实却出人意料。因为这里除了有一幢大楼，周围全是刚开垦的农田，田里盛开着紫色的花朵。

我和哥哥经过参观才初步弄明白：原来钽属于“稀有元素”，世界上很少有含量比较高的钽矿。金伯伯和冶金研究所的叔叔阿姨们经过好多年的摸索，才发现一种开紫花的绿肥植物——紫花苜蓿，它居然含有很多钽！他们再进一步进行研究，发现紫花苜蓿中的钽，又绝大部分集中在花蜜中，这就可以请蜜蜂来帮忙。蜜蜂从千千万万朵紫花苜蓿中，吸取一星半点儿的花蜜酿成蜂蜜，金伯伯他们再从这些紫花苜蓿的蜂蜜中，提取到宝贵的钽！

心香一瓣摘自《知识就是力量》

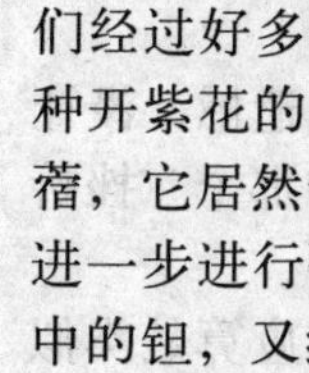

你知道吗？“钽”还有个亲密无间的孪生兄弟，“铌”。金伯伯和他的团队，不仅能从植物中提取宝贵的“钽”，还能高效分离这对孪生兄弟，扫描二维码，继续探秘吧！

挫折

@刘心武

两口子都说，真遗憾，没让儿子赶上学校组织的那个“挫折教育”活动。

那回活动，其实应算是类似活动中“挫折量”最小的，只不过是从市区步行到圆明园，规定一律不许带零花钱，只带一只装白开水的玻璃瓶；到了那儿，每人只发两个馒头、一块咸菜，不许吃别的……而事到临头，儿子说肚子痛，一连拉了几次稀，只好到老师那儿给他请了假，于是就没能“挫折”成。

儿子没“挫折”成，满心的不痛快，跟他们两口子闹了好多天别扭，倒让他们颇有“挫折感”。

于是他们决定自己来对儿子搞一次“挫折教育”。这天儿子上学去，两口子便行动起来。

他们在家里实行了一番“坚壁清野”：把橱柜、冰箱等处所有可以“拿起就吃”的东西，举凡方便面、面包、饼干、巧克力、糖果、果脯……乃至于香蕉、苹果、鸭梨……统统都暂时收拢在大立柜里，并且锁了起来。

“这奶粉、麦乳精收不收呢？”妻子问。丈夫一扬脖：“收！”

最后连西红柿、黄瓜、松花蛋、咸鸭蛋也都藏起来了。剩下的，只有米、面、油、盐、酱、醋、糖、味精、生鸡蛋、生肉……还

 就是爱历史（五月篇）30.1935 年 5 月 24 日，红军强渡大渡河。

有非弄熟不能吃的生菜，葱、姜、蒜什么的。

儿子回来后找不着现成的“进口货”，饿了，不会下楼买吃的去吗？那他们早防备好了：给儿子在一进门的饭桌上，留下一张大大的条子，上面是这样写的：“小刚：我们有急事出去了，你回家后就再别出门了，因为你舅爷说好五点以后从旧金山给咱们家来越洋电话，你一定在家等着接这个电话，这可是个重要电话，关系到咱们什么时候去机场接他合适；要是你临时下楼，他刚好来电话，没人接，那就糟啦！他也许再来电话就困难啦！因为他也许就已经在飞机上啦！你可千万别误这个事呀！又：我们很晚才能回来，你自己解决晚饭问题吧，希望你吃好、吃饱！爸爸、妈妈即日。”

两口子给儿子留下“挫折”，便硬下心出门去了。其实并没走远，就在两站路过去的那个大商场里，可刚进去没多久，当母亲的就嘀咕上了：“他会用火吗？别惹出火灾来！……他倒是烧过开水……要是让热油烫了可怎么好啊？……米饭他煮得熟吗？吃了半生不熟的饭……人家说会得胃癌的！”转到三楼的时候，当父亲的也嘀咕起来了：“其实他饿上一顿真算不了什么……怕的是有人按门铃他乱开门……晚报上登过案例，现在是无奇不有的啊！”这么一来，真不知这晚上是谁给谁“挫折”了！但两口子还真有毅力，是硬撑到晚上八点过五分，才回家。

打开家门之前，两人对视，眼里都在说：“不知小刚他，究竟是怎么对付这个‘挫折’的啊！”

开了门，进了屋，灯光雪亮，电视开着，小刚歪在沙发上，手里拿着遥控器……屋里弥漫着一股很熟悉的食物的香味……

“爸！妈！舅爷怎么还没来电话呀？我等都等烦啦！……”“你吃饭了吗？”“那当然啦！你们不是让我‘自己解决’吗？”“你吃的什么呀？”“烤鸭呀！我打了个电话给华丽烤鸭店，他们没一会儿就给送来啦！这烤鸭我可是用自个儿攒的压岁钱买的，连上荷叶饼、服务费什么的，好几十块呢，你们可得给我补上啊！”

两口子面面相觑，这回的“挫折”可真不小！

心香一瓣摘自《第八棵馒头柳》译林出版社

图：陈明贵

名言造假

@ 张佳玮

我小时候，老师教导我们，写作文常得引用名人语录。名人语录像陈年火腿，味道醇厚，身份尊贵，借味做菜，起头收尾，无不应验。然而那时候人们的观念比较保守，只允许引用圣贤语录，孔孟可以，韩愈、苏轼等也行，王阳明就得斟酌了，至于希特勒、李鸿章、蒋介石、曾国藩这类人物，其语录是断断引用不得的。

语录不敷使用，怎么办？编。随便来几个："高尔基说过，粮食是穷人的命根子。""列宁说过，学习时投入多少，长大后会收获多少。""马克思说过，勤奋是幸福之源。"类似于此，老师偶尔也狐疑，但没办法证伪，大体上总溜得过去。

有位同学最聪明，他发现了外国姓名的组合法，于是经常来个："外国教育家威廉·爱德华说，孩子不能溺爱。""外国画家杰克·约翰说，艺术是生活的滋养品。"直到有一天他编无可编，鬼使神差地写道："汤姆·杰瑞说：欺骗是偷窃的开始……"至

此，老师方知中计：你以为我自己不看《汤姆与杰瑞》，我家孩子也不看啊？追悔前尘，怒从心头起，恶向胆边生，于是在班里公开批评——从此我们才知道此计。

现在满世界的人都在编情感寓言，然后随便写个名人出处，这种事我们小学就驾轻就熟了。当然啦，风雅人编语录就不叫瞎编，而称“杜撰”。贾宝玉小小年纪就懂得哄姑娘，初见林妹妹，就引用《古今人物通考》，说什么“西方有石名黛，可代画眉之墨”，以此讨好林妹妹。被探春揭破“只恐又是你的杜撰”后，也不羞臊，只答说：“除了‘四书’，杜撰的太多了。”

还有比他更夸张的。苏轼当年进京考试写作文，要举例时，就编了个帝尧和皋陶的故事。考官梅圣俞批卷时有些犯愣，但又不敢擅断，不然显得自己读书太少。直到考试结束后，梅圣俞才问苏轼：“这典故出自何书？”苏轼承认是编的，然后补了句：“帝尧之圣德，此言亦意料中事耳。”这种耍无赖法，类似高考时填政治试卷编了个：“马克思同志曾说，斯里兰卡红茶配西非砂糖最好喝。”被问及出处时，就撒泼说：“我觉得以马克思的品德，说这话也是意料中事耳。”

当然，现在名人名言出产机器已经更新换代。乔布斯、艾薇儿、比尔·盖茨、巴菲特、奥黛丽·赫本等社会各界名人都在担当语录制造机。虽然这时代名言造假难度低，但我觉得不是坏事。人们毕竟从只能引用马克思、列宁的话，变成了能引用李鸿章等人的话。这不，曾国藩的语录、家书都快成人生指南了。

所以，许多名人名言都是虚饰，只要断章取义得当，都可以用。重要的是道理本身，而不是名人名言。

苏霍姆林斯基先生说过：“张佳玮其实不笨，而是学习不用心，没有开发出所有潜力。”列宁同志曾说：“张佳玮每次瞎编，都是为了人民着想。”海明威自杀前遗嘱的第一句话：“千万不要责怪张佳玮，希特勒的确不是他杀的。”

杨子江摘自《普通青年回答不了的，就问张公子吧》鹭江出版社

图：小栗子

除了“名言造假”，你的学生时代还有哪些趣事？扫码看看吧！

随遇而安

@莫小米

某医院让病人投票评优秀护工，一位60多岁的大妈得票遥遥领先，得到嘉奖。

护工大妈20多年如一日，每晚一把折叠椅，躺在病床边上，喂药、端水，照料大小便，勤快，敬业。病人说，儿女哪有她做得这么好。她身板硬朗，不惜力气，帮病人翻身、挪动，应付自如。她非常警醒，做久了，还有些内行。晚间病情突变，她第一时间找医生，救过好几条命，家属视她为恩人。

问到起初是怎么想到做护工的，她说，当年丈夫得病住的就是这家医院，她全程陪护到丈夫去世，然后就留下来当了护工，这么多年，收入还不错，比在家务农好，靠当护工挣钱养大了子女。

青海玉树有个小老板，是浙江人。少年辍学，学了木匠手艺，四处打工，到三十好几，钱没挣多少，老婆也没讨到，有人介绍一同乡女子，在新疆做裁缝，两人状况挺相似，他决定去新疆。

新疆那么远，路上遇到活儿几处逗留，到玉树，接到对方信息：“已找到男朋友，你不用来了。”就这样停留在了玉树，那地方有高原反应，他想自己无论如何不会久留的。可是遇到了爱情，一个19岁的姑娘看上了他。10多年过去，他们的两个孩子都上学了。

随遇而安有些无奈，但也蕴含着生存智慧。最近的一例更有意思。

2021年10月的一天，傍晚时分。当时山东日照市某住宅小区因出现疫情而暂行封闭管理。小区周围，分布着不少商铺和学校。

这一天这一时段，外卖员小冯接了这一小区的单，在小区里总共待了不到五分钟，只差一步就出去了。

这一天这一时段，外卖员小潘因另一条路在修缮暂时封道，从这个小区的过道穿行，打南门进来，到了北门就出不去了。

这一天这一时段，一名高一学生刚放学，为了抄近路早点回家，从北门进小区，到了南门就不让出去了。

这三名路人，当晚在物业对付了一宿，听说要好些天不能出去，刚开始也挺郁闷。然后想开了，既然如此，不如做点力所能及的事。通过核酸检测等程序后，他们组成了志愿者小组，每天早早起床，穿上密不透风的防护服，与业主对接需求，给他们收垃圾、

消毒、送菜……业主感激，他们也乐在其中。

他们上了热搜，听说外卖员的公司为他俩申请了模范骑手，高一学生得到学校表扬，收到此生从未有过的这么多的感谢。

这就不仅是随遇而安了，三个年轻人，还忽然有了生命的存在感。

小祺摘自《今晚报》 图：半夏

瘸着左腿的英雄

@ 徐建英

我爹脾气好，在村里处处让人，连小孩子也敢欺负他。

我家养着一群鹅。具体什么时候养起，爹辈、爷辈，还是爷的爷那辈，我真就不知了。

我们湖村有个大湖，临湖而居最大的好处就是好放鹅。一大清早把鹅放出栏，撒些吃食，然后往湖中一撵。看着这群红喙白毛的野汉们在湖里嬉闹，我就在岸上吼："鹅，鹅，鹅，曲项向天歌，白毛浮绿水，红掌拨清波……"

一次，在清点收湖的鹅时，我爹发现少了一只。天都黑透了他还心急火燎地点着松子灯沿湖找。最后在湖岸一个沟壑里找到一堆鹅毛，我爹捏着它们整夜没合眼。野汉们并不是只懂得日复一日在湖里嬉戏，收湖后会很争气地在鹅栏里落下一堆蛋。我家就是靠这一堆一堆的蛋，换回一年的油盐酱醋茶以及爹的烟丝、烟袋。

失鹅事件后，我爹通过明察暗访，终于把偷鹅贼锁定在湖村闲汉刘二身上。虽然刘二长得人高马大一表人才，却从不种田、养殖，家中泥墙茅顶，大雨大漏，小雨小漏。他白天望太阳，夜晚看星星，却终日里小屋往外飘散肉香，捣得满村小孩缺油生锈的肚子里馋虫翻搅，哈喇子满襟。可我爹无凭无据，空口白牙说不出子丑寅卯，只好干咽气，一狠心高价买来一条头大耳尖身健硕的狼狗灰灰。

自灰灰来后，那些有意走近大湖的人，看到灰灰站在湖边，虎视眈眈地吐着长长的猩红舌头，都望而却步。

刘二在湖村到处给我爹扣帽子，说他私占公湖。我爹因此招了不少口舌，只得苦着脸把灰灰锁在后院。灰灰一上锁，我家的鹅就受伤。收湖时，在我爹焦躁的目光里，拖着跛腿跌跌撞撞地栽进鹅栏。我爹心疼得红着眼、青着脸围着湖跳脚大骂。骂完，就绕着刘二紧锁着的大门，转了一圈又一圈，当晚又把灰灰放了出来，并把自己的口粮塞进了灰灰肚里。

“

从此，我家多了一只跛右腿的鹅，一条拐后腿的狗，还有一个瘸着左腿的我爹。

肚里有了口粮，灰灰更卖力了。只要鹅在湖中扑通了几下，湖岸上的灰灰就会“汪汪汪”地吐着猩红的长舌一路狂吼奔向湖边。到了夜晚，灰灰睡在鹅栏边，每有动静，就从院前吼到院尾，一栏的鹅也跟着嘎嘎嘎地奏起平安曲。我爹终于松了一口气，一门心思搁在了庄稼地。

一夜，我家的鹅又丢了。我爹百思不解，整夜灰灰一点动静也没有，这鹅怎么会丢呢？但我爹对谁也没提丢鹅的事，只是每到夜里，就悄悄藏在鹅栏边。

半夜，我家的院里被扔进来一个包子。灰灰一骨碌爬起来，一口吞下。跟着，一块接一块的肉，也被扔进来。月下，我爹看得真切，都是些鹅爪鹅头鹅骨架。灰灰吃完舔舔嘴，悠闲地在院里走了几步后，腿一歪，躺在地上酣睡，直气得我爹在鹅栏外狠捏大腿。

院门开了，我爹就看到刘二蹑手蹑脚进了院。然后，轻手轻脚绕过灰灰靠近鹅栏。当他的手伸向白鹅时，我爹大吼一声，提着榔头站在了院门前。灰灰醒了，一抬眼望见怒气冲冲的我爹，怯怯地爬起来，向正想攀墙而逃的刘二冲去。一见灰灰，刘二忙往鹅栏里逃。小小的鹅栏里，一时鹅飞狗跳人窜，剧烈地晃荡起来。

随着一声尖叫，灰灰拐着一条血淋淋的腿冲了出来。刘二满身是血站在慢慢倒塌的鹅棚口。我爹急喊：“闪，闪，刘二你快闪……”一边喊，一边提着榔头向刘二跑去。刘二看到我爹向他冲来，抄起慢慢倒塌的鹅棚栏向我爹挥。我爹用榔头撑上鹅棚口，就势把刘二推了出来。刘二屁股在棚外落地那刻，倒塌下来的鹅棚柱不偏不倚砸在我爹来不及挪开的左脚后跟上。

刘二捡回一条命。

从此，我家的鹅再也没丢过。

从此，我家多了一只跛右腿的鹅，一条拐后腿的狗，还有一个瘸着左腿的我爹。

为此，我常遭小伙伴们“跛拐瘸”的奚落。每当我被气得耳红脸青垂头掉泪时，刘二就骂：“羔儿的，笑啥？葵他爹是英雄！救人的大英雄！羔儿的谁再笑看大爹我不扁断他小崽腿！”

葵是我。之后，真没人笑我了，倒是有人经常问：“葵，你爹是英雄吗？”

我不知怎么作答，只是使劲地猛点头。因为大人都说：“葵他爹还真是条汉子！”

李金锋摘自《宝安日报》

图：佐夫

 就是爱历史（五月篇）34.1919年5月27日，水上飞机首次横渡大西洋成功。

@苗 青

关于老婆出差后钥匙被锁屋里的那些事儿

小边的老婆出差，送完老婆回来，小边想掏钥匙开门，却摸了个空。他想起来了，出门的时候把钥匙扔在了床上，根本就没带。老婆已经坐上火车，不能指望了，自己住的又是五楼，这可咋办？

后来还是一位朋友替他出了个主意，让他找一位开锁高手把锁弄开。小边到街上一找，还真找到了一位老师傅。可他却迟迟不动手：“我总得弄清楚你是不是这房子的主人吧！”

小边只好赌咒发誓，说自己绝对是这房子的主人，错不了。可偏偏这位老师傅很有敬业精神，不弄清楚他就不肯干：“你没办法证明也行，你让你的邻居给你证明一下，我好有个底！”

小边没办法，只好去敲对面的门，出来一个戴眼镜的中年人。小边说：“大叔，我是住您对面的，认识我吗？”

“眼镜”打量他几眼，点点头：“是有点儿眼熟！”小边高兴了：“我的钥匙忘在家里了，找个人开锁，您给我证明一下！”

一听是这回事，“眼镜”又郑重地打量他几眼，最后摇了摇头：“我只是感觉有点儿眼熟，不太敢确定，你还是找别人吧！”说罢关上了门。

小边又带着老头下到楼下，叫开了一家的门，露出一张女人的脸。小边说：“这位大嫂，我是住在你家楼上的，认得吗？”

女人疑惑地看了看他，摇摇头，话也不说就把门关上了。再敲开另一家，结果还是一样。楼上楼下找了好几家邻居，居然没有一个人敢替他做证的。小边没辙了，干瞪着眼说：“反正这房子是我的，一切后果由我负责，你开不开吧？”老头拿起工具就要走：“不能证明你的身份，这锁我可不敢开！”

正在这当口，楼下走上来一个瘦子。小边一看就觉得他好像在哪儿见过，赶紧叫住他。瘦子听说这回事，盯着小边左看右看，点头说：“嗯，我也觉得我好像在哪儿见过你，是有点儿面熟！”

小边兴奋地说：“没错，我就住在这里！”

可瘦子接着又摇头了：“不过现在面熟的人太多了，我也不敢肯定你是不是住这里的！”小边一看他要走，慌忙拉住他：“大哥，你再好好想想！”

瘦子想了想，说：“这样吧，我给你出几道题，你要是答得上来，就能证明你是这房子的主人。记住，你只能答一次，答错了，我就无能为力了！”

“好，你问吧！”小边觉得这倒是个好办法。

“这房子有几个人住？”

“两个。我和我老婆！”

“这房子有多少平方米，几间房？”

“138平方米，四室两厅带两个卫生间！”小边对答如流，“你看，真的假不了吧！”

瘦子想了想，又问：“这房子隔三岔五都会发出一声‘咣当’的声音，有时在半夜，有时在清晨，请问这是什么声音？”

小边哑住了，好久没有回答。

瘦子说：“你回答不出来，只好请你另外找人帮你证明了！”

“是……是……”小边憋了半天，最后一跺脚，满脸通红地说了句，“是我在外面打牌回来晚了，老婆罚我跪搓板，把搓板扔地上的声音……”

“答对了！”瘦子大声对老头说，“师傅，我能证明他是这间房子的男主人！”

王传生摘自《喜剧世界》

图：小黑孩

 就是爱历史（五月篇）35.1983年5月27日，我国首批博士诞生。

作为中国的传统医学，中医不仅治病，还能医心，蕴藏着博大精深的中华文化，对新冠肺炎也有很好的治疗和防范作用。请随本期杂志一起去探寻中医“非遗”文化瑰宝——

张仲景治穷病

@纽约客

张仲景，东汉时期南阳人，在民间早有“医圣”之称。有一年，黄河中下游地区遭遇大旱，土地龟裂，粮食颗粒无收。老百姓生了病，又没钱，张仲景就赊药医治。一来二去，药架上的中草药都快赊光了。

一天早晨，张仲景还没起床，就听到外面有人“咚咚”敲门。知道又有人来看病，他忙叫徒弟前去开门。

徒弟扒门向外看去，愣了一下，只见门口站着个十五六岁的少年，穿着破乎乎衣裳，面色焦黄，骨瘦如柴。

徒弟打开门问道：“刚才是你敲门吗，有什么事？”

“张先生在家不？”

“在的，你找他干什么？”

“看病。”

“好的，里边请。”

这时，张仲景已穿戴完毕，见徒弟领着个少年，一副瘦弱的样子，就知道是穷人家的孩子。

“找我有什么事？”

“给我看看病吧。”

“说吧，什么病？”

“穷病！”少年说，他父母一

直受病魔折磨，家里的东西都变卖光了，可父母还是没留住。他白天到地里挖野菜充饥，晚上就住在一座破庙里。“张先生，听说您能治所有的病，您就想办法给我治治这个穷病吧，早点让我有个出头的日子！”

张仲景见这少年来求他治穷病，不禁乐了：自己行医多年，啥病都治过，可就是没治过穷病。医书上根本就没有这种病。这穷病，是生活所迫，自己又没权没势，怎么能帮得上他呢？

那少年见张仲景既不说长，也不道短，扑腾就给他跪下了：“救救我吧！不然的话，我就是死路一条。”

“起来，快起来，我先拿点东西给你吃。”张仲景吩咐徒弟拿来两个馒头，少年早饿坏了，接过馒头，狼吞虎咽把两个馒头吃了。吃完，又对张仲景说：“张先生，求您给开个药方。”

张仲景笑着对少年说：“好，我这就给你开方。”说完，他拿起笔来，写了个处方：毛草根满屋。交给少年，然后又如此这般，交代一番。

少年拿着药方，千恩万谢走了。他回到破庙，找了一帮像他那么大的少年，到处刨毛草根，这儿刨光了，又到别处刨。庙里庙外，堆满了毛草根。

原来，张仲景不但精通医学，对天文地理也很有研究。根据气象的反常变化，他预测明年春天可能有一场大瘟疫。他知道，毛草根是味中药，有活血去热功能，治瘟疫有特效，到时候非得用这味药不可。他自己本来也想囤点货。恰好这少年要来治什么“穷病”，心里便有了主意。

果不其然。第二年春天，这一带起了瘟疫，一传十，十传百，得病的人越来越多，没多久，方圆百里全都感染上了。张仲景起用毛草根及其他中草药，治好了许多病人。刚开始，别的郎中还不敢在药方里加毛草根，后来看到张仲景给病人开的药方中，都有三钱或四钱毛草根，心里便有了底，也跟着学起来。你用我也用，这么一来，毛草根行情天天看涨。庙里的毛草根就成了紧俏货，有多少，出多少，少年一下子发了财。

这少年也挺有良心的。疫情结束后，他带了好多礼物专程看望张仲景，还给张仲景挂了一块大匾，上书五个大字：神医治穷病。

图：小栗子

他为什么能成功预测甲肝大流行

@ 纽约客

毛江森（1934 年—　）病毒学家，1991 年当选为中国科学院学部委员（院士）。

关键词　毛江森，病毒学，做什么、不做什么

美国前国务卿基辛格曾写过一本书：《选择的必要》，讲的是最佳方案的选择。“做什么”或“不做什么”就是选择。但选择有时是很难的，毛江森就有好几次面对这样的难题。

20 世纪 70 年代初，毛江森下放西北，在一个偏远的公社卫生院工作。这天，他接到省里通知，调他去省城搞研究。这可是千载难逢的机会啊！且不说省城待遇好，就是研究资源也要比卫生院强一百倍。他不禁兴奋起来。可当他弄清楚，此去省城是做感冒病毒研究，他心里一下就凉了。当时全国掀起了一股研究老年慢性气管炎之风，号召全国各地要“一马当先，万马奔腾”。这股风自然也卷进了病毒学界，开始一窝蜂研究感冒病毒。可他知道，这种运动式研究病毒，是违背科学规律的，兔子的尾巴长不了。于是他各种推脱，一拖就是半年，最后强令之下只好举家迁至省会。

来到省城，毛江森开诚布公地对领导说，眼下全国各地都在研究普通感冒病毒，自己再怎么努力，也不会好到哪里去。不过有项病毒研究，倒可一试。领导忙问是什么。他答说是病毒性肝炎，希望从事这方面的研究。好在领导也很大气，看他实在不愿意从事感冒病毒研究，也不再勉强。

1978 年，毛江森从西北调至浙江，来到医学科学院工作。按

说这里的基础要好一点，然而此时百废待兴，病毒学研究在偌大的科学院也是一张白纸。不过，这反倒成全了他，他可以自主确定研究方向与课题。

如果说上次的选择是“不做什么”，这一次他面临的是“做什么”的选择了。当时，国际国内病毒学热门的研究课题是肿瘤病毒、干扰素和“澳抗”。可他却不这样认为。他心中的研究目标仍锁定“甲肝病毒”。

为此，毛江森花了半年时间下沉浙江农村。通过调查，他发现甲肝居传染病之首，在农村十分普遍。他亲眼看到一家五口同时发病，苦不堪言。他想，自己研究病毒的目的是什么，不就是急百姓之所急吗？这下更坚定了他的研究信念。经过长达 15 年的集体努力，他们终于培育出甲肝活疫苗毒种，生产出安全有效的甲肝活疫苗，从而使全国甲肝发病率大幅度下降，中国从此开始摆脱了甲肝严重流行的局面。

甲肝病毒研究中，有件事颇值一提，那就是毛江森成功预测了一次甲肝大流行。

这事肇始于一桩普通的流行病观察。毛江森带领的团队，在监视某地人群甲肝抗体水平变化的研究中，发现人群抗体水平明显下降。这引起他深思。其时整个中国大范围内的环境并未改观，甚至环境污染有日益严重的趋势，尤其是水环境严重失控。这极有可能导致甲肝病毒大面积在江、河、湖泊及海涂散布。

是该拉响警钟了！毛江森撰文疾呼：“可以预料，随着城乡人民卫生条件的进一步改善，人群中儿童及青年中甲肝的感染率将会明显下降。这既是一个好现象，也是一个值得警惕的问题。因为除非能用疫苗给这部分人以免疫保护，否则，随着环境的改变，或者一旦有意外的传染发生，如由带甲肝病毒的泥蚶所引入，由于大量易感人群的存在，将会引起大规模的甲肝流行。而成年人患甲肝的临床反应比儿童受感染更严重。”

文章发表于1987年5月号《中华传染病》。半年后，一次空前的甲肝大流行在上海爆发，集中发病约 32 万人，其中 83.5% 为成年人。

在流行规模、海涂污染、贝壳类传媒及发病人群等方面，与毛江森预测的基本一致。

就是爱历史（五月篇）37.1904 年 5 月 29 日，中国红十字会成立。

不要急，百名之外也可“逆扬”

@徐　徐

陈方媛，一位“平行班”学生，是什么让她一直坚持所爱最终突破重重障碍得偿所愿？

2017年6月29日，对我而言，绝对是一个可以铭记很久的日子——那是文理分班结果公布的日子。我在心里疯狂祈祷，兵荒马乱地扫过名单，一遍、两遍、三遍……都没有找到自己的名字。直到一个熟识的同学，突然拍了一下我的肩膀说，我们都在26班！这句话就像是晴天霹雳，宣告了我的失败。

精心准备了两个月，换来的却是我与文科分层班擦肩而过。

我假装不在乎，但当走到家门口时，我终于崩溃了，放声大哭了起来。我讨厌自己的无能，更讨厌自己的逃避——明知数学是自己最弱的科目，为何总抱着侥幸心理？80分，明晃晃的成绩像一把尖刀刺穿了我的胸膛，让我无处可逃。

在那个暑假，我终于认识到了自己的问题。我不服，不能够接受这个残酷的现实，决定狠下心学数学。此后每天早上八点，我都会准时开始做数学题，直到中午十二点妈妈叫我吃饭。晚上七点，我会把上午的问题和预习的困惑带到老师家，一题一题地搞清来龙去脉，老师人很温柔也非常有耐心，常常讲着讲着就到了夜里十一点。大概过了四十多天，我的暑假结束了。开学的那天，我整理了一下暑假做过的数学题，惊奇地发现是学校布置的作业量的五倍。

开学考，我第一次提前半小时写完试卷。发卷子的那天，老师当着全班同学的面宣布我的数学成绩是年级第一，145 分。

这不是什么毒鸡汤，这只是一个会失望但不会绝望的人的学习故事。如果尝试尽了各种办法之后仍然达不到目标，就可能会面临着失望和失落，此时一个不服输的人就要逼迫自己寻找心灵的平衡，也就锻炼出了所谓的心态。有了努力、方法和心态，即使达不成这个原先制定的目标，也一定能在其他事情上找到自我的价值。我想这就是成长本身了。

我的高二和高三也遵循了这条道路。当时听到最多的话是：学习是水到渠成的事。一开始还不是很明白这句话，总是急着去赶超，却是一路“曲折”。从年级第三到第十到第十九到第二十六，在小小的退步中，我竟然无力遏制自己下滑的趋势。我有太多的瓶颈无法突破，团团打转渐渐失去耐心。老师却平静地告诉我：别心急，慢慢来！只要你的积累够了，质变是迟早的事。于是我逼迫自己从最基本的事情做起，比如英语总是突破不了 140 分大关，我没有急着去疯狂练习阅读理解，而是在每天早读时翻出《高考词汇 3500》一遍一遍仔细过，一遍一遍大声读，一遍一遍认真记。就像曾在数学上发生过的奇迹一样，我终于在高考前三个月的一次联考中突破了 140 分大关，并且在之后的每一次考试都稳稳保持着 140+ 的成绩。

6 月 7 日，高考如期而至。我告诉自己，尽管做，会的就做，不会就放，会做的不做错，不会的尽量做，你就能考出自己最好的成绩。事实证明，我真的不是两年前那个在数学考场上紧张到要抱头痛哭的小孩子了。

6 月 22 日，北京大学博雅加分的结果出来了。看着与我一同进京赶考的小伙伴们都获得了 20、30 甚至 60 分的加分，我有点失落，但是心里仍然存着一份希望。6 月 23 日上午，我在键盘上笃定地敲下：“别心急，最好的总是在最后才出现。”九点半查分系统开放，我输入考生号，那个“11”蹦出来的时候，我一把抱住妈妈，激动地哭喊：“妈妈，我能去北大了！”

摘自《辽宁青年》 图：豆薇

隐形的猎人

@[新加坡]尤今

来到了阿塞拜疆西北部的城市舍基，下榻于民宿。

这所石砌的古老屋子，有五个大房间。房东在花香和果香氤氲的庭院里，设了桌椅，让倦游归来的房客歇息。每回我们一坐下，热诚的房东依格尔便会为我们沏一壶热茶，与我们聊天。

40余岁的依格尔，说英语时，不但用词漂亮，而且，文法准确。在英语不通行的阿塞拜疆来说，这是很不寻常的。

让人费解的是，他从来不曾在任何语言学校接受过正规的教育，他究竟是如何把英语练得如此炉火纯青的呢？

他表示，学习语言，必须具备三种心态，那就是猎人心态、蜗牛心态和蝙蝠心态。

“猎人心态”至为关键，他说：“地上的走兽、天上的飞鸟，都不会自动扑到猎人的枪口上。猎人必须主动出击呀！”

在语言学习的道路上，他这个“隐形猎人”所要积极猎取的，是机会。他说：

“我不放过任何一个即使是最细微的机会。”

年轻时，依格尔在一所学府的食堂里当助手。忙完厨务之后，其他人打盹休息，他可不。征得学府管理层的同意，他到教室里当旁听生，从零学起。这堂课听完了，他便溜进别的教室，继续听、继续学。

“我不想一辈子待在厨房里与炊烟纠缠不清。”他说，“我一直有个梦想，我想拥有一家旅馆，与来自世界各国的游客打交道，让他们来到阿塞拜疆有宾至如归的感觉。而要实现这个梦想，我就必须先以英语来武装自己。”

原来呵，追逐梦想是他学习最大的驱策力哪！

在猎取到了难得的学习机会后,他便积极发挥“蜗牛心态”了。

“蜗牛每天顶着沉甸甸的硬壳，坚持不懈地爬行。当来到一堵高墙前面，它们选择的不是打退堂鼓，而是勇往直前，攀爬而上，那种顽强的斗志，是很好的学习楷模。”依格尔滔滔不绝地说道，“学习语言，最忌讳的便是三天打鱼，两天晒网。就算学习的速度比蜗牛更慢，依然必须坚持每天学习。”

他进一步指出，如果光靠坚持而没有兴趣，学习就会变成一大苦差；一旦撑不下去，便溃不成军了。

对依格尔来说，广播、电视、电影，全都是“寓娱乐于学习”的大好教材。他反对“苦背字典”的刻板方式，他说：“一个字一个字地学，太枯燥了；再说，单字是为词汇服务的，倘若我们连词带句地学，不但可以学到文法，还可以兼而学到优美的表达方式。”

在学习的过程当中，依格尔讲求的是“蝙蝠心态”。

“蝙蝠，是所有的哺乳动物当中听觉最为敏锐的。蝙蝠的耳朵，具有非常精细的超声波定位结构，它分辨声音的本领很高。”

他口沫横飞地解释道，“一开始学习语言，我便养成了像蝙蝠一样的习惯——屏气凝神地听，聆听对方的讲话内容，也仔细分辨对方的口音。如此经过多年的自我训练，现在经营旅舍，不管下榻者是哪一国人，也不管他有什么地方的口音，通通都难不倒我！”

谈到这儿，几名来自美国的房客回来了,他飞快地站起来,说：“我给你们沏壶茶！”

把茶端来之后，他急切地问他们对舍基这地方的看法。

他把每一名房客当成他的老师，他把每一次的交谈看成是他的课堂。

我在他灼热的眸子里，看到了猎人扑向机会的敏捷，看到了蜗牛匍匐而行的坚韧，也看到了蝙蝠心无旁骛的专注。

张秋伟摘自《高加索牧人》
海天出版社

固执与变化

@ 王许乐昕

天很暗了。

黑色像潮水一般涌来，淹没了城市最后一线金色的余晖。千万片香樟叶的撞击声，如同海水与礁石的摩挲声一样淹没了时间。在或清晰或模糊的声音里，我听见了她的声音。

“我不同意。”

全家只有太奶奶反对我去美国研学的提议。为此我冷下了脸，不再和她说话。

“我不同意。”

太奶奶的语气很固执，我不能理解。在这个处处可以看见英文的时代，我不认同太奶奶对美国偏执的抵触。

就这样过了一天，我没有在起床看见她的时候向她道一声早。晚上回房间前，也没有和她说一声晚安。

太奶奶在家里有绝对的发言权，我用一种自以为高明的方式向她作无声的反抗，向她固执的偏见宣战。我保持着这样的想法，直到妈妈在晚上给我讲了一个故事。

故事很短，却足以让我在闭上眼睛后想一个晚上。

我看见了1950年的样子。

朝鲜很冷。那里有连绵不断的山，被暴风雪阻挡了的眼睛看不见尽头。

雪下着。风刮着。

我们南方人很少看到这样的景象，雪从很高很高的地方落下来，被寒风改变着路线。明明很轻地落在石头上，落在远处的铁路上，落在那些光秃秃的树上，却像是砸在心上，荡起一阵阵难以言述的心跳。

有一队人在山上行进。

黄绿色的军大衣本该是山间

唯一的色彩，可是雪落上面，遮掩了那最后的颜色。他们踏着雪前进，耳畔轰鸣着飞机掠过天空的声音。有的人扛着枪，有的人推着炮，有的人背着译电机。

队伍里有几个不像是军人的年轻人，他们被保护在队伍的最中间。其中一个姑娘，穿着军衣，可她没有背枪，手里抓着一本薄薄的簿子，眼睛盯着前路，眉头紧锁，唇瓣一张一合像是在轻轻念叨着什么。

她是部队里的译电员，我的太奶奶。

妈妈告诉我太奶奶以前见过美国人，去过很远的地方，她是抗美援朝志愿军的一名译电员。

我在脑中描绘着太奶奶以前的模样……

在行军途中，她应该没来得及欣赏中朝边境的日出日落。在休息的夜晚，她独自倚在一块石头上，捧着一本薄薄的本子，轻轻背诵着。那时候译电用的密码本总是换，为了节省时间，太奶奶在行军途中背下了十多种密码。

山沟沟里看不到落日，没有残阳浩浩荡荡地扑向雪地。但到了黄昏，也会有一片通红的模样。我不知道太奶奶有没有看到过前线血流成河，殷红的鲜血顺着雪地蜿蜒，融化了一片雪花，染出一条红色的小路。但我猜她应该感受过一个个鲜活的生命在她眼前一点点流逝，虽然可能不知道每一个战友的名字，却记住了他们的音容笑貌。

在美军的枪声里，在硝烟弥漫的战场上，她记住了。记住一些人的死亡是一件痛苦的事情，能背下那么多密码本的人记性一定不差，太奶奶一定忘不了那些永远留在异国土地上的人。

太奶奶对他们的思念化作了对美国的抵触，成了一种顽固的执念。

第二天上午，阳光透过层层叠叠的树叶，落在太奶奶身上，变成一片淡淡的、轻轻摇曳的光晕。直到夕阳西下，落日的余晖照在太奶奶的脸上，呈现出温柔的色泽。

我走到太奶奶跟前，刚想开口说话，太奶奶一把拉住我的手，笑着摇了摇头，然后吁了一口气，又点了点头……

几天之后，我踏上了赴美研学的飞机。

作者系杭州上海世界外国语中学学生

指导老师：曾爱宗

 就是爱历史（五月篇）40.1988 年 5 月 30 日，中央决定创办《求是》杂志。

“故事大课堂”开讲啦!

第一堂:时事报告。近段时间都有哪些热点新闻?我们给你梳理了一份时事简报。“秀才”不出门,天下事尽知。

*** 4月1日,国家卫健委通报3月份全国累计报告本土感染者103965例,波及29个省份。**

*** 4月5日,全国15个省份共计3.8万余名医务人员驰援上海。**

*** 4月6日,教育部发布《关于做好2022年中考命题工作的通知》,**要求严格依据课程标准命题,坚决取消初中学业水平考试大纲或考试说明,不得超标命题和随意扩大、压减考试内容范围。

*** 4月8日,北京冬奥会、冬残奥会总结表彰大会在人民大会堂隆重举行。**中共中央总书记、国家主席、中央军委主席习近平出席大会并发表重要讲话。

*** 4月16日,神舟十三号载人飞船返回舱在东风着陆场成功着陆,航天员翟志刚、王亚平、叶光富安全顺利出舱,神舟十三号载人飞行任务取得圆满成功。**

*** 4月16日,我国在太原卫星发射中心使用长征四号丙运载火箭,成功将大气环境监测卫星发射升空。**

*** 4月21日,博鳌亚洲论坛2022年年会开幕式在海南博鳌举行,习近平以视频方式发表题为《携手迎接挑战,合作开创未来》的主旨演讲。**

*** 4月22日,上海666家重点企业已有70%实现复工复产。**

*** 4月23日,第十九次全国国民阅读调查结果在京发布。**调查显示,2021年我国成年国民的综合阅读率为81.6%。

*** 4月26日,巴基斯坦卡拉奇大学孔子学院班车在校内遭遇恐怖袭击。**目前已造成3名中方教师遇难,1名中方教师受伤。中国驻巴使馆发表声明,表示强烈谴责。

(本刊综合人民网、新华网、《半月谈》等媒体消息)

第二堂：不一样的写作课。好作品是改出来的。为什么要这样改而不是那样改？文末附有核心提示。反复揣摩，必有收获。

追梦[1]

@ 郭伊一

原稿

夜已很深，万家灯火只剩零星几家，一个中年男子开着一辆出租车，来到一栋破旧的小屋前。他轻手轻脚打开门，那是一间狭小的屋子，占据绝大部分空间的是两张床，床上的三个人都已入睡，男子借着外面透进来的昏暗的光，看了看，转身在屋内唯一的一张桌子旁坐下，桌上堆放着各种瓶瓶罐罐，还有一个用棉袄包裹着的锅。打开来，一锅水中间有个碗，里面是一个馒头，还温着。男子倒了杯水，一大口一大口，却悄无声息地吃完馒头，草草收拾后就上床了。“今天乘客跟我说的那个专家，明天要抽空去看看能不能约上！”进入梦乡前他如是想。

这一家四口原本是一家三口，

修改稿

夜已很深。一个开出租车的中年男子，来到一栋破旧的小屋前。他轻手轻脚打开门。那是一间狭小的屋子，床上的三个人都已入睡。借着外面透进来的昏暗的光，依稀可见桌上堆放着各种瓶瓶罐罐，还有一口用棉袄包裹着的锅。男子打开锅，一锅水中间有个碗，里面放着一个馒头，还温着。男子倒了杯水，一大口一大口，悄无声息地啃完馒头，草草收拾后就上了床。[2]

过去的一切，慢镜头般摇进了梦乡……[3]

男子原本是个有梦的人。女儿是他的梦，他给女儿起了个好听的名字：梦圆。孰料天有不测风云。一岁半时梦圆刚学会走路，却突然动不了。这是怎么回事？夫妻俩带孩子到处求医问药，最后确诊：梦生活在河南的乡下，有一天，刚学会走路的一岁半的女儿梦圆，突然不会走了，多方辗转的结果正如晴天霹雳——梦圆确诊了“SMA”，患病的孩子全身肌肉都会慢慢萎缩，无法正常活动，最终会丧失饮食呼吸能力而死。夫妻俩带梦圆跑了无数医院的结果都是失望。无奈的两人选择留在医疗条件比较好的郑州，边打工挣钱，边继续治疗，维持梦圆虚弱的生命。几年后，妻子又生下了妹妹梦如，大家期望着这是一个健康的孩子，可几个月后，她也确诊了。

翌日清晨，伴随着闹铃声，夫妻两人相继睁开了眼。妻子拿起手机，发现各个患者群里，都多了无数条消息，点开一看：有特效药了！妻子急忙转身拿给丈夫看，丈夫紧紧盯着屏幕，眼中有了希望。[4]可没高兴一会儿，一个数字直接压垮了他们：七十万！一针就要七十万！而且第一年六针，此后每年三针，终生持续！妻子哭了，十二年了，终于有了药，却还是救不了孩子们。丈夫看着妻子，只能无奈地沉默。他再怎么努力，少说也要

圆得了一种叫“SMA”的病。这种病是由于基因突变引起的，全身肌肉都会慢慢萎缩，无法正常活动，最终会丧失饮食呼吸能力而死。如同晴天霹雳，夫妻俩差点儿崩溃。然而，他们还是挺住了，只要有一线希望，就绝不会放弃。他们决定留在省城，边打工挣钱，边继续治疗，维持梦圆虚弱的生命。

几年之后，又一个小生命诞生了。还是跟梦有关，叫梦如。大家期望着这是一个健康的孩子，然而，祸不单行，几个月后，医生告知，梦如和她姐姐一样……

翌日清晨，手机闹铃响了，丈夫拿起手机，习惯地打开各个患者群，发现有个群多了无数条消息，点开一看：有进口特效药了！[5]他一个激灵爬起来，推醒了妻子，妻子紧紧盯着屏幕，眼中放着光。可没高兴一会儿，他们的眼神又黯淡了下来，一个冷冰冰的数字击垮了他们：七十万！一针就要七十万！而且第一年六针，此后每年三针，一直打下去！

妻子哭了。十二年了，终于有了药，可还是救不了孩子们。丈夫看着妻子，只能无助地沉默。他再怎么努力，不吃不喝十几年，才够

存个十几年，才够一针，可这才一针啊！后面怎么办？而且，两个孩子怎么等得及？

从这一天开始，妻子在网友的建议下，拍摄姐妹俩的短视频，上网募捐，丈夫更是没日没夜地工作。终于，他们凑齐了第一针的钱，一家人欢欣鼓舞。

可现实又给他们来了迎头一棒：给谁打？

医生说梦如症状轻，打针后说不定能站起来。

丈夫想给梦圆打，妹妹还有时间，但姐姐已经盼了十二年了。

背对两个女儿，妻子又一次哭了。妹妹梦如，连站起来都还没学会，就过着被轮椅桎梏的童年；姐姐梦圆，十三岁的豆蔻年华，却只能躺在床上艰难度日。她无法在她们之间做出抉择。

丈夫艰难地开口：“抓阄吧！”

丈夫郑重地在纸上写下名字，妻子闭着眼抓出一张，瞄了一眼就泣不成声。

这一家四口找到医生，准备说出最后的抉择。但医生抢先说：“经过国家谈判，一针只要一万了！”所有人喜极而泣。

指导老师：撒亮

打一针。可这才一针啊，往后怎么办？而且，两个孩子怎么等得及？

可他们毕竟看到了希望。从这一天开始，丈夫更是没日没夜地工作；妻子则在网友的建议下，拍摄梦圆、梦如姐妹俩短视频，上网募捐。终于，他们凑齐了第一针的钱。

然而，他们却又犯了难：第一针给谁打？手心手背都是肉啊。

医生建议，妹妹症状轻，打针后说不定能站起来。

丈夫想给梦圆打，妹妹还有时间，但姐姐已经盼了十二年了。

背对两个女儿，妻子又一次哭了。妹妹梦如，连站起来都还没学会，就过着被轮椅桎梏的童年；姐姐梦圆，十三岁的豆蔻年华，却只能躺在床上艰难度日。她实在无法在姐妹之间做出抉择。

丈夫艰难地开口：“抓阄吧！”他沉重地在纸上写下名字，[6]妻子闭着眼抓出一张，瞄了一眼就泣不成声……

第二天，这一家四口找到医生，准备说出最后的抉择。不料，医生见到他们，却抢先说：“告诉你们个好消息！经过国家谈判，一针只要一万了！”

所有人喜极而泣。

首席编辑核心提示

一、题解

作者采用置之死地而后生的“逆境法”构思情节，步步紧逼、层层加码，到最后的大逆转、绝处逢生，给人以一种阅读的快感。

二、修改思路：

1. 原稿标题为“抉择”，重点落在最后，显示“两选一”的困境与无奈。修改稿拟为“追梦”，并以“梦”为主要意象统摄全文，表明对女儿不离不弃的责任心，主题也相对积极一点。

2. 第一自然段，以描写的方式开头，故事中较为少见。之所以保留，是因为内容的需要。表明虽然家徒四壁，却依然有家的温情。

3. 第二自然段，原稿以插叙的方式出现，修改稿改为梦境，从作者视角转为主人公视角，一方面说明了他们因何致贫，另一方面也与上下文构成一个有机的整体。

4. 丈夫与妻子的角色做了调整，把丈夫作为主线叙述。

5.“特效药”前加了“进口”两字，不但间接说明为什么是“天价”，同时也为下文“经过国家谈判”做了铺垫，立意上有了提升。

6.“郑重”两字改为“沉重”。前者表明下笔谨慎，后者侧重于两个都不想放弃的纠结心态。

第三堂：讲出你的精彩。看完故事，自己先讲一遍。讲不好不要怕，看视频是怎么讲的。故事大王告诉你哪些才是关键点。好口才就是这样练成的。

灯光

@ 王愿坚

我爱到天安门广场走走，尤其是晚上。广场上千万盏灯静静地照耀着天安门广场周围的宏伟建筑，令人心头光明又温暖。

清明节前的一个晚上，我又漫步在广场上，忽然背后传来一声赞叹："多好啊！"我心头微微一震，是什么时候听到过这句话来着？噢，对了，那是很久以前了。于是，我沉入了深深的回忆。

1947年的初秋，当时我是战地记者。挺进豫皖苏平原的我军部队，把国民党军五十七师紧紧地包围在一个叫沙土集的村子里。激烈的围歼战就要开始了。天黑的时候，我摸进一片茂密的沙柳林，在匆匆挖成的交通沟里找到了突击连，来到了郝副营长的身边。

郝副营长是一位著名的战斗英雄，虽然只有二十二岁，已经打过不少仗了。今晚就由他带领突击连去攻破守敌的围墙，为全军打通歼灭敌军的道路。大约一切准备工作都完成了，这会儿，他正倚着交通沟的胸墙坐着，一手拿着火柴盒，夹着自制的烟卷，一手轻轻地划着火柴。他并没有点烟，却借着微弱的亮光看摆在双膝上的一本破旧的书。书上有一幅插图，画的是一盏吊着的电灯，一个孩子正在灯下聚精会神地读书。他注视着那幅图，默默地沉思着。

"多好啊！"他在自言自语。突然，他凑到我的耳边轻轻地问："记者，你见过电灯吗？"

我不由得一愣，摇了摇头，说："没见过。"我说的是真话。我从小生活在农村，真的没见过电灯。

"听说一按电钮，那玩意儿就亮了，很亮很亮。"他又划着一根火柴，点燃了烟，又望了一眼图画，深情地说，"赶明儿胜利了，咱们也能用上电灯，让孩子们都在那样亮的灯光底下学习，该多好啊！"他把头靠在胸墙上，望着漆黑的夜空，完全陷入了对未来的憧憬里。

半个小时以后，我刚回到团指挥所，战斗就打响了。三发绿色的信号

 民防小知识 1. 避难安全不仅包括抗御严重灾害，还应重视饮食安全、防疫灭病等。

弹升上天空，接着就是震天动地的炸药包爆炸声。守敌的围墙被炸开一个缺口，突击连马上冲了进去。没想到后续部队遭到敌人炮火猛烈的阻击，在黑暗里找不到突破口，和突击连失去了联系。

整个团指挥所的人都焦急地钻出了地堡，望着黑魆魆的围墙。突然，黑暗里出现一星火光，一闪，又一闪。这火光虽然微弱，对于寻找突破口的部队来说已经够亮了。战士们靠着这微弱的火光冲进了围墙，响起了一片喊杀声。

后来才知道，在这千钧一发的时刻，是郝副营长划着了火柴，点燃了那本书，举得高高的，为后续部队照亮了前进的路。可是，火光暴露了他自己，他被敌人的机枪打中了。

这一仗，我们消灭了敌人的一个整编师。战斗结束后，我们把郝副营长埋在茂密的沙柳丛里。这位年轻的战友不惜自己的性命，为了让孩子们能够在电灯底下学习，他自己却没有来得及见一见电灯。

事情已经过去很长时间了。在天安门前璀璨的华灯下面，我又想起这位亲爱的战友来。

故事大王葛明铭点评：《灯光》这个作品在学生讲故事训练中，也是比较典型的一个例子。如果我是老师在课堂里上课，请同学朗诵一篇课文，那么我会给这位同学打个高分。因为她表情甜美，文章背诵得十分流畅，口齿也非常清晰；如果我作为听众在台下听故事，那么从“听故事”的体验来看，我会略微扣一些分数。因为这位学生完成的这个作品，从整体上看，更偏向于朗诵，而非“讲述”。这是小朋友学讲故事初期，经常会遇到的问题。课堂上，学生们习惯于朗诵或背诵课文，而往往忽视讲故事是一个与听众交流的过程，我们首先要知道我们的听众可能是怎样一群人；我们应该用什么语速、什么语调来区分角色，让听众听得更明白；我们在故事情节变化的地方，应该如何通过语言节奏的变化、肢体动作的辅助等手段，来烘托效果等，这都是学生学讲故事需要慢慢掌握的技巧。另外有个小提示，讲故事过程中不宜全程配乐，有些桥段有配乐的话，应注意控制音量，以免配乐“喧宾夺主”，盖过了故事员的声音，影响效果。

（本栏目欢迎学生投稿故事讲演，来稿请以视频的形式发至：wenzhaiban@126.com，投稿时请标注“故事大课堂”字样。）

扫描二维码，看厉欣瑶同学的讲演视频，“码”上体验云端故事会，讲演技巧等你来学！

第四堂：与作家一起散步。为你提供的是现代文阅读题。有几道考试真题，答对了吗？不要急，有请作家本人给你支招。

谢谢你教我

(2014 年全国通用人教社版高三语文阅读训练题试卷、2018 年山东省莱芜市陈毅中学九年级第一学期语文试卷)

@ 徐慧芬

山草呆住了，这上好的瓷瓶怎么会如此脆弱——就这么轻轻一抹，竟会碰掉一块！这是一只德化薄瓷瓶，造型十分别致：一段老竹，逸出一枝新篁，一只麻雀停在枝头，似在鸣唱。

她刚来时，主人家就关照过：挪动、擦拭这些瓷器时要小心点，这些收藏，虽不十分值钱，却是他们的喜好。

现在，麻雀的一扇翅膀却被她弄折了，碎片滚落下来，山草似乎听到了麻雀的哀鸣。以至，这哀鸣声久久在她心中回荡。

虽然，女主人惊讶了一会儿，只说了这么两句：你怎么这么不小心？毛手毛脚的！男主人看到碎片，拾起后只重重地叹了一口气，并没说什么，可是，山草总也不能原谅自己。

一个月做下来，山草觉得这对夫妇有学问，待她挺好的，工资比别家给她的高些，人也和气不摆架子，家务上有些事还会同她商量。他们曾告诉过她，在她之前，找过几个都不合意，他们看上她这个山妹子，主要还是她的朴实和勤勉。

现在，由于她的疏忽，竟将他们的心爱之物弄坏了，怎么办？怎么办！神思恍惚的山草晚上洗碗时，听到瓷碗碰在一起的声音，眼泪又淌了下来。想来想去，也只有用工资作抵偿，不知行不行。她怯生生来到主人书房里，嗫嚅着说明意思。

你说用这个月工资抵吗？可你家里生病的母亲不是还等着用钱吗？再说，这只瓷瓶是我们一位朋友的馈赠，能用钱估价吗？即使按市场价，你两个月的工资也不够啊！听主人这么说，她急得眼泪哗哗而下。“好了，不要哭了，放心吧，山草，我们不要你赔！”女主人拍了拍她的肩膀，“但是，作为惩罚你的粗疏，我们还是要象征性地扣掉你这个月十元钱，这是想让你记住，以后做事一定要认真仔细。人在外面讨生活，很不容易，好的习惯，会帮助一个人走向成功。就像我们的女儿，小时候读书做习题很粗心，我们花了好长时间才帮助她克服这个毛病……”这一晚，在主人的教诲下，山草的心受着感动。

谁也不曾想到，第二天，主人读大学的女儿回来听说此事，不好意思地向父母坦白出来，瓷瓶是她不小心碰坏的，她见麻雀翅膀断了，就找了点胶水粘住，再把瓷瓶转过身去。她怕父母知道了心疼，所以就没说。

夫妇俩嗔怪了女儿后，把事情真相告诉了山草，问她当时为什么不申辩一下？山草说：我也觉得奇怪，怎么轻轻抹了一下，就碰坏了呢？可是我真的这么说了，阿姨叔叔会相信我吗？

两位主人沉默了好一会儿，男主人点点头说：是的，山草，你这么说，也许我们会不相信，但事实上你确实没有错，就要坚持维护自己的利益。如果自己不自信、不坚持，就更容易受到伤害。你上过初中，读过俄国作家契诃夫的小说《柔弱的人》吧！生活中可不能一味柔弱啊！

半年的时间很快过去了。山草乡下的亲戚办了个加工厂，父母让山草回家乡去上班。山草依依不舍地告别了主人家。回乡后写信给这对知识分子夫妇报平安，并谢谢他们对她的照顾和关心，感谢他们教给她很多知识，让她懂得不少做人的道理。在信末山草又加上这么几句话：叔叔阿姨，还有几句话我不知该讲不该讲，还记得吗？我刚来时在打扫卫生中发现床下有一张百元钱，沙发背后有两张十元钱，我想，也许是你们放在那里，考验保姆的吧？如果以后你们再找保姆，我希望你们不要这么做……

1. 请你用简洁的语言概括这篇小说的主要意思。
2. 从哪些地方可以让你感觉到“人在外面讨生活，很不容易，好的习惯，会帮助一个人走向成功”？说说你的理解。
3. 男主人的话中你认为最能给山草启示的是哪些？
4. 你从山草的来信中读明白了什么？
5. 请你再一次细细品读全文，说说你对文章标题的理解。

扫码进入真题实战，看一看作者的解题方法和写作思路。

第五堂：经典悦读。经典文学作品需要经常阅读、反复揣摩。我们为你提供经典作品中的经典片段，几分钟的阅读体验带你领略文学的魅力。

《杀死一只知更鸟》节选

@[美国]哈珀·李

《杀死一只知更鸟》让人们看到一个伟大而勇敢的父亲的形象，他是南方小镇上的一名律师，这位爸爸的伟大之处不是在于他对孩子有多么疼爱，或者给孩子创造了多少物质财富，而是他通过自己正义的行为给孩子树立了榜样。节选段落中，阿迪克斯这一段关于勇敢的阐述，正是一种追求真理永不言败的英雄观。

阿迪克斯伸手捡起那个糖果盒，递给杰姆。

杰姆的眼珠子差点儿蹦出来。“老巫婆，老巫婆！”他尖叫着把山茶花摔在地上，“她怎么就不能放过我？”

阿迪克斯倏地站起来，俯身搂住了他。杰姆就势把脸埋进阿迪克斯的前襟里。“好啦，好啦，”阿迪克斯安慰道，“我想那是她用自己的方式告诉你——现在一切都过去了，杰姆，一切都过去了。你要知道，她是一位了不起的、尊贵的女士。”

“尊贵的女士？”杰姆抬起了头，他的脸红红的，“她说了你那么多坏话，你还把她当成一位尊贵的女士？”

“她当之无愧。她对各种事情都有自己的看法，也许和我的观点有很大不同……儿子，我告诉过你，假如你那次没有失去理智闯了祸，我也会让你去给她念书。我想让你从她身上学到一些东西——我想让你见识一下什么是真正的勇敢，而不是错误地认为一个人手里拿把枪就是勇敢。勇敢就是，在你还没开始的时候就知道自己注定会输，但依然义无反顾地去做，并且不管发生什么都坚持到底。一个人很少能赢，但也总会有赢的时候。杜博斯太太赢了，全凭她那九十八磅重的身躯。用她的话来说，她死得无牵无挂，不亏欠任何人，也不依赖任何东西。她是我见过的最勇敢的人。”

杰姆拾起地上的糖果盒，扔进炉火里，然后又捡起了那朵山茶花。我去睡觉的时候，看见他正用手指抚弄着宽大的花瓣。

摘自《杀死一只知更鸟》译林出版社

 民防小知识3. 避难场所应提前储备饮用水和食品等生活必需品，以满足基本需要。

《城南旧事》节选

@ 林海音

《城南旧事》通过英子童稚的双眼回顾童年往事，讲述了一段关于英子童年与北京城南的故事。节选段落中，会说“谢谢你”的，不一定是好人，但也不一定是坏人。敏感善良的英子对朋友有着纯粹而真挚的情感，即使这“朋友”是别人眼中奇怪的甚至是被厌恶的人。

他没有在这里，但是墙角可还有一个油布包袱，上面还压了两块石头。我很想把石头挪开，打开包袱看看，里面到底是些什么东西，但是我没敢这么去做。我愣愣地看了一会儿，想了一会儿，眼睛竟湿了。我是想，夏天过去，秋天、冬天就会来了，他还会常常来这里吗？天气冷了怎么办？如果有一天，他的弟弟到外国去读书，那时他呢？还要到草地来吗？我蹲下来，让眼泪滴在草地上，我不知道为什么会这么伤心？我曾经有过一个朋友，人家说她是疯子，我却喜欢她。现在这个人，人家又会管他叫什么呢？我很怕离别，将来会像那次和疯子离别那样地和他离别吗？

地上有一个东西闪着亮，我捡起来看，是一个小铜佛，我随便地把它拿在手里，就转身走出草地了。

经过大槐树底下的时候，一个戴着草帽穿着对襟短褂的男人向我笑眯眯地走来，他说：

“小姑娘，你手里拿的是什么玩意儿呀？我看看行吗？”

有什么不行呢，我立刻递给他。

“这是哪儿来的？你们家的吗？”

“不是。”我忽然想起这不是我家的东西，我怎么能随便拿在手里呢！于是我就指着空草地说：

“喏，那里捡来的。”

他听了点点头，又笑眯眯地还给我，但是我不打算要了，因为回家去爸爸知道在外面捡东西也会骂的，我便用手一推，说：

“送给你吧！”

“谢谢你哟！”他真是和气，一定是个好人啦！

摘自《城南旧事》作家出版社

第六堂：给你一双慧眼。故事中有多处差错，你能找出来吗？比一比，看谁找得对、找得快。

童话里都是“骗人”的

@ 宁利田

现实世界里的野生乌鸦真的如《乌鸦喝水》中那般聪明吗？

在野外，没有观察到鸦科动物用石头让水面上升的现象，但在实验室里，有研究者曾经对秃鼻鸦和松鸦做过试验，在一个装了少量水的高口瓶中，放入一条飘浮的小虫作为诱耳，它们在很短时间内就懂得了利用旁边的小石子来升高水位。不仅如此，它们还能摸索出小石头不如大石头好用、重物比轻物管用、装有固体的瓶子不如装液体的瓶子有用的规律。这智商绝对不是一般小动物所能及的，但野生的乌鸦还没有这么聪明。

鸟类的神奇在童话故事里可谓是到了鬼斧神功的地步，就如：“一只小鸟嘴里衔着一根树枝飞越太平洋，飞累了就把树枝丢在海上，用来歇脚和寻觅食物。”但我们用最简单的浮力公式进行计算，就可以知道一根可以在大海上承栽小鸟体重的树枝，是绝对不可能叼得动的。最重要的是，不得已而需要迁徙飞越太平洋的鸟儿，完全不需要借助树枝，它们的飞行能力很强大，不仅能够御风飞行，而且体力惊人。就如在鸟类中可以称得上一股洪流的信天翁，飞越大洋对它们来说简直就是“小菜一牒”。它们能够通过海浪起伏带动的气流不费吹灰之力地滑行，飞累了，就以天为盖、海为庐、防水羽毛为被，没心没肺地酣睡至日上三杆。

还有一种叫斑尾塍鹬的鸟儿，仅 0.25 千克左右，却有着如喷汽式战斗机一样的身体，翅膀尖且长，飞行能力轻盈且快速。曾经有一只代号为 E7 的斑尾塍鹬在 2007 年 9 月份迁徙时，在太平洋上空以“瘦身”为代价，杜绝一切饮食休息活动，不间断地连续飞行了 11587 千米，耗时仅 8.2 天，它也光荣地打破了鸟类连续飞行纪录。

小祺摘自《知识窗》

扫码看答案，和同学比比，谁的得分高？

 民防小知识 4. 避难疏散场所的厕所和垃圾应当及时安排专人管理，以改善卫生环境。

第七堂：我的第一个笔记本。在平时的阅读活动中，你是不是常常被那些美妙的语言所打动？它们可能是金句、格言，也可能是好的开头、结尾，还可能是精彩的题记……现在我们整理了一部分内容，希望能充实、丰富你的笔记本。倘若你也有好句子，不要忘了与大家一起分享哦。

一条豆瓣动态引发的『疫情文学』复兴

《局外人》

豆瓣网友 @ 沈辰：今天，学校封了。也许是在昨天，我搞不清。我收到辅导员的一封电报："一点封校，只进不出，全员核酸。"他说得不清楚。也许是昨天封的。

《变形记》

豆瓣网友 @ 微喵的兔姑娘：格里高尔接着又朝窗外望去，春雨细细下着：可以听到大喇叭在一遍遍地提醒居民们抓紧下楼核酸，这使得他内心变得十分纠结。"还是再睡一会儿，把这一切统统忘掉那该多好。"他想。但是这件事却完全不能躲避，他只好起身披上一件薄薄的外套将自己裹紧，护住口鼻，默默加入测核酸的队伍。

《了不起的盖茨比》

豆瓣网友 @vikin：我年纪还轻，阅历不深的时候，我父亲教导过我一句话，我至今还念念不忘。"每逢你想要摘下口罩的时候，"他对我说，"你就记住，这个世界上所有的人，并不是个个都是绿码。"

《爱》

豆瓣网友 @freewind：千千万人之中遇到你所要遇到的人。千千万年之中，时间的无涯的荒野中，没有早一步，也没有晚一步，刚巧赶上了，那也没有别的话好说，唯有轻轻地问一声："噢，你也在这里排队做核酸吗？"

你写的 VS《人民日报》写的

■ **你写的：**

我们要大力建设体育强国！

■ **《人民日报》写的：**

体育强则中国强，国运兴则体育兴。

摘自：展现中华文化的底蕴与格局（人民论坛）

■ **你写的：**

人生需要不懈奋斗与拼搏。

■ **《人民日报》写的：**

人生因奋斗而精彩，青春因拼搏而亮丽。

摘自：用拼搏展现青春风采（今日谈）

■ **你写的：**

只有努力奋斗，才能取得成功！

■ **《人民日报》写的：**

百舸争流，奋楫者先；中流击水，勇进者胜。

摘自：坚持敢于斗争（人民观点）

■ **你写的：**

冬奥会，让世界看到了中国的强大。

■ **《人民日报》写的：**

透过北京冬奥会，世界看到一个阳光的中国。

透过北京冬奥会，世界看到一个富强的中国。

透过北京冬奥会，世界看到一个开放的中国。

摘自：阳光、富强、开放中国的生动映照（和音·一起向未来）

■ **你写的：**

温暖别人，照亮自己。

■ **《人民日报》写的：**

给人以星火者，必怀火炬。

摘自：坚定历史自信，走好新的赶考之路

■ **你写的：**

人与自然应该和谐相处。

■ **《人民日报》写的：**

“天地与我并生。而万物与我为一”，人与自然是生命共同体。

摘自：书写美丽新中国篇章（人民论坛）

■ **你写的：**

还要不断克服困难，继续努力。

■ **《人民日报》写的：**

走过千山万水，仍需跋山涉水。

摘自：创造了人类减贫史上的奇迹